하얀 시계

김현숙 소설집

하얀 시계

Human & Books

하얀시계

김현숙 지음

1판 1쇄 발행/2002. 9. 9.
1판 2쇄 발행/2002. 12. 16.

발행처/Human & Books
발행인/나영인

등록번호/제1-3060호
등록일자/2002. 6. 5.

서울특별시 종로구 경운동 88 수운회관 1205호 우편번호 110-310
마케팅부 6327-3537, 편집부 6327-3535, 팩시밀리 6327-5353
이메일 : hbooks@empal.com

값은 표지에 있습니다.

ISBN 89-90287-05-7 03810

긴 잠을 자고 있는 모든 이에게…

차 례

작가의 말

강가에서의 한 시절.

내리 잠만 자기에는 너무도 부신, 나의 탄생월인 5월이었다. 어느 느지 막한 하오, 비지스(Bee Gees)의 올드 팝 '오월의 첫날'을 들으며 홀연히 잠에서 깨어났다.

창을 여니 강변 대로를 질주하는 차량의 소음이 천둥처럼 가슴을 때려왔다. 나 잠든 사이 모두 열심히 살고 있었구나. 깜빡 숨어버리고 싶듯 슬프고 부끄럽고 막막하였다.

글쓰기의 혹독함과 고통을 잊으려 그토록 긴 잠에 빠져든 것일까. 밑도 끝도 없는 길고 긴 잠이었다. 때론 문학의 영역을 행위 예술의 범주에까지 확대 해석하여 온몸으로 문학을 살아내면 되리라 억지를 부렸었다. 또한 삶을 문학보다 우선 순위에 두어야만 한다고 자위하기도 했다. 그러나 그 어느 것도 문학의 본원적 역할에 충실하지 못함에 면죄부가 될 수는 없었다. 무엇보다 내 스스로가 더 이상은 행복할 수 없음을 알았다.

글쓰기가 의미하는 것. 그것은 시간과의 가없는 싸움이었다. 시침도, 분 침도, 숫자의 형성도 없는 하얀 시계. 나의 길엔 끝없이 뻗어나간 무한의 시간과 여백이 놓여져 있을 뿐이었다. 그러나 나의 잠듦과 함께 어느 순간 시간의 흐름도 멈춰버렸다. 하얗게 지워져버린, 갇힌 시간, 박제의 시간이 었다.

영원히 잠들려나. 다시 깨어날 수 있을까……. 꺼질 듯 움츠러든 내 몸에 주술인 양 활력을 불어넣어 일으켜 세운 것은 사랑이었다. 늘 나의 의식을 일깨우며 끊임없는 관심과 위안으로 힘을 주신 토아(土芽) 신부님, 소중한 나의 가족, 메마른 삶에 훈훈한 온기를 불어넣는 다정한 교우들, 늘 기도해준 후배 스테파니아와 하나뿐인 대녀.

길고 오랜 침묵에도 그들의 따뜻한 사랑과 격려가 긴 잠에서 나를 깨웠다. 이제 비로소 나의 숨결이 느껴진다. 시계의 침도 다시 움직이기 시작하였다. 태엽을 감는 손에 힘이 주어진다. 느릿느릿… 그러나 최대한 끝까지 팽팽히 감아갈 것이다.

'끊임없이 떠드는 속에서 잠든 사람은 침묵 속에서 깨어난다.'

하월스(H. W. Howells)의 말을 떠올리며 새로운 시작을 꿈꿔본다.

두렵기만 한 나의 첫 발을 힘있게 내디딜 수 있도록 든든한 길잡이가 되어준 출판사의 모든 분들과 존경하는 김윤식 선생님, 정호웅 선생님께 마음을 다해 감사드린다. 늘 지켜주시는 주님, 성모님께도 한 아름의 사랑을 드리고 싶다.

이제 다시는 잠들지 말아야지…….

2002년 8월

김현숙

골고다의 길

K시에의 도착은 근 너덧 시간이나 지연되었다. 말이 고속도로였지 고작 이차선일 뿐더러 전날 종일토록 내려 퍼부은 폭설과 끝없이 이어지는 엄청난 귀성 차량의 행렬로 인해, 도로는 생지옥이나 마찬가지였다. 희연을 실은 임시 운행의 관광버스는 엉금엉금 거의 기다시피 위험천만의 빙판길을 미끄러져 겨우 목적지에 당도했다. 그녀의 심신은 짠물에서 막 건져 올린 해초처럼 축 늘어져 있었다.

서울을 출발하면서부터 지녀온 심란스러움이 더욱 심한 멀미를 가져다준 것일까. 그녀는 몹시도 속이 메슥거림을 느꼈다. 따끈한 한 잔의 커피를 마실 수만 있다면! 그러나 그녀는 곧 고개를 저어 때와 장소에 도무지 맞지 않는 자신의 그러한 한가로운 생각을 지워버렸다. 시가(媤家)가 있는 이곳에 오면 늘 계절과는 관계없이 그녀가 느껴야만 하는 추위─그것은 극도의 긴장과 불편함에서 오는 그녀의 불안정한 심리 상태에서 발생되는 한기인지도 몰랐다.

너무 늦은 시각인 탓일까. 구정 전야임에도 소도시의 겨울밤은 놀라우리만큼 썰렁한 분위기를 자아내고 있었다. 희연은 그녀의 도시 취향에 따라 좀더 깨끗하고 반듯한 점포를 찾아 불빛이 환한 중심가 쪽으로 걸음을 옮겼다. 어깨에 둘러멘 제법 묵직한 가방의 무게를 느끼며 그녀는 새삼 자신의 행색을 점검해보았다. 허름한 갈색 앵클 부츠 속으로 그 끝을 쑤셔넣은 회색 울 바지, 그리고 약간 색이 바랜 듯한 큼직한 청색 방한 점퍼─그 정도의 차림새면 이 도시 어디에서건 결코 두드러지는 모습은 아닐 터였다.

이곳을 방문할 때면 그녀에겐 유별스레 돌출되고 싶지 않은 일종의 미묘한 위장심리가 작용하곤 했다. 그건 어쩌면 은연중에 남편, 경석의 검소한 취향을 따르고자 하는 그녀 나름의 배려일지도, 아니면 이 도시 곳곳에서 묻어나는 가난과 낙후의 피폐함 속에 재빨리 그녀 자신을 조화시키고자 하는 피상적인 노력일지도 몰랐다. 아니 어쩌면 그 두 가지가 다 복합된 것일 수도 있었다.

"과일 좀 주세요."

그녀는 가장 그럴듯하게 꾸며진 한 과일상의 문을 밀고 안으로 들어섰다. 그러나 가게의 외양과는 달리 희미한 형광등 밑에 수북이 쌓여 있는 탱탱 얼어붙은 듯한 초라한 과일더미는 더더욱 그녀의 기분을 스산하게 만들었다.

"아주머니, 효리 가는 막차가 아직 끊어지지 않았겠죠?"

한아름의 과일 바구니를 추스르며 그녀가 주인 여자를 향해 물었다.

"글씨, 아까막새 뻐스 한 대가 쩌그 우체국 앞이서 스더만요. 헌디 워디로 가는 것이지는 몰랐으라우."

상당히 애매한 답변이었다. 차가운 흙바람이 이는 컴컴한 거리를 서성거리며 그녀는 뜨문뜨문 오가는 몇 사람의 행인을 통해 이미 막차가 끊겼음을 알았다. 순간 그녀의 가슴이 이름할 수 없는 불안으로 마구 뛰놀기 시작했다. 몇 차례이던가. 이곳에 올 적마다 그녀가 부딪쳐야만 하는 심한 낯가림 ― 그러나 전엔 늘 경석이 곁에 있어 주었다.

'희연, 요번 설은 당신 혼자만의 호젓한 귀향이 되겠지? 식구 모두에게 내 대신 안부 전해주오.'

해외 연수차 서독에 머물고 있는 경석에게서 날아온 엽서에는 그렇게 적혀 있었다. 하지만 이건 결코 내겐 귀향이 아니야. 단지 서글픈 여정일 뿐… 희연은 자신의 내부에서 이는 그러한 사념에 으스스 한차례 몸을 떨었다.

경석은 늘 이곳에 오면 더욱더 우울한 얼굴이 되곤 했었다.

'소외와 편증(偏憎)에 의해 버려진 땅, 삼십 년 전의 그때나 지금이나 똑같지. 한치의 발전도 없는 곳이야. 출발점의 그 터미널부터가 너무도 대조적이지 않아? 위용을 자랑하듯 턱 버티고 선 그쪽의 것과 초라하고 납작한 이쪽의 것! 모든 면에서 다 그런 식이지.'

그렇게 이어지는 경석의 역설은 언제나 똑같았다.

'제발 그런 용렬한 소리 좀 그만 해요. 당신에게도 편견은 있어요.'

희연은 그럴 때의 경석이 정말 싫었다.

'못 가진 자의 변이란 늘 그렇게 용렬스럽게 들리는 법이지. 하지만 난 희연이 그쪽 사람이라고 해서 선택을 주저할 만큼 그쪽에 대해 어떤 편견이나 미움을 갖고 있진 않았어. 이 점은 분명해. 그러나 문제는 늘 우리를 대하는 그쪽 사람들의 태도였어.'

'아, 그만 해요.'

그럴 때만큼은 희연 역시 경석으로부터 팔 하나의 길이만큼이나 거리감을 느껴야만 했다. 경석이 자신의 고향에 대해 품고 있는 그 끈끈한 비애를 그녀는 도저히 공감할 수가 없었다. 노력만으로는 절대 불가능한 것이 사람의 진정이 아닐까. 그녀가 이 도시의 모든 빈곤과 결핍에 대해 가지고 있는 무의식적인 거부감은 그녀로선 참으로 처치 곤란한 감정이었다. 그것은 어머니, 강 여사에게서 느껴지는 지역적 선입감이나 배타심하곤 또 그 성질이 좀 다른 것이었다. 이를테면 그것은 각별한 애정이 없는 낯선 대상에 대한 단순한 이질감에 불과할지도 몰랐다.

어두운 길 저쪽에서 표시등에 불을 밝힌 빈 택시가 달려왔다. 막연히 치솟는 불안감을 누르며 희연은 긴장된 얼굴로 차에 올랐다. 우선 목적지를 향해 달리고 볼 일이었다. 구불구불 끝 간 데 없이 이어지는 산길, 휘휘 휘감긴 적막한 어둠 속에서 흠뻑 눈을 뒤집어쓴 하얀 산야, 그리고 잇달아서 확 펼쳐지는 광활한 들판—그것은 바로 그녀의 신행(新行)길이기도 했다.

'경석 씨, 아직도 멀었나요? 꼭 시베리아에 온 느낌이에요. 너무나 넓고 황량해요.'

희연의 두 눈은 낯선 세계에의 두려움과 초조감으로 한밤의 올빼미 눈처럼 크게 떠져 있었다.

'놀랍지? 이곳은 지독한 교통의 오지야. 해안선이 그리 멀지 않은 곳인데도 말이야. 그 야단스럽던 새마을운동도 이곳만은 살짝 비껴가고 말았거든.'

신혼여행을 마치고 희연이 처음으로 경석을 따라 이곳에 오던 날 밤, 택시 안에서 놀라움으로 빳빳해진 희연의 어깨를 감싸 안으며 경석은 그렇게 말했었다. 광막한 어둠 속에서 거대한 포물선을 그리며 하늘과 맞닿아 있는 까마득한 지평선―경석은 바로 그 지평선 너머에 자신의 집이 있노라고 얘기했었다. 그때 희연이 느꼈었던 공포에 가까운 두려움―그러나 그 두려움도 이젠 그 두께가 많이 얇아져 있었다.

"손님, 눈 땜시로 더 이상은 못 들어가겠시오. 차가 눈 구뎅이에 처박히는 날엔 끝장이구만요. 여그서 그만 내리셔야 쓰겠으라우."

끼익, 택시가 급선회를 하는가 싶더니 기사가 그녀를 향해 그렇게 투덜거렸다. 마을에서 멀리 떨어진 삼거리의 저수지 다리께였다. 한치 앞이 보이지 않는 겹겹이 둘러싸인 어둠과 강추위 그리고 무거운 짐보따리. 그녀는 막막함 속에서 한동안 아무런 생각조차 할 수가 없었다. 마을까진 도보로 족히 사십여 분은 걸릴 만한 거리였다. 하지만 멈춰버린 택시 안에서 더 이상 무엇을 어찌해볼 것인가. 그녀는 잠자코 차에서 몸을 내렸다. 미끄덩미끄덩, 눈길을 더듬으며 그녀는 무작정 앞을 향해 걸음을 내디뎠다. 저만큼 떨어진 곳의 나지막한 집채에서 희미한 불빛이 새어나오고 있었다. 희연은 안간힘으로 그곳을 향해 다가갔다. 작고 초라한 주막이었다. 그녀는 뿌옇게 먼지 낀 유리문을 밀고 안으로 들어섰다. 좁은 목로를 사이에 두고 무어라 큰 소리로 떠들며 술잔을 기울이던 사내 두엇이 힐끔 그녀를 훔쳐보았다. 들들들, 수동식 전화기의 손잡이를 돌리는 희연의 손길이 가늘게 떨렸다.

"어머님, 저예요. 지금 막 이곳에 도착했어요. 여긴 삼거리 주막인데요. 너무 어두워서요… 네, 죄송합니다. 그럼 이따 들어가서 뵙겠어요."

수화기를 놓고 돌아서는 희연을 향해 푼더분한 인상의 주모가 얼굴 가득 사람 좋은 웃음을 띠며 그녀에게 말을 건넸다.

"뉘 집 큰애기인고 혔드마는 안 마을의 뉘 집 며느리던 게비여. 설 쇠러 왔구먼이라우."

대답 대신 희연은 그녀를 향해 희미한 미소를 지어 보였다. 그다지 아늑한 편은 아니었지만 바깥에 비해선 한결 포근하게 감싸 오는 실내의 공기가 얼어붙은 그녀의 심신을 조금씩 녹여주었다. K시에 도착할 때부터 언뜻언뜻 그녀의 뇌리를 스치던 삼 년 전 그 신행의 일들이 다시금 흐릿한 영상으로 그녀의 눈앞을 가로막고 있었다.

그날 밤도 혹독한 강추위는 매한가지였다. 예외없이 택시는 삼거리에서 더 이상 못 들어간다고 버텼고 경석과 희연은 차에서 내려 어둡고 험한 눈길을 거의 뛰다시피 걸어야만 했었다.

'오히려 잘된 일이야. 자, 우리 막 뛰어가자구. 내가 업어주지.'

'아, 그만둬요.'

희연은 그때 신부인 자신의 불편과 짜증은 외면한 채 턱없이 기

운이 펄펄 솟는 경석이 한없이 미욱스럽게만 여겨졌었다. 그들 앞
에 놓인 것은 아득히 뻗어나간 너무도 허허로운 광야였다. 한참을
마치 곤두박질치듯 그렇게 뛰어야만 했던 새색시 꼴은 자연히 말이
아니었다. 매서운 추위는 그녀에게 얌전한 새색시 걸음을 허용치
않았다. 담홍색 두루마기 밑으로 드러난 한복의 빨간 치맛자락은
엉망으로 펄럭이며 짓이겨졌고 곱게 손질된 올림머리는 풀풀 제멋
대로 흘러내렸다. 경석이 자신의 외투 속에 둘렀던 모직 머플러를
꺼내 꽁꽁 언 희연의 얼굴을 감싸주었다. 얼마를 그렇게 더 달렸을
까. 그들의 앞 저쪽에서 아른아른 원을 그리며 맴도는 희미한 손전
등의 불빛을 따라 저벅저벅 힘찬 발짝 소리가 다가오고 있었다.

'성님이오? 어허! 형수씨께 털장화를 신겨 오시랬잖혀요? 험한
길 오시느라 징그랍게 욕보시네요잉.'

새파랗게 얼어붙은 그들의 몸을 비추며 푸근하게 웃고 서 있는
사람―그녀의 시동생 한석이었다. 이상하게도 희연은 그때부터 앞
장서 길을 밝히며 걷고 있는 한석의 뒤를 따르며 더 이상 춥다는 생
각이 들지 않았다. 서울에서 처음 봤을 때의 충격적인 인상과는 달
리 그날 밤 한석의 태도는 묘하게도 들떠 있는 것 같았다.

'고모님들이랑 당숙들이 시방 눈이 빠지게 성님을 기둘리고 계신
당께요.'

한껏 고조된 음성으로 한석이 계속 무어라 이야기를 해댔었다.
그리곤 또 셋이서 한참을 더 뛰었다. 대문 밖까지 훤한 등불의 밝힘
그리고 시끌벅적한 웃음과 말소리들로 희연은 비로소 자신이 잔칫
집에 다다랐음을 깨달았다.

'얼라, 뭔 새각시가 저로코롬 하고 온디야? 마구라를 썼구마잉.'

얼얼해진 두 볼을 감싸쥐고 집 안으로 들어서는 희연을 향해 우르르 마당가에 몰려 있던 한 무리의 여자들 가운데 누군가가 그렇게 소곤거렸다. 마을 사람들에게 비쳐진 희연의 첫인상은 그들이 기대했던 새색시의 그것과는 완전히 빗나가 있음을 짐작케 하는 말이었다.

"보시요잉, 뜨끈한 보리물 한 잔 드시지라우."

끈끈한 주모의 음성이 희연을 향해 날아오고 있었다. 아, 여긴 삼거리 주막이었지. 희연은 주모로부터 뜨거운 보리차가 담긴 스테인레스 주발을 건네받으며 그제야 자신이 왜 그곳에 있는지를 깨달았다. 우르르릉, 마을 쪽으로부터 굉렬한 오토바이의 폭음이 들려왔다. 깜빡 잦아들듯 하다간 점점 더 큰 음향으로 희연의 가슴을 향하여 돌진해오는 소리! 갑자기 그녀의 심장 부위에서 심하게 맥박이 뛰놀기 시작했다. 쿵쾅쿵쾅, 그것은 마침내 엄청난 울림으로 완전히 오토바이의 엔진 소리를 덮어버리고 말았다.

'니 참 맘 고생 억수로 할 끼다이. 남의 집 맏이 노릇이 어디 그리 쉬운기가? 그라고 거기 사람들 독하다카는 거사 세상이 다 아는 긴데, 우야꼬, 니 마 버겁어서 우짜겠노.'

어머니 강 여사는 틈만 나면 희연을 바라보며 그렇게 걱정하곤 했었다. 희연의 거듭되는 항거와 오랜 투쟁 끝에 비로소 강 여사로부터 경석과의 결혼이 승낙된 이후, 그래도 강 여사의 입을 통한 '거기 사람'이란 어휘가 던져주는 고약한 뉘앙스는 그 기세가 많이도 숙져 있었다. 애초 경석을 향한 강 여사의 싸늘한 시선에는 두

가지의 근본적인 이유가 그 바탕에 깔려 있었다. 첫째, 경석이 하필이면 강 여사가 가장 질색하는 거기 사람이라는 것. 그리고 또 한가지, 매파 시장에서도 그 인기 순위가 제일 하위로 처지는 빈농의 장남이라는, 경석이 가진 현실적인 배경 때문이었다.

'우째 니는 세상 물정도 그래 모르노? 아이고 이 철부지야. 거기 사람이라카믄 니 아부지도 마 생전에 학을 떼시든 거 니 모르나?'

강 여사의 판단은 그렇듯 전혀 논리적인 근거가 없는 오직 편견에 의존되었을 뿐인 극히 원색적인 감정의 발로였다.

'엄마, 제가 어디 국제 결혼이라도 하겠다는 건가요? 전 지금 일본 사람이나 러시아 사람하고 결혼하겠다는 것이 아니란 말예요. 그는 분명히 한국인이에요. 이건 틀림없는 사실이죠.'

희연은 강 여사의 그 맹목적인 사고에 더없는 분노를 느꼈다.

'시끄럽다 마. 한국 사람이라카믄 다 같은 기가? 거기 사람들은 어디가 달라도 확실히 좀 다른 기라.'

희연은 최초로 어머니라는 절대적인 사랑과 신뢰의 존재에 대해 모반을 꾀하기 시작했다. 강 여사의 지역감정은 평균치를 훨씬 웃도는 도저히 희석시킬 수 없을 것 같은 짙은 농도를 품고 있었다. 하지만 희연은 그것이 비단 강 여사 한 사람에게만 국한된 문제가 아님을 너무도 잘 알고 있었다. 오랜 세월 이 땅에 만연된 기류―그 어떤 통계학적인 수치나 사회과학적인 자료에 의한 것이 아닌, 단지 세상의 오랜 통념에 의해 굳어져온 쉽게 움직일 수 없는 고정관념! 희연이 보아온 대다수의 사람들도 다 마찬가지였다. 한 개인이 모종의 사건이나 잡음을 일으켰을 때 소위 거기 사람들로 일컬

어지는 특정 지역의 사람들에 한해선 반드시 그 출신지가 꼬리표처럼 들먹여지는 지극히 불합리하고도 편파적인 관점, 그것이 문제였다. 희연은 경석을 향한 강 여사의 빙벽처럼 차가운 가슴과 숨막히도록 끊임없는 싸움을 해야만 했다. 그것은 꽤 오랜 시간을 요하는 상당히 외로운 작업이었다.

희연이 경석을 처음 봤을 때 그녀는 왠지 한 그루의 쓸쓸한 미루나무를 생각했었다. 그녀가 대학을 졸업하고 조그만 번역 사무실에서 일할 때였다. 경석은 이따금씩 그녀의 사무실에 들러 자신의 회사 업무를 처리해가곤 했었다. 늘 조용하고 어딘가 좀 그늘이 있어 보이는 남자였다. 검고 마르고 단단해 보이는 그의 몸피에서는 뭉클 향토적인 체취가 풍겨 나오곤 했다.

그러나 그는 바람이 불어도 좀처럼 그 가지를 흔들 줄 모르는, 속살거리는 미풍에도 전혀 그 잎사귀를 흔들지 않는 참으로 이상스러운 한 그루의 미루나무였다. 희연은 어느 날 소리 없이 그의 나무 밑으로 다가가 살며시 가지 하나를 흔들어보았다. 그림인 듯 정지해 있던 녹색의 이파리들이 어느 한순간 바스스 소리를 내며 흔들리기 시작했다. 아, 분명히 흔들렸어. 소리를 낸 거야. 희연의 가슴엔 싱그러운 파문이 일렁거렸다. 경이, 그리고 기쁨과 함께 그녀의 사랑이 시작된 것이었다.

"그릉그릉!"

주막 바로 앞에서 오토바이가 멈춰 서고 있었다. 드르륵, 문이 열리면서 한 덩어리의 찬바람을 안고 한석이 주막 안에 그 모습을 나타냈다. 희연이 얼른 자리에서 몸을 일으키며 애매한 웃음으로 그를 맞았다.

"일찍허니 오시는 중 알았는디 워째 요로콤 늦으셨당가요?"

언짢은 기색을 완연히 드러내며 한석이 불퉁거렸다.

"오늘도 근무를 해야 했어요. 퇴근 후 곧장 오는 길인데도 이렇게 늦고 말았네요."

안으로 마구 기어드는 음성으로 희연이 엉겁결에 변명을 늘어놓았다.

"아짐씨, 여그 술 쪼깨 주시요잉."

한석이 갑자기 주모를 향해 꽥 소리를 내질렀다. 솟구쳐오르는 울화를 삭히느라 그의 얼굴은 몹시도 일그러져 있었다. 역시 희연이 예상한 대로였다. 한석, 그는 지금 그녀의 늑장 귀향에 대해 단단히 화가 나 있는 것이었다. 어쩌면 그는 희연의 그 안일하고도 느긋했던 심사까지도 훤히 다 꿰뚫어보고 있으리라. 희연은 조심스레 한석의 옆모습을 지켜보며 오싹 한차례 몸을 움츠렸다.

사실 그녀는 얼마든지 좀더 일찍 내려올 수도 있었다. 하지만 결혼 후 어렵게 옮겨앉은, 제법 큰 관광회사인 지금의 직장에서 회사 자체 내의 귀성 차편까지 제공해줌에도 더 이상 이래저래 아쉬운 소리를 늘어놓긴 싫었었다. 아니 절실하게 그럴 필요성을 느끼지 않았음이 더 솔직한 표현일 것이다. 경석도 해외에 나가고 없는 상황에 그녀 혼자만의 시댁행이란 사실 그녀에겐 아무런 기쁨도 설렘도 아닌 단지 의무일 뿐이었다. 왜 좀더 빠른 속도로 남편의 가족에게 밀착될 수가 없는 것일까. 희연은 자신에 대한 깊은 혼돈으로 마음이 어지러웠다. 그토록 심한 강 여사의 만류를 무릅쓰고 감행한 그녀의 결혼이었다. 그러나 거기엔 그녀만이 느끼는 한계와 벽이 또 앞을 가로막고 있었다. 불편함, 부적응, 거리감 따위의 미묘한 감정들이 시도 때도 없이 저마다 쏙쏙 고개를 내밀며 그녀의 이율 배반적인 사고를 비웃어댔다. 그러는 동안 언제부터인지 모르게 한 석과의 사이에서 생겨난 얽히고설킨 복잡한 감정의 실타래—그것 을 과연 어디에서부터 풀어야만 하는 것일까. 희연은 지끈거리는 두통을 느끼며 목로 위에 한쪽 팔을 받쳐 올려 이마를 꾹 눌렀다. 순간 한석을 처음 만났던 그 여름날의 일들이 빠른 속도의 필름처 럼 그녀의 기억 속을 스쳐갔다.

그날은 모처럼의 연휴를 맞아 경석과 함께 근교의 야산을 찾기로 한 날이었다. 한껏 경쾌한 차림새로 경석을 만나러 나간 희연은 거 기서 처음으로 한석을 보았다. 선이 굵고 거무스름한 얼굴에 부리 부리한 눈이, 경석의 차분하고 유순해 보이는 인상과는 아주 딴판 이었다. 작은 키에 탄탄한 체격 그리고 의지로 똘똘 뭉쳐진 듯한 다 부진 인상의 청년이었다. 희연과 시선이 마주치는 순간 탁 튕겨져 나올 듯 무섭던 눈빛—그것은 강한 반감이었다. 그는 그 즈음 오랜 시간을 통한 단식으로 몹시도 말라 있었다. 병역을 면제받기 위해 그는 체중 감소에 전력을 기울이고 있는 중이었다. 마침 경석과 함 께 자신의 입대 문제를 의논하기 위해 그는 잠시 서울에 머물고 있 었다.

'꼭 그 방법밖엔 없었니?'

경석이 무척이나 안쓰러운 얼굴로 한석을 나무랐다.

'군대서 저 같은 놈덜 데려다가 뭐시 쓸모가 있겄시오? 근디 집이
는 지가 읎으면 당장에 절단이 난당께요. 농사일은 죄다 어쩐다요.'

한석은 그때 잔뜩 볼멘소리로 그렇게 대꾸했었다. 그날 한석과
헤어져 돌아오며 경석은 더욱더 깊은 우울에 빠져 있었다.

'녀석은 우리 집의 희생양이죠. 하지만 그애의 하는 짓이 너무도
기특하고 대견해서 늘 고마울 뿐입니다. 녀석은 내 인생의 과제라
는 그런 생각이 들어요.'

그러한 경석의 말을 들으며 희연은 섬뜩하리만큼 강렬한 인상으
로 남아 있는 한석의 영상을 되새겼다. 마을의 청년회장에다 군에
서 단 한 명 뽑힌 영농후계자라는 한석—그의 철벽 같은 의지와 강
한 눈빛은 이미 그녀의 가슴에 끈끈한 잔영으로 남아 있었다.

'동생분께선 제가 전혀 마음에 안 들었나봐요. 이건 뭔가 제 느낌
이에요.'

희연이 그렇게 운을 떼었을 때에야 비로소 경석은 피식, 맥없는
웃음을 보이며 얼굴을 폈었다.

'글쎄요, 녀석은 희연 씨처럼 시멘트 냄새가 나는 그런 도시적인
여자는 딱 질색이니까요.'

경석의 답변은 그러했었다. 그래, 처음부터 그는 왠지 내 편이 아
니었어. 희연은 천천히 머리를 저으며 그렇게 혼자 중얼거렸다. 주
막 안은 어느새 달짝지근한 막걸리 냄새로 가득 차 있었다. 한석은
벌써 몇 잔째의 막걸리를 연거푸 들이켜고 있었다. 몇 차례나 희연
쪽으로 얼굴을 돌리며 뭔가 할 말이 있는 듯 머뭇거리던 한석이 잠
시 후 그만 자리를 박차고 일어났다.

"여그 외상 쪼깨 달아놓으슈!"

주막을 나서며 한석이 큰 소리로 외쳤다.

"타쇼!"

흡사 빼앗다시피 희연의 짐을 자신의 오토바이에 옮겨 실은 한석
이 추위 속에서 아드득 몸을 떠는 희연을 향해 그렇듯 퉁명스러운
한 마디의 말을 내뱉았다. 부르르릉, 희연이 올라타자마자 무서운
속도로 오토바이는 달려갔다. 희연의 몸이 기우뚱, 한쪽으로 쏠리
며 자칫 굴러떨어질 듯 균형을 잃고 있었다. 그녀는 한석의 안장 밑
으로 대롱처럼 동그랗게 튀어나온 작은 철제 손잡이를 꽉 움켜잡으
며 한석의 등을 노려보았다. 차가운 가죽 점퍼에서 뿜어나오는 섬
뜩한 냉기가 그녀의 코앞을 가로막고 있었다. 꽤나 고약한 밤이었
다. 그녀는 그만 폭 하고 한숨을 내쉬고 말았다.

오토바이는 전속력을 다해 바람처럼 윙윙 골고다의 길을 통과하
고 있었다. 언제부터인가 그녀에 의해 그렇게 불려온 이른바 그 골
고다의 길이란 삼거리에서 마을 고샅에 이르는 황토의 논둑길을 가
리킴이었다. 사시사철 그 색채와 풍광이 바뀌는 변화무쌍한 길—
그 길의 양편으론 끝없이 넓은 들판이 널려 있었다. 오월이면 보리
밭의 푸르름이 하냥 싱그러운, 칠월이면 나락 냄새에 정신이 다 몽
롱해지는, 그리고 시월이면 온 누리엔 눈부신 황금 물결이 탐스럽
게 일렁거리는 들녘—그러나 희연은 늘 그 길 앞에 서면 천 근 무
게로 짓눌러오는 중압감에 중심을 잃고 비틀거렸다. 그것은 시커먼
공포와 험난함으로 다가왔던 신행의 그날 밤 이후에 생겨난 기이한
증세일는지도 몰랐다.

대학 시절 기독교계였던 그녀의 학교는 캠퍼스가 넓고 아름답기로 유명했었다. 캠퍼스 곳곳에 종교적 색채가 풍기는 온갖 길들이 많았지만 그 중에서도 특히 오랜 시간 그녀가 가장 많이 애용했던 길은 바로 골고다의 길이었다. 대학 본관에서 그녀가 속해 있던 단과대학을 향해 울퉁불퉁 뻗어나간 돌길―그 길 앞엔 언제나 작은 나뭇가지에 길의 이름이 새겨진 하얀 푯말이 달려 있었다. 골고다의 길―그 길에서 바라보이는 대학 건물의 중앙 벽면엔, '진리가 너희를 자유케 하리니'라는 라틴어 글귀가 커다랗게 조각되어 있었다. 하지만 이제 그녀 앞엔 사랑과 인생을 향한 또 하나의 골고다의 길이 놓여져 있는 것이다. 장남인 경석이 그의 가족을 위해 숙명처럼 짊어져야 할 삶의 십자가―그것은 마땅히 그녀도 함께 져야 할 공동의 것임이 틀림없었다.

그러나 희연은 빤히 바라보이는 그 길을 외면한 채 한사코 꽁무니를 빼며 우회하고픈 마음뿐이었다. 경석은 아무리 뜨거운 뙤약볕 아래서도, 그리고 아무리 강한 한파 속에서도 결코 차를 타고 골고다의 길을 통과하는 법이 없었다.

'이건 우리 마을에 대한 최소한의 예의야.'

경석은 자신의 그 외곬적인 행동에 대해 그렇게 해명하곤 했지만 그의 자기 고향에 대한 잠재적인 고착심리는 때때로 아주 고질적인 성향을 나타내기도 했다. 경석은 현대의 첨단기술에 의존한 모든 문화적인 것에 적응함에 좀처럼 가속성이 붙기가 어려운 사람이었다. 결혼 전 희연은 그러한 그의 면모를 검약이란 이름으로 꽤 높이 사기도 했었지만 때론 지나치리만큼 고답적이라고 여겨질 때도 많왔다.

덜커덩, 오토바이가 한바탕 요동을 침과 동시에 어둠 속에서 휘익 눈에 익은 한 그루의 버드나무가 그녀의 눈앞으로 다가들었다. 경석이 유년기에 심었다는 한아름 두께의 수양버들이었다. 사립문을 지키는 수굿한 자태가 언제 봐도 듬직한 집지기였다.

"외숙모, 외숙모!"

마당으로부터 쪼르르 큰시누이의 아이들이 달려나왔다.

"워메, 춘데 오니라고 욕보네잉."

"아가, 왔냐? 추워서 어쩐다냐?"

아이들을 선두로 이웃에 사는 큰시누이와 시모(媤母) 그리고 시동생들이 왁자하니 마중을 나오며 그녀를 반기고 있었다. 이젠 낯익은 그러나 여전히 타인 같은 느낌으로 그 거리가 좀체 좁혀지질 않는 서먹한 얼굴들이었다.

"갸는 뭔 공부를 고렇큼 오래 헌다냐? 싸게 돈이나 벌어 지 동상들 뒷바라지헐 생각이나 히얄틴디. 그려, 몸은 건강하디야? 대체 언지나 올 것이랑가?"

시모가 치마 꼬리를 잡아당겨 눈가를 닦아내며 경석의 안부를 묻고 있었다.

"네, 아마 빠르면 내년 봄쯤엔 귀국할 수가 있대요."

그르르릉, 희연의 말이 채 끝나기도 전에 마당으로부터 또 한차례의 요란스런 오토바이 소리가 들려왔다. 마지못한 듯 희연을 털썩 마당가에 내려놓고 더 이상 소리도 없이 자신의 방으로 사라지고 말았던 한석이 또 어디론가 마실이라도 가는 모양이었다.

"또 술 마시러 간당가? 에그, 속 창시를 다 녹일려는 게비여."

시름에 찬 시모의 끌탕은 어수선하던 방 안의 분위기를 일시에 가라앉히고 있었다. 시모의 가슴 저 깊은 곳엔 둘째 아들 한석에 대한 저승에 가서도 못 잊을 뼈아픈 한이 굽이굽이 서려 있으리라. 근자에 와서야 희연은 시집의 내력과 함께 그러한 시모의 마음까지도 어느 정도는 가늠해낼 수가 있었다. 경석 또한 오랜 객지 생활을 통해 거의 독학이다시피 어렵게 학업을 마쳤건만 그래도 배운 자식과 못 배운 자식에 대한 시모의 마음이란 애초에 비교조차 할 것이 못 되는 것인지도 몰랐다. 한석에 대한 시모의 애정은 유독 더 짙은 빛깔로 나타나곤 했다.

지난해 봄 오랜 지병 끝에 세상을 뜬 시부는 칠대 독자의 극히 자기 중심적인 사고에다 신체마저 더없이 병약했던 까닭에 자식들의 교육엔 일체 무관심한 사람이었다. 그런 환경에서도 기를 쓰고 대학을 졸업한 경석과는 달리 한석은 계속 기울어만 가는 가세 속에서 고교 진학을 향한 그의 꿈마저 포기한 채 자신을 그만 논두렁 속으로 내던져버리고 말았던 것이다. 그러함에도 형 경석을 생각하는 한석의 마음은 워낙 각별한 데가 있었다.

희연이 신행 온 다음날 저녁이던가. 한석은 그때 어디서 들고 왔는지 모를 뿌옇게 먼지 낀 보퉁이 하나를 들고 그녀 앞에 나타났었다.

'형수씨, 이거시 뭐신 줄 아시겠어요. 장차 아지메 되실 분헌티 보관료를 톡톡히 받아내려고 오로콤 자알 모셔 뒀지라우.'

평소의 그답지 않게 불그레 상기된 한석의 얼굴엔 원인 모를 기쁨이 넘실거렸다. 조심스런 손길로 그가 풀어헤친 꾸러미 속에서 한꺼번에 와르르 쏟아져나온 누렇게 지질(紙質)이 변해버린 각종 상장과 성적표의 묶음들. 그것은 바로 한석의 손에 의해 차곡차곡 한곳에 모아진 경석의 찬란한 학력이었다. 희연은 그때 얼마나 경악하고 또 경악했던가. 그날의 일은 그녀의 가슴에 또렷한 하나의 문신으로 남아 있었다.

어슴푸레한 박명을 헤치며 첫닭이 울고 있었다. 음력 설의 아침이었다. 꼬끼오, 새벽의 고요를 여지없이 뒤흔들고 마는 청승맞고도 생급스러운 주파수! 희연은 전신에 돋는 닭살 같은 소름을 느끼며 자리에서 몸을 꿈틀거렸다. 고달픈 인생살이의 기상나팔과도 같은 비장감과 처절함이 배어나는 닭 울음소리. 그건 이미 그녀에겐 생경한 음향이 아니었다. 얼깃설깃 서까래가 그대로 윤곽을 드러낸 낡은 천장벽지에 누렇게 쥐 오줌이 번져 있는 신방에서 온몸에 전율을 느끼며 들었던 바로 그 소리! 희연은 후두둑 자리를 털고 몸을 일으켰다. 들녘에서 불어오는 바람은 뼛속까지 스며드는 매서운 한파였다. 희연은 내장까지 덜덜거리는 몸을 추스르며 삐그덕, 부엌문을 밀고 안으로 들어섰다. 침침한 부엌 한구석에서 하얀 수건을 머리에 쓰고 꼿꼿한 자세로 키질을 하던 시모가 안으로 들어서는 그녀를 바라보며 따뜻하게 웃었다. 한치의 가식도 보이지 않는 순수한 자연인의 미소였다. 삶 그 자체에 대한 신앙과도 같은 엄숙함, 경건함으로 일생 행해왔을 신성한 부엌의 의식—그것은 자식에 대한 애틋한 사랑과 눈물겨운 성실성이 없이는 도저히 불가능한 일이리라.

"언니, 뭐더러 이렇큼 일찍 일어났디야?"

땔감용 볏짚을 한아름 안고 씽씽 바람을 날리며 부엌으로 들어서던 열아홉 살의 둘째 시누이가 그녀를 보고 환하게 웃으며 말을 건넸다. 이어서 헛간 쪽으로부터 전이 가득 담긴 커다란 채반을 받쳐 들고 막내 시누이가 또 그 모습을 나타냈다. 부엌 안은 일시에 생기로 가득 찼다.

거칠고 고된 삶의 그늘마저 그들의 강인한 생활력 속으로 모조리 용해시켜 오직 밝음 쪽으로만 가꾸어가는, 가을철 배추 줄거리처럼 대차고 싱싱한 시누이들의 모습에서 희연은 새삼스러운 경이감을 느꼈다. 대체 쇳가루를 먹고 사는 것일까. 때때로 그녀는 시집 식구들의 무쇠 같은 강인함에 내심 너무도 놀라곤 했다. 그럴수록 자신에 대해 느껴지는 상대적인 무력감은 더욱더 커져서 그녀는 자신의 행동이 마치 움직이는 마네킹처럼 부자연스럽게 삐그덕거림을 깨닫는 것이었다.

"아가, 지푸락을 거꾸로 때면 못 쓰는 벱이여. 후제 애 낳을 때 고상헌디야."

치솟을 듯 아궁이 밖으로 마구 넘실거리는 성난 불길 앞에서 그녀는 그만 쩔쩔매며 정신없이 부지깽이만을 휘젓고 있었다. 시모의 자상한 염려에도 불구하고 그녀에겐 우선 불을 꺼뜨리지 않는 것만이 급선무였다. 매운 연기 탓일까. 급기야 그녀의 눈에선 눈물이 줄줄 흘러내렸다. 어쩌면 그녀는 정말 울고 있는지도 몰랐다. 연기를 핑계로 조금쯤 후련하게 울어버리는 일이란 모든 것에 설고 설어 괜스레 서럽기만 하던 새색시 때부터의 습관성 생리 현상 같은 증세였다.

"아구메, 이게가 뭔 냄새여? 밥 타는 냄새 아니여? 형수씨, 불 좀 에지간치 때시요잉. 설날 아침부터 누룽지 잔치를 혀야 쓰겄소."

세수를 하려는지 수건을 목에 걸고 막 부엌으로 들어서던 한석이 마구 소리를 지르며 과장된 너스레를 떨고 있었다.

"아가, 욕봤다. 이제 쪼깨 쉬도록 혀."

차례 절차가 끝난 후 아침 나절부터 줄이어 들이닥친 세배꾼들의 치다꺼리로 하루 종일 부엌에서 헤어나질 못하던 희연이 저녁 설거지를 마치고서야 겨우 방 안으로 들어서는 것을 보고 시모가 딱한 얼굴로 그렇게 말했다. 희연을 도와 이리 뛰고 저리 뛰며 열심히 부엌일을 거들어주던 시누이들도 잠시 어디 이웃엘 갔는지 집 안은 아주 조용했다. 시모가 틀어놓은 TV에서는 민속의 날 행사가 한창이었다. 희연은 몰려드는 피로를 가까스로 참아내며 하릴없이 TV 화면에 눈길을 주고 있었다.

"나는야 흙에 살리라. 부모님 모시고 효도하면서 흙에 살리라."

걸걸한 톤으로 구성지게 뽑아올리는 한석의 음성이 토담을 넘어오고 있었다. 아침에 한 패의 세배꾼들에 묻혀 집을 나간 한석은 밤이 이슥해진 그제서야 돌아오고 있었다. 그가 한번 노래를 불렀다 하면 온 동네 처녀들이 온통 찬물 사발을 들이켜며 속을 태운다는 노래 솜씨! 일삼아 과일을 깎아가던 희연의 입가에 살그머니 웃음꽃이 피어났다. 그래, 난 그의 많은 점들을 좋아하고 있기도 해. 그녀는 문득 그런 생각을 떠올리고 있었다. 남편 경석이 갖고 있지 못한 두둑한 배짱과 박력 그리고 그의 그 타고난 익살과 유머 감각,

그 외에도 그에겐 시집 식구들 모두의 공통 기질인 남달리 뛰어난 성실성과 지구력까지 있지 않은가. 희연이 계속 한석에 대한 생각을 이어가고 있을 때였다. 우당탕, 어느 결에 콩 튀듯 토방을 뛰어넘어 한석의 몸이 방 안으로 굴러들어왔다. 아랫목에서 전해오는 따뜻한 온기로 나른하게 풀어져가던 희연의 몸이 순식간에 다시 굳어지고 있었다.

"에그, 그놈의 술 좀 엔간치 마셔라잉. 시상에 참말로 폭폭혀서 못 살겠당께."

방 한구석에 머리를 박고 비스듬히 쓰러지는 한석의 어깨를 들어 올리며 시모가 애절한 탄식을 쏟아내었다.

"엄니, 지가 술도 안 마셔불면 뭔 재미로 산다요? 암시렁 안 혀요. 너무 속끓이지 마시랑께요."

지독한 술 냄새를 풍기며 한석이 자조 섞인 푸념을 토했다.

"대체 우리 큰아덜은 워디서 뭘 허고 있디야? 후딱 와서 지 동상 쪼깨 장개나 보내줘야 헐 틴디, 참말로 딱혀."

느닷없이 또 경석을 들먹이는 시모의 넋두리는 철커덩, 희연의 가슴을 자극했다.

"엄니 전 절대 장개는 안 갈 것이요잉. 엄니 큰아들을 좀 보시요잉. 이 마을에서 젤로 떠르르한 수재에다가 더읎이 착헌 아들이었지라우? 헌디, 장개를 든 담부텀 그거시 다 엄니를 위혀서 뭔 소용이 있읍디여? 다 소용읎는 것이랑께요. 아, 그라고 그 뭐시냐, 아파트를 사줄 돈도 인저 우리 집이는 더 이상 읎잖어요. 또 우리 형수씨 맹키로 아파트 사달라는 며느리가 들어오면 어쩐다요? 안 그려요, 엄니?"

한석의 말은 주정이라기엔 너무도 그 논리가 정연하고 앞뒤가 분명한 것이었다. 애꿎은 사과 껍질만 작살나도록 짓이기던 희연이 반짝 고개를 들며 한석의 얼굴을 정시했다.

진작부터 두 사람 사이에 존재해온 팽팽한 위기감 속에서도 그녀는 되도록 한석과의 정면충돌만은 피해보리라 마음먹었었다.

그러나 이미 한석 쪽에서 먼저 시작을 해오고 있지 않은가. 하지만 그녀는 의외로 자신의 마음이 밑으로만 착 가라앉음을 느꼈다.

"도련님, 말씀 좀 삼가주세요."

"그려요. 지는 원캉 무식헌 놈인께요. 헌디, 지 말들이 틀렸으라우?"

한석이 자꾸만 한쪽으로 기울어지려는 몸을 간신히 벽에 기대며 희연을 쏘아보았다.

"야가 참말 워째 이래쌓는다냐? 그만 혀, 지발. 아가 넌 후딱 저 방으로 건너가 자도록 혀라. 어여!"

희연의 등을 밀어내며 시모가 안타까운 얼굴로 한석을 나무랐다.

"엄니, 전 형헌티 참말로 섭섭한 점이 많당께요. 외국에 가서도 집에는 편지 한 장이 읎어요. 사람이 완전히 변해부렀는 게비여. 혼사 때 아파트를 사야 헌다고 아부지를 조를 때부텀 다 알아봤지라우. 꼭 뭣에 홀린드키 쌩판 딴 사람이 되얏드라니께요. 뭣에 홀렸는가 홀려도 단단히 홀렸드만요."

"야가 참, 매칼없는 소리 좀 작작 혀라잉. 술 퍼먹고 매급시 이게 뭔 짓이다냐?"

　계속되는 한석의 공박에 하얗게 질린 희연의 귀에 끈적하게 젖은 시모의 음성이 들려왔다. 그러나 한석의 울분은 좀처럼 그칠 줄을 몰랐다.

　"형은 말이요잉, 서울서 대학을 댕기던 그 어려운 시절에도 말이요잉, 절대 집에다가 손을 내미는 벱이 없었지라우. 아, 그라던 형이 오죽허면 저럴까 싶은 맴이 들어 지가 아부질 빡빡 졸라 삼동네 돈 다 끌어다가 아파트 값을 구했지라우. 그 해 우리 집 농사는 완전히 거덜이 났응께요. 대체 뭐땀시 형이 그런 혼사를 혀야만 했당가요?"

　"인자 좀 지발 그만 혀라잉. 취혀도 쪼깨 분수 있게코롬 취혔어야지, 위아래도 읎이 이거시 뭔 일이다냐?"

　시모가 드디어 한석의 등을 쾅쾅 내리치며 언성을 높였다.

　"엄니, 죄송혀요. 지가 취혀긴 쪼깨 취혔나봐요."

　살충제의 분무기처럼 집중적인 위력으로 마구 희연을 향해 뿜어내던 한석의 울화가 갑자기 뚝 멈추고 있었다. 상체를 벽에 의지한 채 지그시 눈을 감고 그는 잠시 생각에 잠긴 모습이었다. 도대체 무엇이 어디에서부터 잘못된 것일까? 잠자코 침묵만을 고수하던 희연의 얼굴에 서서히 분노의 기운이 피어나기 시작했다. 불현듯 그녀의 눈앞에 결혼을 앞둔 초가을의 어느 날 현찰이 가득 담긴 커다란 가방을 들고 몹시도 초췌한 얼굴로 그녀의 집을 방문했던 경석의 모습이 떠올랐다.

　'여기 집값을 좀 마련해왔습니다. 저희를 위해 이 돈에 합당한 작은 아파트라도 하나 구해주십시오.'

　어머니, 강 여사를 향해 그렇게 말하던 경석의 웃음기 없던 메마른 얼굴! 그날 경석을 배웅하고 돌아오며 희연은 기운없이 축 늘어진 그의 어깨가 마음에 걸려 집 담벼락에 이마를 대고 얼마나 혼자서 아픔을 삼켰던가. 그녀는 그때처럼 어머니를 혐오했던 적은 없었다. 갖은 우여곡절 속에서도 끝내 자신의 의사를 굽히지 않는 희연에게 결국 백기를 들어야만 했던 강 여사는 최종적인 결혼 승낙에 앞서 또 한 가지의 강력한 요구조건을 내세웠었다. 그것은 어쩌면 끝내 그들의 결혼이 성립되지 않는 쪽을 희망했던 강 여사의 숨겨 놓은 마지막 카드였는지도 모를 일이었다.

　'아파트도 하나 없이 우째 새살림을 시작한단 말이고? 내사 마 절대 그래는 몬 시킨다.'

　펄펄 뛰는 희연의 반대 의사는 제쳐두고 강 여사는 자신이 직접 경석과의 비밀 접촉을 시도했다. 그 당시 그들 두 사람 사이에 어떤 협상이 오간 것인지 희연으로선 도저히 다 알 도리가 없었지만 어쨌든 결과적으로 강 여사의 제안은 별 무리 없이 통과되었던 것이다. 그리고 비록 십오 평짜리의 작은 서민 아파트였지만 그것은 강 여사로 하여금 더 이상 그들의 결혼에 이의를 달 수 없도록 하는 중요한 버팀목이 되어준 것이 사실이었다.

　그런데 그 버팀목이란 바로 다름 아닌 피와 땀으로 얼룩진 한석의 노동의 대가로 이뤄진 것이라니! 이 잘못 뿌려진 오류의 씨앗을 어찌해야만 옳단 말인가. 모든 것은 자신에 대한 강 여사의 철저한 과보호가 빚어낸 결과였다. 희연의 얼굴이 짙은 납빛으로 굳어지고 있었다. 비록 다리 밑에서 거적을 깔고 살아간다 해도 그녀는 모든 것을 처음부터 다시 그리고 새로이 시작하고만 싶었다. 일순 그녀의 얼굴에 결연한 빛이 스쳐갔다.

"어머님, 전 아파트 문제가 이토록 집안에 큰 파문을 일으켰는지 미처 몰랐습니다. 서울에 가면 빠른 시일 안에 아파트를 내놓겠어요. 그리곤 모든 것을 다시 시작하겠어요."

희연의 나직한 음성이 가늘게 떨리고 있었다. 순간 무섭게 부릅뜬 한석의 두 눈이 돌연 희연을 향해 불을 뿜었다.

"형수씨, 참말로 고렇큼 나오시기요잉? 아, 시방 누가 돈 갖고 따지는 것이간디요? 지가 말혀고 싶은 것은 바로 사람 사는 도리와 경우에 관한 문제요잉. 아시겠어요? 사람을 고렇큼 너무 무시허면 못쓴당께요. 워째 사람 맴을 고렇큼 모른다요? 참말로 환장해 죽겠구만이라우. 참말로 너무 허요, 너무 혀."

한석이 갑자기 자신의 가슴을 펑펑 내리치더니 그만 꺽꺽 울음을 토하기 시작했다. 그건 울음이라기보다 차라리 절규에 가까운 처절한 몸부림이었다.

"에그, 이 딱한 것아. 에미 애비 잘못 만나 에러서부텀 빽따구 아프게 일만 했응께 니 속인들 오죽했겠냐? 다 안다, 알아. 에민 니 속 다 알어."

풀썩, 한석의 등 위로 몸을 던지며 시모마저 절절한 울음판을 장만하고 있었다. 아, 이 일을 어쩔 것인가. 희연은 질식할 듯 막혀 오는 가슴을 붙안고 소리없이 방을 빠져나왔다. 그녀는 대문을 벗어나 꽝꽝 얼어붙은 채 희뿌옇게 그 형체를 드러낸 도랑가의 짚가리 뒤에 몸을 숨겼다. 내가 왜 이곳에 혼자 있는 것일까? 웅크리고 주저앉은 그녀의 가슴이 감당키 어려운 통증으로 와르르 떨리고 있었다. 그녀는 자신의 아픔이 아직도 방에서 울고 있을 시모와 한석, 두 사람을 향한 것이라기보다는 오직 남편 경석을 생각한 것임을 깨달았다. 그녀는 어찌하여 경석이 도시의 화려한 거리에서 환하게 웃음지을 수 없었는지를 비로소 이해할 수 있을 것만 같았다. 어두운 밤하늘에서 저마다의 크기와 빛깔로 명멸하는 수많은 별들—그 별만큼 많은 사람 중에 단 한 사람을 만나 결혼하고 그리고 사랑하며 살아간다는 일이 이토록 쉽지 않은 일이던가. 희연은 문득 한 선배 언니의 말을 떠올렸다. 자, 사랑은 이제부터 시작이야. 결혼식 날 화사한 축하의 인사와 함께 그녀의 귓가에 속삭여주던 말은 그랬다. 참사랑이란 어쩌면 사랑을 행하고자 하는 의지의 전(全)과정을 가리킴이 아닐까. 그렇다면 사랑이란 늘 미완성을 의미하는 것인지도 모른다. 완성을 향한 숨가쁘고도 쉼없는 고난의 길, 이제 결코 그 길을 피해 갈 도리는 없으리라. 결혼식 전날 밤 강 여사는 희연을 향해 마지막 다짐의 말을 잊지 않았었다.

'니 좋아 택한 길 아이가. 우짜든지 찍소리 말고 탈없이 살아야 한데이.'

그렇게 말하며 강 여사는 희연의 손을 꼭 잡아주었었다. 지난 겨울, 온 나라가 용광로처럼 들끓어대던 거국적인 대통령 선거 때 강 여사는 우정 그녀에게 전화를 걸어왔었다.

'내사 마, 하나밖에 없는 사위 생각해서 무조건 거기 사람을 찍을란다. 그래 알고 있그래이.'

강 여사의 전화 내용은 그것이 전부였다. 논리성 없고 단순하기

가 마치 어린아이 같던 강 여사의 맹목적인 자식애 앞에서 희연은
그만 할 말을 잊었었다. 지역감정이란 그렇듯 아무에게도 존재하지
않는 허깨비 같은 것인지도 모른다. 누구에게나 어머니의 경우처럼
그렇게 쉽게 바뀔 수 있는 그리고 그다지 크게 문제 될 것이 없는
가변적인 것, 다만 자신들의 실리와 유익을 위해 그것을 적극 필요
로 하는 몇몇 사람들에 의해 필요 이상으로 확대되고 감염되어 마
침내 전염병처럼 급속도로 번져나가는 것. 그것이 바로 지역감정
의 실체일는지도 모른다. 어머니를 생각하며 희연은 끝없는 상념에
빠져들고 있었다. 곧 새벽이 올 시간이었다. 첫닭이 울기 전에 눈이
라도 좀 붙여야만 할 것이다. 아침이면 그녀는 또 서울을 향해 출발
해야 할 사람이었다.

"이 떡 한 뎅이 더 넣어, 어여!"
"됐어요, 어머님. 이만하면 충분해요."
더 넣고 덜어내고 하는 시모와의 승강이 속에서 희연이 떠날 채
비를 하는 동안 한석은 또 어디론가 훌쩍 나가버리고 없었다. 끝내
이렇게 헤어져야만 하다니! 희연의 가슴이 서늘하게 내려앉았다.
겨울답지 않게 확 풀어진 날씨는 왠지 그녀의 기분을 더욱 맥풀리
게 하고 있었다. 시집 식구들과 작별 인사를 끝낸 그녀가 막 마을
고샅을 벗어나려 할 때였다. 위잉, 나는 듯한 속력으로 한 대의 오
토바이가 그녀를 향해 질주해오고 있었다. 점점 가까이 다가오는
모습―한석이었다. 애써 희연과 눈길이 마주침을 피하며 그는 심
히 무연한 낯빛으로 말없이 희연의 짐을 자신의 오토바이에 옮겨

실었다.

"타시죠."

그는 희연을 향해 전에 없이 깍듯한 표준말을 사용하고 있었다.

그녀를 태운 오토바이는 살같이 빠른 속도로 기차역을 향해 방향을 틀었다. 더없이 든든하고 믿음직한 한석의 등—신행의 그날 밤 힘찬 걸음으로 마중 나와 어두운 길을 밝혀주던 시아제가 아니던가. 헤어질 때면 늘 삼거리에서 만나지던 그의 물기 어린 눈동자와 외로운 모습, 그러나 서울만 가면 희연은 그를 잊었다. 안간힘으로 움켜쥐며 아성의 높은 벽을 쌓아온 이기의 세월—그것을 감히 부인할 수는 없으리라. 희연의 가슴속 어느 귀퉁이로부터 한 덩어리의 자책감이 거품처럼 부글부글 괴어올랐다. 저만큼에서 삐익, 기적을 울리며 서울행 열차가 달려오고 있었다. 말없이 플랫폼까지 따라나온 한석이 그녀에게 한 장의 차표를 건네주었다. 얼굴 가득 쓸쓸함이 깃든 한석을 향해 그녀가 따뜻한 웃음을 보이며 한쪽 손을 내밀었다.

"자, 악수 한번 해요. 우리에겐 살아온 세월보다 앞으로 함께 살아야 할 더 많은 시간들이 있을 거예요. 도련님에게 진 많은 빚, 언젠가는 꼭 갚게 될 날이 오리라 믿어요."

"빚은 뭔 빚이다요. 넘넘찌리도 아닌디……."

꽤나 머쓱한 얼굴로 한석이 마지못한 듯 그녀의 손을 가볍게 잡았다가 놓으며 말했다. 주춤주춤 열차가 움직이기 시작했다. 차창 밖의 한석이 무르춤한 자태로 플랫폼에 가만히 서서 열차가 지나가기를 기다리고 있었다. 아, 바로 저 얼굴, 결코 미워할 수 없는, 그

러나 서울만 가면 다시 또 금방 잊고 말지도 모를 얼굴! 그러나 어
인 일일까. 갑자기 그녀의 가슴이 이제껏 전혀 느껴보지 못한 아주
색다른 통증으로 미어질 듯 아파오기 시작한 것은. 그녀는 이제서
야 겨우 자신이 막 골고다의 길 초입에 들어섰음을 깨달았다.

- 1989년 동아일보 신춘문예 당선작

출모(黜母)

열차는 낯익은 들녘을 달리고 있었다. 8월의 쨍한 태양열로 인해 바싹 달궈진 선로로부터 덜컹거리는 바퀴 소리에 묻혀 녹슨 쇳내음이 날아왔다. 쇳내음. 그건 늘 지원에게 그녀의 황량했던 시절을 일깨우는 서글프고도 아릿한 한 가닥의 향수였다. 아직 그녀가 모든 것을 다 잃기 전이던 그때의 애환 어린 생활에 대한 아련한 슬픔의 미립자. 그것은 언제나 그녀에게 녹의 빛깔과 냄새로 다가오곤 했다.

현수는 수없이 객실의 출입구 쪽을 들락거리고 있었다. 벌써 몇 차례의 자리비움이던가. 털썩, 그녀의 옆에 걸터앉은 녀석의 몸에서 훅, 하고 니코틴에 절은 설익은 사내의 체취가 풍겨왔다. 지원의 갯벌처럼 질척한 가슴으로 우우 돌개바람이 몰려들었다. 따다닥 딱

딱 현수가 또다시 자신의 손마디를 꺾어대기 시작했다. 열 손가락 마디마디를 마치 당장 절단내버리고야 말 듯이 그렇게 차례로 꺾어 제끼는 소리에도 지원은 이제 상당히 이력이 나 있었다. 오싹, 전신에 한번 전율이 일었을 뿐 용케도 그녀의 표정엔 더 이상의 흔들림이 없었다. 현수는 필시 또 그 큰 눈동자를 껌벅거리고 있으리라. 지원은 자꾸만 아들 현수에게로 향하려는 자신의 시선을 급히 거둬들이며 두 눈을 질끈 감아버렸다.

"언니, 현수에게 자극은 금물이에요. 되도록 감정을 절제하는 편이 좋을 거예요. 부탁해요, 언니."

헤어진 후 처음으로 아들의 얼굴을 마주하던 순간, 뉴욕에서 서울까지 현수를 인도해온 시누이는 공항에서 지원을 보자 그렇게 말했다. 근 8년 만에 다시 보는 아들의 모습이었다. 그러나 그녀의 눈앞엔 너무나 낯설고도 야릇한 분위기의 이국청년이 서 있을 뿐이었다. 그는 이제 더 이상 딸랑방울처럼 귀엽고 장난기 많던 9살짜리 꼬마, 그녀의 아들이 아니었다. 썽그렇게 몰려오는 이질감에 그녀는 그만 쓰러질 듯 야윈 몸을 휘청거렸다. 풀을 먹인 듯 빳빳하게 치켜세운 해괴한 헤어 스타일과 냉담한 눈빛, 너덜너덜 어지러운 스노우진의 차림새가 더욱 그녀를 질리게 했는지도 모른다. 아들은 이제 분명 그녀의 소관이 아니었다. 전혀 다른 세계에서 온 사람.

지원은 아들로부터 까마득히 떼밀려나는 초라한 자신의 모습을 깨달아야만 했다. 그간 잘 지냈니? 많이 컸구나, 현호도 잘 있지? 애끓는 속마음과는 달리 마냥 건조하게만 이어지는 지원의 질문에 아들은 냉소 어린 웃음만 빼물뿐 아무런 반응이 없었다. 따다닥 딱

딱, 거친 동작으로 손가락 마디를 꺾어대며 쉴새없이 두 눈을 껌벅이는 국적불명의 기이한 모습! 지원의 가슴 깊은 곳 어딘가에서 툭툭, 해묵은 상처가 덧을 내며 딱지를 터뜨리고 있었다. 그녀의 얼굴이 하얗게 핏기를 잃어갔다. 어느 결엔가 그녀의 파들거리는 손길은 마디가 굵고 길다란 아들의 손을 향해 뻗쳐가고 있었다.

"당신, 어디가 불편해요?"

휙, 그녀의 손길을 뿌리치며 뱉아내는 아들의 첫 일성은 놀랍도록 유창한 영어였다. 아! 의식이 까맣게 지워지며 아래를 향해 마구 굴러떨어짐을 느끼는 순간, 그녀는 그대로 풀썩, 공항 대기실 바닥에 쓰러지고 말았다.

"언니, 왜 이래요? 정신 차리세요."

가물가물한 그녀의 의식 저편에서 시누이가 계속 무어라 외쳐대고 있었다.

"내 아들, 현수……."

지원은 어떻게든 다시 일어나야만 한다고 필사적인 노력으로 자신의 정신력에 매달렸다. 그녀에겐 오직, 다시 한 번 똑똑히 아들의 얼굴을 바라보고 싶다는 강렬한 열망뿐이었다.

급작스레 확 펼쳐지는 초록빛 물결이 지원의 시야에 하나 가득 넘실거리며 다가들고 있었다. 열차는 이제 곧 하내리에 닿으리라. 그녀의 가슴이 막 회항을 앞둔 저녁바다의 통통배처럼 급히 요동치기 시작했다. 그녀는 흘깃 옆자리의 아들을 일별했다. 좌석에 상체를 내맡긴 채 그린 듯이 눈을 감고 앉아 있는 아이—툭 불거진 이

마하며 도톰한 입술, 갸름한 턱 선은 영락없는 자신의 아들이었다.
8년 만의 재회 이래 열흘이란 시간이 흐르는 동안 아들과 함께 한
서너 차례의 만남이란 극단적으로 교차되는 희비의 감정에 그녀의
심신이 그대로 휘말려온 충격의 나날들이었다. 현수의, 그의 머리
털만큼이나 빳빳하게 경직된 언행은 그리 쉽게 풀어질 기미를 보이
지 않았다. 다만 한사코 침묵만을 고수하던 처음의 태도에서 일보
전진하여 예스, 노우 혹은 오우케이 정도의 반응을 보임이 고작이
었다.

음식점에서 고궁으로, 그리고 다시 음식점으로… 대체 서울이란
곳에서 열일곱 살의 머슴애를 데리고 갈 마땅한 장소는 어디인가.
지원은 먼지 이는 도심의 거리에서 극심한 곤혹감으로 한나절을 헤
매곤 하였다.

"즐거운 시간이었어요. 바이!"

저녁 무렵 헤어질 때면 현수는 그의 숙소인 시모의 집으로 향하
며 그렇게 인사하곤 했다.

영어란 참으로 편리한 언어였다. 지원은 아들이 자신을 향해 일
체의 호칭을 생략하면서도 그런 대로 충분히 의사소통이 가능하다
는 사실에, 자신의 전공이 영어임에도 불구하고 새삼 놀라움을 느
꼈다. '유우(You)'라는 하나의 단어가 지구상의 모든 대상에게 다
적용될 수 있는 언어의 합리성―그건 곧 그 나라의 민족성을 말해
주는 것이다. 지원은 거대한 미주(美洲) 대륙이 그녀의 어린 아들을
통째로 꿀꺽 삼켜버린 듯한 충격에 몸을 떨었다. 아들과 헤어지는
저녁이면 그녀는 못다 한 모성의 헛헛함과 타는 듯한 갈증으로 중

심을 못 잡고 허둥거렸다. 꽉 짜여져 내려온 아들의 체류 일정조차
자신의 의사와는 하등 무관함을 그녀는 도리없이 인정해야만 했다.
그녀에겐 보름이라는 제한된 시간 내에서 아들과의 자유로운 만남
이 허용된다는 사실과 밤새 뒤척이며 아들과의 보다 나은 일정을
위해 애타게 가슴을 조이는 일만이 남아 있었다.

　자식을 기른다는 것은 무엇일까? 남들 다 잠든 꼭두새벽에 졸린
눈 부비며 일어나 안쓰러운 손길로 도시락을 챙겨주며, 시큼하게
땀내 나는 속옷가지며 운동화를 빨아대며, 손끝으로, 가슴으로 여
물어가는 아픈 정이 다지고 다져져 세월의 부피와 함께 켜켜이 쌓
여가는 과정! 그러한 각고의 세월이 생략된 자신의 존재란 아들에
게 한 낯선 여인 이상의 어떤 의미가 있을 것인가. 지원은 희뿌옇게
밝아오는 새벽을 맞으며 겨우 그녀의 뇌리에 빗살처럼 와 박히는
하내리를 떠올릴 수가 있었다. 하내리—아이들이 그녀의 곁을 떠
나기 직전 함께 살던 마을, 그녀의 어두운 과거와 조각난 아이들의
유년기가 남아 있는 곳. 날이 새면 아들과 함께 그곳엘 가리라. 차
갑게 얼어붙은 현수의 가슴에 한 가닥 정감의 싹이라도 틔워볼 수
가 있다면…….

　지원은 홀연히 자리를 털고 몸을 일으켰다. 아들을 위해 정성껏
도시락이라도 마련해보고 싶었던 것이다.

　열차가 서행을 하며 쿨렁쿨렁 플랫폼에 들어서고 있었다. 현수는
과연 이곳을 기억하고 있을까? 아침에 만났을 때 지원이 하내리에
의 동행을 요구하자 뜨악한 얼굴로 마지못해 응해오던 현수였다.
지난날, 플랫폼이 빤히 내려다보이는 작은 역사(驛舍)에서 동생 현

호의 손을 잡고 한없이 아빠를 기다리곤 하던 현수. 그녀의 아이들은 늘 그렇게 아빠의 정에 주려 있었다. 어쩌다 한번 남편, 찬엽이 바람처럼 훌쩍 그들의 곁을 들렀다 갈 때면 아이들은 늘 역까지 따라나와 안타까운 이별 장면을 연출하곤 했었다. 아빠, 언제 또 와요? 으음, 나중에 시간 나면. 매일 그렇게 바빠요? 미국 가는 준비 땜에 바쁜 거 너희도 알잖아? 미국은 왜 가요? 여기가 좋은데… 짜아식들, 촌놈 다 됐구나. 야, 다음부턴 너희들이 서울에 와, 야구장 데려갈게. 와, 정말이죠? 그러나 그의 약속은 번번이 지켜지지 않았다. 주말이 되어 지원이 아이들을 이끌고 서울로 올라가면 찬엽은 이미 그곳에 없었다.

꽤 많은 사람들이 하내리에서 하차를 하고 있었다. 궁색스런 몇 송이의 백일홍을 앞자락에 드리운 작고 허름한 역사가 변함없이 신산스러운 자태 그대로를 간직한 채 제자리를 지키고 있었다. 주머니에 두 손을 푹 찌른 채 터벅터벅 자신의 뒤를 따르는 아들의 무덤덤한 얼굴에서 지원은 문득 남편의 모습을 발견하고 소스라치게 놀랐다.

하내리―이곳이 근본적으로 찬엽의 생리에 맞을 리는 없었다. 구질구질함, 촌스러움, 너절함 따윈 딱 질색인 찬엽은 늘 최고와 최상, 그리고 중심만을 동경하고 지향해온 사람이었다. 교육자인 홀어머니 밑에서 단출하고 검소하게 자랐건만 그의 그 화려함과 번잡함만을 추구하는 생활습벽은 대체 어디에서 연유된 것인지 지원으로선 도무지 알 길이 없었다.

미국으로 이민이나 가야겠어. 이놈의 땅, 더러워서 살 수가 있나.

입버릇처럼 그렇게 말해오던 찬엽은 결국 여러 직장을 전전한 끝에 본격적인 실직자의 생활로 전락하고 말았다. 그 후 지원네의 생활은 집안의 유일한 수입원인 시모의 월급에만 매달려 살아가야 했다. 하지만 그러한 생활을 지속하기엔 지원의 염의(廉義)가 도저히 그걸 용납지 않았다. 더구나 젊어서부터 홀로 삼남매의 자식을 키워내느라 강인하고 철저하기 이를 데 없는 시모의 성품은 은연중 강한 압박감으로 지원을 짓눌러왔다. 그녀로선 한시라도 빨리 자립하는 일이 중요했다. 때마침 그녀는 인근의 도(道)교육위원회에서 실시하는 중등계 순위고사에 응시, 합격함으로써 어려운 취업의 기회를 획득할 수가 있었다.

"뭐? 뒤늦게 선생 노릇이나 하겠다구? 사람이 청승맞긴! 어디 가서 물장사를 하는 게 낫겠다."

"너무 그러지 말아요. 당신의 진로가 확실해질 때까지만 할 거예요."

찬엽의 면박에도 불구하고 지원은 눈이 빠지게 발령이 나기만을 기다렸다. 그러나 막상 그녀가 임용된 학교는 통근거리로선 너무나 먼 곳이었다. 문제는 찬엽이었다.

"기어이 촌에 가서 살겠다면 당신 혼자 내려가. 이민 수속을 밟으려면 난 여기 있어야 해."

그는 끝내 서울을 벗어나려 하지 않았다. 늘 어디에선가 혼자의 생을 즐기던 찬엽. 그는 매년 겨울철이면 기타 하나 훌렁 둘러메고 친구의 스키장을 향해 집을 떠났다. 한겨울 내내 멋들어진 향연으로 스키장의 수입을 올려주던 찬엽이었다. 그는 잠시도 변화없는 생활은 견뎌내질 못했다. 늘 뭔가 새롭고 아름답고 충일해야만 살 맛이 나는 사람이었다. 결국 지원의 자립은 찬엽의 무절제한 생활에 더욱 확고한 하나의 명분과 빌미를 준 것 외엔 아무런 의미가 없었다.

어디선가 목이 쉬어라 매미가 울어대고 있었다. 쏟아지는 폭염 속에서 모자(母子)는 시골 중학교의 나지막한 울타리를 따라 말없이 걸었다. 그곳은 불과 몇해 전까지만 해도 지원이 몸담고 있던 그녀의 초임 근무지였다. 그녀의 아이들은 매일, 교문 옆 울타리 밖에 서서 그녀의 퇴근을 기다려주었었다. 작은아이, 현호는 늘 흙투성이의 몸으로 벌망아지처럼 온 마을을 뛰어다니며 장난을 쳐대곤 했다. 지원의 학교에서 풀베기 작업이 있던 날이던가? 마을 어귀에서, 풀더미를 가득 실은 손수레 위에 올라앉아 말캉한 입술로 삐삐, 휘파람을 불어대며 신이 나던 현호, 그리고 뒤에서 끙끙, 학생들과 함께 수레를 밀어가던 현수! 지원의 눈앞이 뿌옇게 흐려졌다. 깨어 있을 때보다 잠든 모습이 더욱 애처롭고 사랑스럽던 일곱 살짜리 개구쟁이—그애는 지금 어떤 모습으로 이국에서의 삶을 살아가고 있는 것일까?

"현호는 왜 함께 못 왔지?"

지원이 자신도 모르는 사이에 한숨처럼 웅얼거렸다.

"네? 현호라구요? 맙소사! 아직도 그앨 기억하고 있었나요? 놀랍군요."

느닷없이 현수가 무서운 얼굴로 표변하며 으르렁거렸다. 지원의 가슴이 날카로운 비명과 함께 갈기갈기 찢겨져나가고 있었다.

"현수야, 제발! 진정하렴, 우리 오늘은 얘기 좀 해보자."

"얘기라고요? 무슨 얘기? 지금 와서 뭐 할 말이 있나요?"

참으로 기상천외한 대화방식이었다. 아들은 줄곧 영어로, 그의 어머니는 줄곧 한국어로, 그러나 두 사람은 각각 서로의 말을 충분히 알아듣는 기이한 상황이었다. 지원은 차라리 자신이 아들의 영어를 전혀 이해할 수 없었다면 그들 사이의 비극성은 훨씬 더 줄어들었을지도 모른다는 생각이 들었다. 현수가 다시 격한 어조로 말을 이었다.

"당신은 파파에 대한 미움 때문에 우릴 버렸어요, 난 한국이 싫어요. 한국어도, 한국인도, 한국의 그 모든 것이 다……."

"현수야, 아무도 널 버리진 않았단다. 다만 아빠의 곁으로 보낸 것뿐이지."

"그건 결국 똑같은 의미죠. 안 그래요?"

"아냐, 절대로! 그건 분명히 다른 의미야."

지원의 끝말은 숲으로부터 합창을 하듯 일제히 울어대는 매미소리에 묻혀버렸다. 그들은 학교 뒷산으로 길게 이어진 좁다란 아카시아 숲길을 올라갔다. 아이들이 그녀의 품을 떠나던 그해의 가을날, 그들은 셋이서 이 숲길을 걸었었다. 불현듯 지원의 뇌리에 아이들이 떠나던 날, 그 통한의 아픔이 선명한 각인처럼 또렷이 되살아났다.

공항 출국자 대기실은 들끓는 인파로 붐비고 있었다. 지원은 아름드리 돌기둥에 몸을 숨긴 채 숨죽이며 그녀의 두 아들을 지켜보고 있었다. 찬엽의 곁에는 짧은 단발머리를 한 앳된 모습의 여자가 시모를 비롯한 여러 환송객들 틈에 싸여 석별의 정을 나누기에 여념이 없었다. 여자의 해맑고 도도록한 얼굴에서는 화사한 미소가 넘쳐흘렀다.

죄받을 인간! 찬엽을 향한 불 같은 증오로 지원은 차가운 화강암 기둥을 긁어내리며 그를 증오했다. 지그시 입술을 깨물며 가까스로 오열을 참아내는 지원의 충혈된 동공 속으로 애처로운 두 아들의 모습이 커다랗게 잡혀왔다. 그들 할머니의 취향에 따랐을 법한 짧은 상고머리에 몹시도 거북해보이는 딱딱한 정장 차림새로 아이들은 계속 무언가를 찾아 불안한 눈길을 두리번거렸다.

그녀의 앞에 영겁의 세월이 흐른다 해도 결코 그 순간만은 잊지 못할 뼈아픈 장면이었다. 윙윙 울리는 안내방송과 함께 드디어 찬엽 일행이 출국 게이트를 빠져나가기 시작했다. 계속 눈물을 찍어내는 시모를 향해 그녀의 아이들이 까딱까딱 힘없는 손짓을 해보이는가 싶더니 깜빡, 안으로 사라지고 없었다. 이미 그곳엔 찬엽도, 화사한 미소의 여자도 더 이상 보이질 않았다. 다들 그렇게 떠나간 것이다. 지원에게 씻을 길 없는 상처를 남긴 채 그들은 그렇게 떠나갔다.

찬엽에게 여자가 생겼다는 정보를 가장 먼저 제공해준 사람은 지원과 가까운 한 대학친구였다. 가족들과 함께 스키장에 다녀온 그 친구는 펄펄 뛰듯 흥분하여 하내리로 시외전화를 걸어왔었다.

"얘, 참 기가 막혀. 설마, 하고 가까이 가보니 진짜 현수 아빠지

뭐니? 너무 놀랍고 애들 아빠 보기 민망해서 끝까지 모른 척하는데 속이 부글거려서 혼났어. 그 많은 여대생들 틈바구니에서 기타 치고, 노래하고, 사회 보고… 꼭 무슨 스타 같애. 옆에 바짝 붙어 앉은 계집애하곤 보통 사이가 아닌 것 같았어. 너 당장 짐 싸들고 거기서 철수해. 알겠지?"

"진정해. 이미 짐작하고 있던 일들이야."

짧게 응수하는 그녀의 눈꺼풀에 파르르 경련이 이는 것과는 달리 그녀의 음성은 착 가라앉아 있었다. 엄청난 돌더미가 일시에 와락 그녀를 덮쳐내리는 듯한 충격이 지나간 후 그녀에게 남은 것은 오직, 결국 올 것이 오고야 말았다는 싸늘한 체념뿐이었다.

10년 간의 결혼생활을 통해 지원은 이미 찬엽에게서 남편으로서의 감미(甘美)한 의뢰심이라든가 기본적인 신뢰감 따윈 포기해버린지 오래였다. 하내리 행을 결심할 때부터 어쩌면 그녀의 의식 속에는 찬엽과의 사이에서 점점 더 커져만가는 위기감에 그녀 나름대로의 방어책을 찾으려는 안타까운 시도가 깃들여 있었는지도 모를 일이었다. 그러나 한편 지원은 행여나 그들의 별거가 깊게 질곡이 팬 그들의 관계에 뜻하지 않은 전환점을 가져다줄 수도 있지 않을까 하는 막연한 기대도 없진 않았다. 하지만 사태는 이미 좋지 않은 쪽으로 기울어지고 있었다.

"당신이란 여자는 참 이상해. 외로울 때 함께 있으면 더욱 외로워지는 여자, 당신은 그런 여자야."

그런 따위 찬엽의 뜬금없는 독백들이 주정이 아님을 알게 되는데는 그다지 긴 세월이 필요치 않았다. 고삐를 당길수록 앞발을 치켜들고 허공을 향해 길길이 날뛰는 야생마처럼 찬엽의 방황은 지원으로선 속수무책이었다. 쉼없는 노력으로 그의 고삐를 잡아당겨야만 하는 일은 애초부터 지원에겐 역부족인지도 몰랐다. 그의 몸서리쳐지도록 냉혹한 눈빛과 얼음장같이 차가운 거부의 몸짓. 그것은 야생마의 무자비한 발길질과도 같았다. 그녀의 질기지 못한 감성은 잔인한 야생마의 말발굽 아래에서 나날이 짓이겨져갔다. 지원은 찬엽과 그녀 자신, 그 두 사람이 다 살아남는 길은 오직 그의 고삐를 놓아버리는 일밖에 없음을 깨달았다. 가뭄에 콩 나듯 찬엽이 뜨문뜨문 하내리에 발길을 내딛는 것으로 계속된 일 년 남짓의 별거생활 끝에 찬엽은 결국 이혼을 요구해왔다.

"적어도 당신은 배운 여자니까 피차 자존심을 건드리는 불필요한 언행은 삼가리라 믿어. 애정 없는 결혼생활은 그 종말이 빠를수록 좋다고 생각해."

그런 식의 극히 도식적인 변이 그가 원하는 이혼 사유의 전부였다.

"애정이라고요? 결혼은 책임과 의무예요. 세상 모든 일들이 그렇게 쉽게만 해결된다면 좋겠군요."

지원의 항변에 때를 맞춘 듯 그의 오랜 숙원인 미국에의 이민 계획은 척척 순조롭게 잘도 풀려나갔다. 이제 지원과의 이혼 여부를 떠나 찬엽의 이민은 하나의 확고한 기정사실이었다. 결정은 지원에게 달려 있었다. 그녀의 앞엔 끝내 이혼을 거부한 채 찬엽을 따라 그의 반목을 무릅쓰고 미국으로 건너가느냐 아니면 어쩔 수 없이 이혼을 해준 후에 한국에 남아 있느냐의 두 갈래 길이 놓여 있었다. 오랜 시간의 고뇌와 갈등 끝에 지원은 결국 후자의 길을 택하고 말았다. 그녀 자신의 의사와 자존심은 완전히 내팽개친 채 그 무모하고도 굴욕적인 도미의 길을 택할 수는 없었다.

"아이들 양육 문제는 당신의 선택에 맡기겠어. 하지만 되도록 아이들의 적응률이 높은 쪽으로 결정되길 바래."

찬엽의 속셈은 너무나 뻔한 것이었다. 자식조차 품어안을 가슴이 없는 남자! 지원은 그의 그 파렴치함에 치를 떨었다.

"난 애들 못 맡아요. 나도 앞으론 철저히 내 자신만을 위해 살겠어요. 당신과 사는 동안 난 유일하게 그걸 배웠어요. 그런 삶을 위해서라면 아이들은 오직 장애물일 따름이겠죠."

맹렬한 불꽃이 이글거리듯 마음에도 없는 소리가 마구 튀어나왔다. 그것은 그를 향한 지원의 다스릴 길 없는 분노가 빚어낸 극렬한 역반응이었다. 만에 하나라도 찬엽에게서 부성의 편린을 엿볼 수가 있었다면 지원은 그토록 쉽게 그녀의 아이들을 포기해버릴 순 없었을 것이다. 그녀가 아이들을 맡는다는 것은, 찬엽의 성격으로 보아 자칫 두 아들로 하여금 영원히 아버지란 존재를 잃게 만들고야 마는 결과가 될 것임은 자명한 일이었다. 설상가상으로 한국의 가족법이란 것이 전면적으로 여자에겐 불리하게만 만들어져 있었다. 지원은 결코 독립 호주로서 아이들의 법적인 보호자가 될 수 없었다. 영원한 동거인일 따름이었다. 더구나 교육공무원으로서도 각종 혜택에서 일체 제외됨은 물론이었다. 그러한 법률적인, 사회적인 일련의 부조리들은 끝없이 외롭고도 암담한 난제로서 지원의 도처에 널려 있었다. 그녀는 몹시도 지쳐 있는 상태였다. 아이들과의 이별 후에 찾아올 아픔 같은 건 미처 생각해볼 여유조차 없었다. 찬엽은 아이들의 거취에 관해 몇 번씩이나 재확인함을 잊지 않았다.

"당신, 잘 알아서 결정해. 나중에 아이들 앞에 나타나 감히 친권을 주장할 생각은 아니겠지?"

"그 따위 걱정 말아요. 당신이나 아이들한테 애비 노릇 잘해요. 아님 천벌 받아요."

격한 한순간의 결정은 지원의 모성에 돌이킬 수 없는 한을 남기고 말았다. 금방 숨이 넘어갈 듯 서둘러 이혼수속을 마친 찬엽은 그 후 다시는 지원의 눈앞에 그 모습을 나타내지 않았다.

단지 그녀에겐 찬엽의 의사에 따라 이미 시모의 집으로 거처가 옮겨진 아이들의 소식만이 간간이 전해질 따름이었다. 주말이면 서울, 시모의 집을 향해 치닫는 그녀의 마음은 아이들을 향한 그리움으로 피가 말랐지만 그녀는 이를 악물고 참아냈다. 거기서 무너져버리면 그녀는 영영 아이들과 떨어질 수가 없을 것만 같은 위기감 때문이었다.

아카시아 숲길이 끝나는 곳인 시원한 빈터에서 지원은 걸음을 멈추었다. 그녀가 돗자리를 깔고 준비해온 음식을 펼치는 동안에도 현수는 계속 침울한 기운에 싸인 채 그루터기에 앉아 꼼짝도 않고 있었다. 잠시 후, 아주 천천히 그러나 놀라울 만치 대담하게 현수가 자신의 이야기를 쏟아내기 시작했다.

"현호, 그앤 방학 내내 미야를 돌봐야만 해요. 파파가 이번에 큰 드러그 숍을 오픈했거든요. 미야 엄마와 파파, 그 두 사람이 하루 종일 그곳에 매달려 있어야만 하는 거죠."

아연한 얼굴로 바라보는 지원의 눈길을 피해버리며 현수가 또다시 그의 손가락을 괴롭히기 시작했다. 따다닥, 딱딱… 그의 손가락 마디마디에서 아픔의 비명들이 터져나오고 있었다.

"말하자면 드러그 숍이 절 구원해준 거예요. 그들과 자주 얼굴을 마주칠 필요가 없어졌거든요. 하긴 마주친다 해도 별일은 없어요. 그 여자는 영어를 통 못 하죠. 난 이렇게 영어로만 지껄이고요. 그러니 뭐 문제가 있나요? 딱한 건 현호예요. 미야, 그 계집애 보통 극성이 아니거든요. 하루 종일 말썽인 거죠, 뭐."

현수의 입가가 묘하게 씰그러지며 싸늘한 미소가 어렸다. 지원은 직감적으로 미야와 미야 엄마, 그들이 누구인지를 알았다.

"현수야!"

종이컵에 음료수를 따르는 지원의 손길이 휘청, 흔들렸다.

"이리 와서 이것 좀 먹어보렴."

"오우, 이거 김밥 아닌가요? 이건 현호 녀석이 좋아하던 건데……."

현수의 말이 끊기었다. 그건 사실이었다. 어느 여름날, 하루 종일 마을을 헤집고 다니며 빈 병을 주워 그것으로 얼음과자를 사먹고 허기를 채운 현호는 그날 밤새도록 설사를 했다. 어른이 돌보지 않는 아이들의 생활이란 엉망이었다. 아침마다 지원이 아이들을 위해 마련해두고 나가는 점심상은 손도 안 댄 채 방치되기 일쑤였다. 여름철이면 그건 숫제 파리떼를 위한 푸짐한 향연이었다. 하는 수 없이 지원은 매일 아침, 새벽에 일어나 김밥을 말아야만 했다.

"엄마, 김밥 아니면 난 안 먹을 거야!"

현호는 유난히도 입이 짧아서 지원을 안타깝게 했었다.

"제기랄! 미국이 어디 토성처럼 그렇게 먼 곳인가요? 현호는 아직도 당신이 비행기 타고 자신의 곁으로 날아오리란 꿈을 버리지 못해요. 우린 한국을 떠날 때부터 그렇게 속아왔거든요. 웃기는 일이죠."

잠시의 침묵을 깨뜨리며 현수가 다시 큰 소리를 내질렀다.

"현수야, 제발 그만 하렴."

지원이 금방이라도 울음을 터뜨릴 듯한 표정으로 말했다.

"왜요? 대화를 원한 건 당신이었어요. 난 당신이 원하는 대로 했을 뿐이에요. 뭐가 잘못 됐나요?"

현수가 그의 말 속에 비수를 번쩍이며 지원을 공격해오고 있었다.

토성이라고? 그래, 그보다 더 먼 곳이라도 난 갈 수가 있었어. 하지만 난 필라델피아까지 날아가서도 너희들을 만나볼 수가 없었던 거야. 지원은 차마 그 말을 입 밖으로 낼 수는 없었다. 그녀의 눈앞엔 그 유서 깊은 필라델피아 주립대학의 이끼낀 음습한 석조건물이 가뭇한 영상으로 떠올랐다.

3년 전 여름, 지원은 전국 외국어 교사들의 어학 강습에서 전 과정을 통한 성적우수자로 선정되어 뜻밖의 행운을 얻었다. 그녀에겐 포상으로 해외 연수를 위한 미국행 티켓이 주어진 것이다. 지원은 다섯 해 만에 상면할 아이들의 모습을 그려보며 그들과 헤어진 후 처음으로 밝고 환한 웃음을 되찾을 수가 있었다.

그녀에겐 아이들이 떠나고 난 후의 3년간이 가장 견디기 힘든 시기였다. 잃어버린 모성을 메우려는 그녀의 본능적인 갈구는 어디에서건 그 대상을 찾아야만 했다. 그녀는 자신이 가르치는 학생들 중에서도 수없이 많은 또 하나의 현수와 현호가 있음을 알았다. 생활지도―그것은 결코 이론처럼 그렇게 쉬운 일은 아니었다. 지원은 만성적인 애정결핍증에 허덕이는 불우한 결손 가정의 아이들을 위해 최선을 다하고자 노력했다. 그러나 그녀는 자신의 그러한 태도에서도 늘 뭔가 미흡함을 느낌과 동시에 극도의 자괴심에 시달려야 했다. 자괴심의 원흉은 대체 무엇일까. 스스로를 향한 그녀의 그러한 질문 속엔 언제 어디서건 늘 예외없이 그녀의 아이들이 튀어나오곤 했다. 떼어버릴 수 없는 모성애의 끈끈한 집착―그것은 연체동물의 흡반처럼 언제나 그녀에게 붙어다녔다.

연수단 일행이 도착한 필라델피아는 바로 뉴욕의 턱 밑에 자리한 도시였다. 지원은 그들의 숙소로 정해진 주립대학의 한 여학생 기숙사에서 여장을 푸는 순간부터 금방이라도 그녀의 아이들을 품에 안을 듯 가슴이 마구 두근거렸다. 미국 땅의 어떤 새로움도 그녀의 관심을 끌 수는 없었다. 그녀의 유일한 도미(渡美) 목적은 오직 두 아들과의 만남뿐이었다. 그녀의 품속 깊은 곳엔 떠나오기 얼마 전 두 번씩이나 전보 이동된 그녀의 행방을 추적, 학교로 그녀를 찾아온 시모가 건네준 꼬깃꼬깃한 메모 쪽지가 들어 있었다. 그렇게 깐깐하고 대가 차던 시모는 어인 일로 많이도 바뀌어져 있었다. 지원의 앞에서 계속 눈물 바람을 해보이는 시모의 모습은 완연한 노인의 행색 그대로였다. 시모가 전해준 하얀 종이 위엔 꼬불탕꼬불탕 흡사 무슨 암호처럼 어설픈 알파벳이 나열되어 있었다. 그건 아이들의 연락처였다.

"여보세요. 여긴 필라델피아입니다."

단체행동의 틈틈이 요령껏 빠져나와 시도해본 몇 차례의 통화 끝에 지원은 간신히 귀에 익은 찬엽의 음성에 접할 수가 있었다. 너무도 익숙한, 그러나 예전과는 달리 더없이 예의바르고 깍듯한 어조의 그것은 분명히 찬엽의 것이었다.

"저, 지원이에요. 연수차 이곳에 왔는데 아이들을 좀 만나볼 수 있을까요?"

"…그건 좀 곤란하오, 아이들은 그간 어려운 고비를 넘기고 이제 막 적응단계에 접어들었소."

"잠깐이면 될 텐데요."

"안 돼요, 사정상 긴 얘긴 못 하오. 이해해주길 바라오."

이어서 그녀의 귀에 들려온 소리는 찰카닥, 아득한 저편 어딘가에서 매몰차게 수화기를 내려놓는 차갑고도 비정한 금속성의 음향이 전부였다. 순간 장거리 전화기를 붙안은 지원의 눈앞이 휘익 돌아가며 와르륵, 대학 건물들이 차례로 쓰러져갔다.

"질문이 하나 있어요. 왜 아직 재혼을 안 하신 거죠?"

현수가 김밥 하나를 입에 넣어 우물거리며 물었다.

느닷없이 던져오는 아들의 당돌한 질문에 지원은 미처 대답을 못하고 쓴웃음만 지을 따름이었다.

재혼? 지원은 한 남자에게 완전히 질린 여자였다. 언제부터인가 지원은 찬엽과 비슷한 연배의 남자만 보아도 가슴이 쿵, 하고 내려앉는 증세가 있었다. 재혼 같은 것은 아예 생각조차 해본 적이 없었다.

"미국에 있는 내 친구들은 말이죠, 보통 여러 명의 부모들을 갖고 있어요. 하지만 대부분 친모 쪽의 가족들과 함께 살아요. 간혹 친부 쪽의 가족들과 사는 애들도 있긴 하지만 그애들은 다 골칫덩어리죠. 나처럼 말예요."

으쓱, 어깨를 추키는 현수의 팔뚝에 섬찟한 문신이 그 윤곽을 드러내고 있었다. 뾰족이 내민 부리와 발톱이 더없이 날카로워 보이는 한 마리의 검은 독수리와 그 옆에 새겨진 B. E.라는 머리글자! 머리 뒤쪽이 멍해오는 충격 속에서 어지럽게 흔들리는 지원의 시야에 푸드득 날갯짓을 하며 검은 독수리가 날아오르고 있었다.

"그만 내려가죠."

현수는 벌써 풀숲을 헤치며 저만치로 멀어져가고 있었다. 블랙 이글스(Black Eagles)! 지난 겨울 찬엽이 귀국, 지원에게 긴급 구조를 요청해왔을 때부터 그녀는 이미 뭔가 아이들에 대한 좋지 않은 일들을 예감했었다.

곧 겨울방학이 시작되려 할 무렵이었다. 퇴근 준비에 바쁜 지원에게 사환 아이가 전화를 바꿔주었다.

"이지원입니다."

"…현수 애비요. 좀 만났으면 싶소."

지원의 가슴이 쿵쾅 떨어져내렸다.

"…용건이 뭐죠? 아직도 절 만나실 일이 남아 있나요?"

"아이들 문제 때문이오. 잠시 시간 좀 내줄 수 있겠소?"

찬엽의 음성은 그답지 않게 몹시도 긴장하고 있었다.

지원이 급히 호텔 라운지에 들어섰을 때 찬엽은 침침한 구석 테이블에 앉아 혼자 술을 마시고 있었다.

"그간 어떻게 지냈소?"

"자식들과 생이별하고서도 이렇게 건재해요. 난 독한 여자예요."

아래를 향해 내리깐 지원의 속눈썹이 파르르 떨렸다. 지원은 다가온 웨이터에게 한 잔의 마티니를 주문했다.

"현수, 그놈이 빗나가고 있소. 나로선 최선을 다했지만 별 소용이 없었소. 블랙 이글스란 폭력 클럽에 가입하여 온갖 비행을 다 저지르고 다니오. 그 클럽에 가입하게 된 녀석의 동기가 더욱 기막히오. 현호를 보호하기 위한 수단이라지 뭐요. 벌써 몇 번씩이나 경찰에 넘어간 것을 가까스로 구해냈소."

"아, 안 돼!"

지원의 입에서 고통스러운 신음소리가 새어나왔다. 술잔을 기울이는 찬엽의 골판지 같은 이마에 짙은 그늘이 너울거렸다.

"난 여태 그 녀석한테 속아온 거요. 적어도 겉으론 아주 멀쩡한 놈이었소. 하지만 그놈의 속은 깊이깊이 곪아 있었소. 당신의 도움이 필요하오. 여름방학에 당신 곁으로 보내겠소. 그애의 증세를 좀 치유해주오."

8년간이라는 미국에서의 생활이 그토록 그를 변모시킨 것일까. 찬엽은 마치 익사 직전의 상태인 양 그렇게 절박하고도 기진한 모습이었다. 그를 향한 한맺힌 세월과 다짐이 무색하리만치 공동의 아픔을 품은 채 격의없이 다가오는 남자! 지원은 맥이 탁 풀리는 기분이었다.

"당신에겐 참 못 할 짓을 많이 했소. 아이들한테도 그렇고… 미안하오."

취기 탓인지 찬엽의 음성은 푹 젖어 있었다.

"이제 와서 그런 때늦은 사과나 들으러 나온 건 아니에요. 아이들 앞에 죄인인 건 두 사람 다 마찬가지겠죠."

찬엽에 대한 증오심은 어디로 증발한 것일까. 지원의 가슴속엔 오직 아이들에 대한 절절한 연민만이 가득 차오를 뿐이었다. 지원은 조용히 찬엽의 얼굴을 바라보았다. 사랑에도 그 한계가 있듯 미움에도 역시 한계가 있는 것일까. 시간 속에 녹아 있는 망각이라는 묘약이 서서히 그 약효를 발휘하여 마침내는 미미하게 희석시키고야 마는 것 ─ 그것이 곧 애증의 실체일는지도 몰랐다.

"지원, 당신은 나의 영원한 안식처였소. 언제 어디서나 늘……."

어느덧 찬엽의 취기가 위험 수위를 넘어서려 하고 있었다. 점점 흐트러져가는 그의 언행과 눈빛이 그걸 말해주고 있었다. 지원은 그만 자리를 떠야 할 때임을 직감했다. 못내 끈적한 여운을 남기는 찬엽을 뒤로하고 지원은 말없이 그와 작별했다. 한순간 어둠 속에서 지원의 마음이 갈피를 못잡고 휘청거렸다. 그러나 그녀는 끝내 뒤 한번 돌아봄 없이 그대로 집으로 향했다.

논둑을 따라 피어오르는 풋풋한 벼내음이 여름 저녁의 눅진한 열기를 타고 온통 대지를 뒤흔들고 있었다. 현수를 앞세우고 역사로 향하는 지원의 텅 빈 가슴에 벼의 푸르름만큼이나 가득한 그리움이 일렁거렸다. 그랬다. 늘 그랬었다. 약속했던 주말이 되어도 오지 않

는 찬엽을 기다리며 아이들과 함께 늦은 밤 막차까지 보내고 돌아
오던 그 여름밤의 냄새도 이랬었다. 어느덧 하내리 촌락에는 해거
름녘의 고즈넉한 우수가 거리를 가득 메우고 있었다.

역 대합실은 매우 을씨년스러웠다. 저녁 열차를 기다리는 승객들
의 추레하고도 지친 모습들이 더욱 그러한 느낌을 자아내는 것인지
도 몰랐다. 막 개찰이 시작되려 하고 있었다. 플랫폼을 향해 우두커
니 서서 아스라한 시선으로 철길을 따라가던 현수가 갑자기 휙 몸
을 돌렸다.

"먼저 가세요. 난 다음 차로 가겠어요."

놀란 얼굴로 바라보는 지원을 외면한 채 재빨리 몇 마디의 영어
를 뱉아낸 현수는 급히 역사를 빠져나가고 말았다. 붙잡고 말고 할
겨를도 없었다.

"개찰하십시오. 곧 열차가 도착합니다."

역무원이 큰 소리로 지원을 일깨우고 있었다. 몽롱한 의식 속에
서 지원은 떠밀리듯 플랫폼으로 발을 내디뎠다. 저만치서 맹렬한
기세로 열차가 달려오고 있었다.

"아, 안 돼! 나 혼자 떠날 순 없어."

지원은 황급히 몸을 돌려 개찰구를 다시 빠져나왔다. 다음 발차
때까지, 아니 언제까지라도 아들을 기다려야만 할 것 같았다. 즉각
뇌리에 잡혀오는 아들의 행방을 따라 그녀는 천천히 걸음을 옮겼다.

찻집, 탁구장, 오락실… 그 어디에도 현수의 모습은 없었다. 대체
하내리의 그 어디에 아직 현수의 볼일이 남아 있다는 것일까. 정들
었던 몇몇 얼굴들—그러나 그들도 이미 이곳을 떠난 지 오래였다.

스산한 역전 거리를 오가며 지원은 차츰 마음이 급해지기 시작했다. 그녀는 다시 역 대합실로 돌아왔다. 좀 전 현수가 서 있던 곳, 그 지점에 서서 그녀는 아들이 했듯이 그렇게 망연히 밖을 내다보며 서 있었다. 아, 거기야. 틀림없어! 지원이 빠른 걸음으로 그곳을 벗어나며 중얼거렸다. 그녀는 한순간 자신의 촉수에 예리하게 와닿은 본능적 직감을 거의 확신했다.

석양이 비끼는 철길을 따라 지원은 한참을 그렇게 앞만 보고 걷고 있었다. 500미터쯤이나 걸었을까? 철둑 밑으로 내려서는 지원에게 널따랗고 빠알간 초등학교 운동장이 눈에 들어왔다. 불그레한 흙먼지를 뒤집어쓴 키 큰 포플러가 쭉, 줄을 지어 운동장을 둘러싸고 있는 전형적인 시골 학교였다. 횡하니 비어 있는 운동장은 무서우리만큼 적막했다. 아무도 없는 것일까? 조심스레 교문을 들어서는 지원의 가슴이 쿵쿵 뛰놀았다.

그때였다. 어디에선가 갑자기 와아, 하는 요란한 함성이 들리며 지원의 눈앞에 날아가듯 빠른 속도로 현수가 트랙을 달리고 있었다.

이마에 흰 띠를 두르고 바통(baton)을 거머쥔 현수가 아슬아슬 선두주자를 제치고 마지막 주력을 다해 결승선에 돌입하는 순간이었다.

—야, 우리 형 최고다. —귓가를 왱, 울리는 현호의 낭랑한 음성에 지원은 퍼뜩 정신을 가다듬었다. 현수가 2학년이던 그해 가을의 운동회 때 현수는 학년 대표 달리기 선수로서 400미터 계주에 출전했었다. 흥겹고 열띤 운동회의 말미를 더욱 화려하게 장식했던 그날의 계주에서 현수는 결승 테이프를 끊은 영광의 최종 주자였다.

땀과 먼지로 범벅이 되어 씩, 웃음짓던 현수의 건강한 얼굴이 운동장을 가득 메우며 지원의 눈앞으로 다가들었다. 지원은 휘휘 고개를 저으며 주위를 두리번거렸다.

앗! 운동장엔 분명히 사람이 있었다. 교문 쪽에서 평행으로 이어지는 운동장 한구석, 나무 벤치에 앉아 못박듯 어느 한 곳으로 시선을 모은 채 정물처럼 앉아 있는 옆 모습—현수였다. 감귤색 노을빛에 잠긴 그의 모습은 더없이 쓸쓸해보였다. 와락 솟구치는 슬픔이 지원의 전신을 휩싸왔다. 그림자처럼 조용히 그녀는 아들을 향해 다가갔다. 트르륵, 툭! 현수의 시선이 가닿는 곳에서 한 소년이 늑목을 기어오르다 풀썩, 바닥으로 떨어져내리고 있었다. 운동장엔 현수 외에 또 한 아이가 있었던 것이다. 소년을 바라보는 현수의 표정이 멀리서도 퍽이나 정겨워보임은 이상한 일이었다. 아이의 차림새는 남루했다. 툭툭 엉덩이의 흙을 털어내며 아이는 잔뜩 호기심이 어린 눈으로 현수의 앞을 지나갔다. 현수가 무어라 손짓하며 아이를 불러세웠다. 둘이서 잠시 이야기를 주고받더니 현수가 아이의 머리를 쓰다듬으며 따뜻하게 웃었다. 아이도 멋쩍은 듯 따라 웃었다. 대체 그들이 사용하는 언어란 무엇일까? 그것이 영어일 리는 만무했다. 순간 지원의 눈빛에 반짝 기쁨이 어렸다. 그녀는 좀더 그들 쪽을 향해 걸음의 속도를 빨리 했다. 아이의 눈길이 지원과 마주치는 순간 현수가 고개를 돌려 지원을 바라보았다. 순식간에 돌변하는 현수의 눈빛이 강한 거부감을 담으며 번뜩이기 시작했다. 따다닥 딱딱, 몹시도 신경질적인 음향으로 어김없이 현수의 손가락들이 악을 써댔다.

"빌어먹을! 왜 날 따라온 거죠? 왜 남의 시간을 방해하냔 말예요?"

현수의 영어가 토막토막 끊어지며 단어마다에 강하게 악센트가 주어졌다. 아이는 놀란 얼굴로 슬슬 꽁무니를 빼더니 그대로 쏜살같이 달아나버리고 말았다. 현수가 앉아 있는 벤치 옆에는 빈 맥주 깡통들이 널브러져 있었다. 지원의 얼굴이 절망감으로 하얗게 굳어졌다.

"현수야, 그만 돌아가자, 이제 집에 가야지?"

지원이 애원하듯 낮은 소리로 속삭였다.

"집이요? 한국? 미국? 흥! 그 어디에도 내 집은 없다구요. 난 미아예요. 국제미아! 아시겠어요? 제발 날 이대로 내버려둬요. 더 이상 상관 말란 말예요."

확 끼쳐오는 알코올 냄새와 함께 현수의 입에서는 독설이 뿜어나오고 있었다. 미움으로 이글거리는 현수의 두 눈이 똑바로 지원을 쏘아보았다. 눈빛, 그 음성, 조금도 다를 바 없는 찬엽의 모습이 거기 있었다.

"당신이 뭐죠? 비켜줘요. 제발! 난 어디론가 꺼져버릴 거예요."

현수가 다시 빽빽 소리를 질러대었다.

"못난 놈!"

순식간에 지원의 손길이 아들의 뺨을 향해 날아갔다.

"마음대로 해. 네 마음대로! 모든 건 다 네 판단에 달렸다."

지원의 입술이 바르르 떨리었다. 어둑해지는 운동장 한구석에서 멍하니 서 있는 현수를 남겨둔 채 지원은 그대로 미친 듯이 역사를 향해 내달렸다. 쫓기듯 상행선 열차에 올라탄 지원은 기어이 울음을 터뜨리고 말았다. 너무도 그 시작을 두려워했던 참고 참아왔던 긴 울음이었다. 굳게 닫혀 있던 가슴속의 빗장이 열리듯 그건 몹시도 삐그덕거리는 소리로 시작되었다. 상행선 열차는 한산했다. 엷은 어둠이 드리운 차창 속에서 그녀의 일그러진 얼굴이 마구 흔들리고 있었다.

또다시 장마가 몰려오려는지 10여 평짜리 좁은 아파트가 한증막 같은 숨막힘으로 지원을 옥죄어왔다. 하내리를 다녀온 이래 닷새의 시간이 흐르는 동안 현수에게선 아무런 연락도 오질 않았다. 엉겁결에 아들의 뺨을 후려치고 말았던 그날 밤 이후 지원은 밤낮 없이 밀려드는 고통과 회한으로 완전히 생활의 리듬을 잃고 말았다.
—난 미아예요. 국제미아!
그날 어두워오는 저녁 하늘을 향해 아들이 토해내던 그 처절한 단어들이 두고두고 지원의 가슴을 후벼파고 있었다. 오늘도 학교엘 나가긴 틀렸어. 그녀는 모든 걸 체념한 듯 그렇게 웅얼거렸다. 아들과의 시간을 위해 방학내 근무조를 바꾸어가며 뒤로만 미루어온 그녀의 처지였다. 하루에도 몇 번씩 시모의 집으로 다이얼을 돌려대는 애태움에도 그녀는 아직 아들과의 통화에 성공할 수가 없었다. 어디론가 여행을 떠났다는 현수는 며칠씩이나 돌아오질 않고 있었다.
—현수야, 왜 좀더 꿋꿋이 일어설 수가 없는 거니?
나직이 되뇌이는 그녀의 마른 입술에 하얗게 까풀이 일었다.

─짜르르릉!

가슴이 철렁하리만큼 짜릿한 음향의 전화벨이 울리고 있었다. 침대 위에 축 늘어졌던 지원이 신대처럼 벌떡 몸을 일으켰다. 생전 처음 듣는 생경한 사내의 음성이었다.

"여기 이태원인데요, 혹시 해리스 김이란 아이를 아십니까?"

"네? 아, 제가 에미됩니다만… 무슨 일이시죠?"

"너무 놀라진 마십시오. 지금 해리스를 보호하고 있는 사람입니다. 자세한 내용은 여기 오시면 말씀드리겠어요."

수화기를 붙잡은 그녀의 손이 부들부들 떨리고 있었다.

콜택시를 잡아타고 이태원으로 향하는 지원의 마음은 초를 다투는 안타까움이었다. 해리스 김! 현수가 귀국하던 날, 공항 입국자 명단에서 찾아냈던 그 이름이었다.

─오, 제발 아무 일이 없기를!

지원이 멈춘 디스코텍 앞에는 '미드나잇'이란 간판이 붙어 있었다. 문을 밀고 안으로 들어서는 지원의 다리가 마구 후들거렸다. 어두컴컴한 실내엔 의자, 탁자 등의 기물이 어지럽게 흩어져 있었고, 맨 앞쪽엔 덩그런 원형의 무대가 장치되어 있었다.

"해리스 어머니 되십니까?"

무대 뒤쪽에서 긴 자루 걸레를 든 남자가 걸어나오며 물었다. 우람한 체구에 시꺼먼 구레나룻을 기른, 그러나 표정은 꽤 유순해보이는 사내였다.

"현수, 아니, 해리스는 어딨어요?"

지원의 메마른 음성이 탁탁 튀었다.

"이쪽으로 오십시오. 밤새 끙끙 앓다가 이제 막 잠이 들었어요."

그에 의해 안내된 주방엔 종업원인 듯싶은 몇 명의 여자들이 큰 냄비에 가득 담긴 수프를 저으며 지원을 훔쳐보았다.

"자, 이 방입니다. 들어가시죠."

주방 옆에 달린 작은 방이었다. 두어 평 남짓한 공간을 꽉 메운 후줄그레한 이부자리 위에서 현수는 죽은 듯이 잠이 들어 있었다. 얼굴 군데군데에 아직 핏자국이 남아 있고 한쪽 팔에 둘둘 붕대가 감겨진 모습으로 현수는 거기 누워 있었다. 극심한 통증과 함께 지원의 가슴이 산산이 바서져내렸다.

"어떻게 된 거죠?"

지원이 따지듯 사내를 향해 물었다.

"며칠 전이던가요? 늦은 시간에 들어와서 진탕 술을 마시고 춤을 춘 다음에 돈이 없다는 거예요. 당장 파출소로 끌고 가려고 했더니 여권을 탁 내놓더군요. 그걸 담보로 해서 몸으로 때우겠다는 거였죠. 마침 종업원도 부족하고 해서 며칠 데리고 있었어요."

끽연을 즐기면서 느릿느릿 말을 이어가는 사내의 표정에 다소의 진실성이 내비침에 지원은 안도했다.

"진작 좀 연락해주시지 않고요……."

지원의 음성이 기어들어가고 있었다.

"본인이 적극 마다하는 걸 어쩝니까? 가족들에겐 당분간 여행을 간다고 말했다죠? 우리도 오래 있으리라곤 생각지 않았어요. 종업원을 구할 때까지만 두고보자 싶었던 거죠. 그런데 영어를 잘해서 외국인 손님들에겐 아주 인기였어요. 특히 무대 위에서 브레이크

댄스를 출 때는 정말 굉장했어요."

으윽!

현수가 몸을 뒤척이며 외마디의 신음소리를 토해내고 있었다.

"어젯밤, 여기서 한바탕 난리가 벌어졌어요. 이 근처 똘마니들이 해리스를 단단히 벼르고 있었던 겁니다. 외국인들에게 인기가 있었던 만치 그놈들이 해리스를 티껍게 생각했던 건 당연하죠. 다 같은 손님인데 그놈들하곤 아예 상대도 안 했거든요. 일체 한국말은 사용칠 않았으니까요. 칼부림이 나고, 큰일날 뻔했어요."

사내가 허둥지둥 사고의 경위를 설명해주었다.

"제 전화번호는 어떻게 아셨어요?"

"여기 수첩에 있었어요. 연고자를 찾기 위해 소지품을 뒤져봤더니 유일하게 한국말로 씌어진 연락처가 있더군요. 이걸 좀 보세요."

사내가 내민 수첩에는 온통 영어 투성이 속에서 오직 단 한 줄만이 한글로 기록되어 있었다. 그것은 지원의 이름 석 자와 주소, 그리고 전화번호였다.

"좀 이따 깨어나면 병원부터 한번 가보세요. 어디 뼈에 금이라도 안 갔는지 모르겠군요. 보기보담은 뒷심이 없던걸요."

한마디 염려의 말을 덧붙인 후 사내는 방을 나갔다.

"가엾은 녀석."

지원이 흐느낌을 삼키며 손수건을 꺼내 아들의 얼굴을 닦아냈다. 손끝을 타고 전해오는 혈육에의 애달픔이 전류처럼 지원의 몸을 감싸왔다.

아으윽!

현수가 또 한차례 비명을 지르며 몸을 비틀었다.

"자아식 야, 현호야! 나, 엄마 만나고 왔어. 그래 그래, 너도, 한 번 가야지, 어어? 왜 그래? 짜식아, 너도 가면 되잖아?"

허공을 향해 마구 두 팔을 휘두르며 현수가 잠꼬대를 하고 있었다. 아들의 귀국 이래 처음으로 듣는 그의 한국어였다. 허우적거리며 발버둥치는 현수의 손을 꼭 움켜잡으며 지원이 다시 오열을 터뜨렸다.

-《문학정신》1989년 3월

어둠, 그 통로

그것은 어찌 보면 흡사 오래된 석회 동굴의 내부 같았다. 승연이 마주한 50호 크기의 캔버스 위에는 엷은 황톳빛과 암갈색을 바탕으로 석순 또는 석주가 연상되는 갖가지 기기묘묘한 돌출물들이 온통 중심 쪽을 향해 용솟음치듯 어지럽게 얽혀져 있었다. 그녀는 최근들어 자신의 심신을 완전히 옭아매어 꼼짝없이 사로잡고야 마는 그 끈끈한 집착의 정체가 무엇일까를 곰곰이 분석해보았다. 페인팅을 중단한 그녀의 시선은 캔버스 어느 한곳에서 굳은 듯 그대로 멈춰 있었다. '태익… 그리고 아버지!' 그녀는 급작스레 자신의 내부에서 솟구쳐오르는 그 어떤 역한 기운에 돌연 붓을 놓으며 이젤 앞에서 몸을 일으켰다. 방 안 가득 어지럽게 널려 있는 화구들을 발끝으로 툭툭 걷어치우며 그녀는 창가로 다가갔다. 전열판처럼 뜨겁게 달구어진 다락방의 낮고 경사진 천장으로부터 숨막히는 열기가 전해져왔다.

"아, 두통!"

그녀는 조그만 여닫이 격자창을 와락 밀어젖히며 짜증을 냈다. 순간 긴 생머리의 다발 속에서 가늘고 여린 선의 얼굴이 잠시 그 윤곽을 흐렸다. 이윽고 청바지 뒷주머니에 쑤셔넣은 그녀의 희고 가는 손끝에서 한 개비의 담배가 딸려나왔다. 그녀의 검지와 장지 사이에서 한참이나 자리를 못 잡고 까딱이던 담배의 끝에서 드디어 가는 연기가 피어올랐다.

"야, 제발 좀 그만둬라. 네 끽연 모습은 정말 어설퍼서 못 봐주겠다. 꼭 못된 십대 같애."

그녀에게서 휙 담배를 나꿔채어 자신의 입술로 가져가며 태익은 늘 그렇게 이죽거렸다. 그럴 때면 자욱한 연기 사이로 스며오는 태익의 눈빛에선 타다닥, 불꽃이 일곤 했다.

빵빵, 대문 앞에서 요란한 클랙슨 소리가 들려왔다. 딱딱한 알루미늄 창틀에 이마를 바싹 대고 길게 연기를 내뿜으며 승연은 밖을 내려다보았다. 화려한 쇼핑백을 한아름 부둥켜안은 두 여자가 승용차에서 내리고 있었다. 이모 수진과 그녀의 어머니 양 여사였다. 인터폰을 작동하기까지 천안댁의 퍽이나 굼뜬 동작에도 불구하고 그들은 벌써 현관문을 통과해 거실로 들어선 모양이었다.

"아니, 아줌마, 누가 안방까지 청소하랬어요? 왜 시키지 않은 짓을 해요? 그럴 필요 없다고 했잖아요. 승연이 이 계집앤 도대체 뭘 하는 거야? 야, 너 당장 내려오지 못해?"

　면포를 찢어내듯 날카로운 양 여사의 음성이 계단을 타고 3층 다락방의 그녀에게까지 들려오고 있었다.

　"또 시작이군."

　그녀는 막 피우다 만 담배를 비벼 꺼서 그대로 쓰레기통에 던져버리고 다시 이젤 앞에 앉아 붓을 들었다. 자칫하다간 일주일도 채 못 넘기고 새로 온 가정부 천안댁마저 또 갈려나갈 판국이었다. 이번만은 결코 그래선 안 될 일이었다. 가을 학기 미대의 연례행사인 교내 작품전에 대비하려면 지금부터 작품의 손질에 전력을 기울여야만 할 다급한 상황이었다. 특히 내년의 졸업을 앞두고 그녀는 자신의 그림이 한 단계 더 높은 수준으로 뛰어오르기를 희망하고 있었다. 어느새 그녀는 다시 빨려들듯 캔버스 속으로 몰입되어갔다. 아래층에서도 더 이상은 시끄러운 소리가 들려오지 않음이 다행이었다. 필경 또 이모가 나서서 조용히 중재를 했으리라. 그녀의 입에서 자신도 모르게 긴 안도의 한숨이 새어나왔다.

　양 여사의 극심한 결벽증은 누구를 막론하고 안방에의 무단출입을 허용치 않았다. 안방이라고 해봐야 사실상 양 여사 그녀 혼자만의 독방일 뿐 승연의 아버지 장 화백에게조차도 극히 출입이 제한되어 있는 금지구역에 불과했다. 그러한 현상은 양 여사의 병에 일종의 합병증과도 같은 여러 징후 가운데 한 가지일 뿐이었다. 거의 포악에 가까운 그녀의 히스테리 역시 마찬가지였다. 대인성 피해망상증—그것이 양 여사의 병명이었다. 꽃가루가 날리는 봄철이면 가뜩이나 더 깊어가는 양 여사의 병은 오월에 있었던 수진의 결혼을 전후하여 더욱 그 증세가 심해진 것이 사실이었다. 요즘 아침에

눈을 뜨면 가장 먼저 양 여사가 하는 일은 수진에게 전화를 거는 일
이었다. 그 일은 어쩌면 그녀의 일과 중 제일 중요한 부분일지도 몰
랐다.

"아직 자냐? 흥, 좋구나. 오늘 나올 거지? 이따 H백화점 앞에서
만나."

막 신혼살림을 시작한 서른이 다 된 신부, 수진의 하루 해는 그런
식으로 여지없이 침범당하곤 했다. 땡, 하고 쇼핑센터가 문을 여는
아침, 현란한 유니폼 차림의 아가씨들이 줄지어 늘어서서 '어서 오
십시오, 감사합니다' 녹음 테이프처럼 일사불란한 합창을 반복하는
바로 그 순간부터 양 여사의 광적인 쇼핑은 시작되었다. 그녀의 엄
청난 구매충동은 '초여름 신상품, 70퍼센트 파격세일' 하는 따위의
허위광고와 함께 백화점 건물마다 펄럭이는 요란한 현수막이 도심
의 교통을 완전히 마비시키고야 마는 그때를 즈음하여 절정에 달하
곤 했다. 오늘도 절인 배추처럼 축 늘어져 귀가했을 수진의 모습을
떠올리며 승연은 튜브의 물감을 짜다 말고 그만 쯧쯧 혀를 차고 말
았다.

치르르 칙칙……

꼭 병든 새의 울음같이 그렇게 맥없고도 우스꽝스러운 인터폰의
벨소리가 들려왔다. 승연은 급히 그림을 중단한 채 아래층을 향해
구르듯 계단을 뛰어내렸다. 늘 그래왔듯이 장 화백의 귀가를 맞을
사람은 승연 그녀뿐이었다. "아버지는요?" 눈앞에 보이지 않는 장
화백의 모습을 찾으며 승연이 기사 박씨를 향해 묻고 있었다. "네,

저쪽 정원으로 들어가셨는데요." 차의 트렁크에서 세차용 먼지떨이를 꺼내들며 박씨가 대답했다. 정원엔 왜 가셨을까. 여느 때면 그는 드문 외출에서 돌아오는 즉시 곧장 이층으로 올라가는 것이 상례였다. 승연은 의아스러운 마음으로 정원 쪽을 향해 걸음을 옮겼다.

아침 나절 가까운 친구 P화백의 개인전에 들른다며 집을 나간 장 화백이었다. "아버지!" 날카로운 가시를 삼킨 듯 언제나 그녀의 목 안에서 극렬한 아픔으로만 대치되는 이름. 그녀 쪽을 향해 반듯이 등을 돌린 자세로 장 화백은 뭔가 깊은 생각에 잠긴 듯 명자나무 아래의 낮은 담벼락 위에 두 팔을 올린 채 밑을 내려다보고 있었다. 그런 자세 때문인지 평소보다 유독 더 짙고 뚜렷한 음영으로 툭 불거져 보이는 그의 곱사등이 정면으로 그녀의 가슴을 향해 부딪쳐왔다. 일순 그녀는 조금 전 자신이 그리다 내려온 크고 둥긋한 석순의 형태를 떠올리며 아찔한 충격에 걸음을 멈추었다.

"산책하시기엔 너무 더운 날씨네요."

승연이 다시 밝은 표정으로 돌아오며 상큼 장 화백의 곁으로 다가섰다. 울울한 비원의 숲이 한눈에 내려다보이는 장소였다. 상당한 재산가였던 그녀의 조부가 그의 불구 외아들인 장 화백을 위해 직접 설계하였다는, 그런 까닭에 장 화백의 자유스러운 창작활동을 위해 구조학상 극히 이례적으로 정원을 집채 뒤켠으로 가려놓았다는 일설이 전해오는 집이었다.

"잠시 머리를 식히려고 그런다. 올핸 일찍부터 흙나방이 극성을 피우는구나. 약을 좀 쳐야겠다."

녹음에 둘러싸인 장 화백의 얼굴이 예상 외로 평온함에 승연은

적이 마음을 놓았다. 아버지를 향한 가슴 에이는 고통과 연민에도
불구하고 막상 그의 곁에 서면 그 모든 감정이 눈 녹듯 사라져버리
는 그 놀라운 현상은 무엇일까. 승연에겐 늘 그것이 의문이었다.

아버지의 선하고 따뜻한 영혼 그리고 그의 깊고 그윽한 정신세계
를 다 이해하기엔 어쩌면 그녀는 아직 너무 어린지도 몰랐다. 하지
만 어머니에게 아버지의 존재란 어찌하여 그토록 혐오와 반목의 대
상으로만 비쳐지는 것일까. 어머니의 본성이 너무도 세속적인 욕망
에만 매달려 있는 탓일까. 아니면 또 다른 무엇일까. 그러한 물음들
은 언제나 그녀에게 명쾌한 해답을 내려주지 않았다. 때때로 한차
례씩 몰아닥치는 깊은 회의감 속에서 승연은 오직 이모 수진의 입
을 통해서만 그 답을 유추해볼 따름이었다. 해마다 봄이 되면 그녀
의 집 울타리를 따라 화려하게 피어나는 순백의 목련을 바라보며
수진은 곧잘 옛날 이야기들을 끄집어내곤 했다. 바람이 불 적마다
안타까운 절망의 몸짓으로 후루룩 떨어져내리는 희고 탐스러운 목
련 꽃잎을 쓸어담으며 수진은 밑도 끝도 없는 토막 이야기를 쏟아
내는 것이었다.

"그 시절, 난 사실 모든 것을 기억하기엔 너무 어렸었지만 그때의
언니 모습이란 지금 생각해도 참 아름다웠단다. 마치 갓 피어난 목
련 같았지."

그렇게 시작되는 수진의 이야기는 보통 몇 차례의 재생과정과 여
과를 거쳐서야 겨우 그 윤곽이 어렴풋이 드러나곤 하는 그러한 내
용들이었다. 때문에 그것은 수진에 의해 한결 순화되고 미화시켜진
일종의 허구일 수도 있었다.

"지금부터 20년 전의 일이다."

예의 그렇듯 수진의 회상은 까마득히 지나온 시간의 거스름으로부터 인식되어지기 일쑤였다.

'양수경이 23세가 되던 해의 어느 봄날, 그녀는 부친의 소개로 재계의 한 유명인사 집에 가정교사로 입주한다. 그 집의 외아들에게 불어를 가르치기 위함이었다. 그러나 뜻밖에도 그녀의 수강생 장우석은 28세의 등이 굽은 불구의 화가 지망생이었다. 양수경은 너무도 놀랍고 충격이 컸으나 당시의 대학생 아르바이트로선 최고의 보수와 파격적인 대우에 마음이 끌려 그러한 조건을 수락한다. 불어를 가르치는 틈틈이 때론 장우석, 그의 모델이 되어주기도 했던 양수경. 그들은 어느새 점점 가까워지기 시작한다. 고뇌에 찬 젊은 화가 지망생의 재능과 예술혼에 수경이 자신도 모르게 빨려들고 만 때문일까, 아니면 장우석이 소유한 막강한 재산과 파리행 티켓이 그녀의 마음을 사로잡은 것일까. 어찌 되었건 두 사람의 관계는 놀라우리만큼 빠른 속도로 밀착되어갔다. 때마침 그러한 상황을 재빨리 간파한 우석의 부친은 적극 두 사람 사이에 개입하게 되었고, 급기야는 양가 부모의 합의가 이뤄짐으로써 일은 믿기 어려울 만큼 급속도로 진행된다.'

이상의 내용이 수진에 의해 엮어지는 시나리오의 전모였다.

"난 지금까지도 언니와 형부, 그 두 사람의 맺어짐이 일대 불가사의로밖엔 해석되질 않아."

수진은 독백인 양 그렇게 되뇌며 이야기를 매듭짓곤 했다. 그러나 승연은 그러한 집안의 내력을 되짚어보며, 정작 그 모든 일을 꾸며온 주범은 바로 자신의 조부 장 회장이 아니었을까 하는 상상을 하며 혼자 몸서리를 치곤 했다. 애초부터 조부는 아버지와 어머니의 만남을 주선하면서 그들의 관계에 기적과도 같은 한가닥 은밀한 소망을 품고 있었던 것이 아닐까. 승연은 끝내 그런 생각에서 벗어날 수가 없었다. 평소 그의 그 사업가다운 치밀한 면모와 담대함은 그러한 그녀의 가설을 뒷받침하기에 충분했던 것이다.

"승우 저놈이 지 애빌 꼭 빼다박었어. 아니, 저만 때의 지 애비보단 어림도 없지."

연전 세상을 떠난 조부는 생전에 어린 승우를 바라보며 때때로 탄식하듯 그렇게 말하곤 했었다.

"니 애비가 여섯 살 되던 해의 여름이었다. 어느 날 저녁 갑자기 끙끙 앓으며 드러눕길래 그저 단순한 감기려니 여겨 뜨거운 구들목에 아이를 마구 지져댔지. 아, 그랬으니 그 물 같은 여린 등이 오죽했겠냐? 척추 카리에스인가 뭔가 내 그 병을 어찌 알았겠느냐. 다 부모가 무지한 탓이다. 모든 게 다 내 탓이야."

그럴 때 조부의 얼굴은 평소의 강철 같은 단단함은 간 곳 없이 금방이라도 오열을 터뜨리고야 말 듯한 비통함을 띠고 있었다.

"승연아, 이 집을 내놓을까 하는데, 네 생각은 어떠냐?"

정원에서의 산책 동안에도 내내 아무런 말이 없던 장 화백이 현관을 향해 좁다랗게 깔려 있는 보도 블록을 밟을 때서야 비로소 조심스레 말문을 열었다.

"이제 네 이모도 결혼하여 이 집을 떠났고 승우 녀석도 당분간 외가에 머물겠다고 하니, 어쩨 이 집이 너무 크게만 느껴질 때가 있어서 말이다."

"그러시담 아버지 생각하신 대로 하세요. 자그마한 아파트로 옮겨보는 것도 좋을 듯싶네요."

새털처럼 가뿐한 승연의 음성이 장 화백의 옆얼굴을 스쳤다.

"그럼 넌 찬성이냐? 혹시 네 엄마 생각은 어떨지. 끝까지 마다하면 할 수 없고… 그땐 농장을 좀 처분하든지… 사실은 말이다. 돈이 좀 필요해서다. 이젠 우리도 남들을 좀 돕고 살 때가 되지 않았니. 지난해부터 계획해온 일이었다."

낮고 조용한 음성이었다. 부녀간엔 진작부터 언급되어왔던 그 성금건에 관한 이야기임이 분명했다. 지난 가을 장 화백은 모 미술단체에서 주관한 초대(招待) 개인전의 수익금 전액을 지체부자유아를 위한 기금으로 헌납했었다. 그 일을 계기로 그는 점차 그의 의지를 실행단계로 끌어올림에 보다 더 적극적으로 변해갔다. 집을 처분한다는 일은 어쩌면 양 여사에게도 음습하고 해묵은 거미줄을 툭툭 털어내는 일만큼이나 개운한 일일지도 몰랐다. 애초 돈 따위엔 전혀 무관심한 양 여사가 아니던가.

"어머닌 절대 상관 안 하실 거예요. 염려 마세요."

밖에서 곧장 이층 내부로 통하는 비상계단을 오르려는 장 화백을 향해 그렇게 말한 후 승연은 일층의 현관 쪽을 향해 안으로 들어섰다.

거실엔 천안댁이 막 다림질을 끝낸 듯 까슬하니 풀기가 살아 있는 마직류의 레이스 커버를 소파에 갈아끼우고 있었다.

"아줌마, 좀전의 일 너무 맘에 두지 마세요. 저희 어머닌 워낙 신경과민이세요. 이해하세요."

잔뜩 언짢은 기색으로 말이 없는 천안댁을 향해 승연이 양 여사를 대신해 사과를 했다.

"이왕 왔으니께 한 달은 채워야겄지유."

비교적 사람됨이 넉넉해 보이던 천안댁의 말 속에도 심지가 있음을 느끼며 승연은 쓰게 웃었다.

욕실 쪽으로부터 요란한 물소리가 들려오고 있었다. 양 여사는 목욕 중인 모양이었다. 그녀 혼자만의 시간—적어도 그 시간만은 완전히 혼자일 수 있는 것일까. 말하자면 양 여사는 일체 사람의 꼴을 못 보는 게 가장 큰 병이었다. 기사나 파출부 같은 집안의 드난꾼들은 말할 것도 없고 그녀는 친척들과도 일절 왕래를 끊고 살았다. 특히 수진을 제외한 모든 외가 식구들을 향한 그녀의 그 까닭 모를 증오심과 냉대는 도무지 어찌해볼 도리가 없을 만큼 그 정도가 심했다. 더구나 딸 앞에서 늘 죄인인 양 기를 못 펴는 외조모의 태도는 차마 옆에서 지켜볼 수 없을 정도로 딱하기만 했다. 승연을 출산한 직후에 비롯되었다는 양 여사의 그러한 증세는 승우가 태어난 후 더욱 심해져, 장 화백을 비롯한 가족 모두의 온갖 노력에도 불구하고 좀처럼 호전될 기미를 보이지 않았다.

"양 여사의 경우엔 면담요법이나 약물치료 같은 그런 방법만으로는 도저히 완치되기가 어렵습니다. 본인 스스로가 전혀 투병의지를 보이지 않기 때문이죠. 이를테면 그분은 자신의 욕망이나 좌절에 대해 그 어떤 것으로도 대체하고자 하는 노력이 없습니다. 그러기엔 그분의 선천적 기질이나 성격이 워낙 강하기도 하고요. 참 힘든 케이스죠."

그녀의 주치의인 신경정신과 Y박사는 극히 난색을 표명하며 그렇게 말하곤 했다. 긴 세월 동안 알코올 기운과 니코틴에 절어온 양 여사의 무절제하고 몽롱한 의식은 결코 어떠한 세계도 받아들이려 하지 않았다. 종교도, 첨단의학도, 예술활동과 스포츠도, 각종 여가선용과 취미활동도, 그 어느 것 하나도 궁극적으로 양 여사의 병든 영혼을 구원해주지는 못했다. 결국 문제는 그녀 자신의 내부에 도사리고 있는 그 어떤 대상에의 끈질긴 고착에서 기인되고 있음이 틀림없었다.

그녀는 그리 자주 노래를 부르진 않았지만 그녀 나름대로 뭔가 꽤 기분이 괜찮을 때라든가 알맞게 취기가 올라 조금쯤 흔연한 상태가 되면 아주 이따금씩 샹송을 부르곤 했다. 그녀의 불어 발음은 썩 훌륭한 편이었다. 성당에 나가던 대학 시절 어느 프랑스 신부님으로부터 사사받았다는 그녀의 불어 실력은 상당한 수준이었다. 예컨대 결혼 직후 그녀의 파리 유학이 즉시 실현될 수만 있었다 해도 어쩌면 사태는 지금과 많이 달라졌을 것이다. 승연은 가끔씩 그런 생각에 잠기며 혼자만의 외로움에 젖을 때가 많았다. 부모의 결혼과 동시에 허니문 베이비가 돼버려 그들의 파리행에 영원히 족쇄를 채우고 만 자신의 출생이란 무슨 의미가 있는 것일까. 이층으로 오르는 그녀의 얼굴에 짙은 허무가 배어나고 있었다. 그러나 욕실 안의 노랫소리는 끊이질 않았다. 오늘 그녀의 쇼핑이 상당히 성공적인 모양이었다. 양 여사의 목욕은 워낙 지겹도록 길고 긴 것이 특징이었다. 그래도 한밤의 그 끔찍한 목욕에 비하면 그건 아무것도 아니었다.

　어쩌다 극히 이례적으로 장 화백이 꽤 오랜 시간 아래층에서 머물다 올라오는 밤이면 어김없이 들려오는 소름끼치는 샤워기의 세찬 물소리—그것은 바닷속처럼 고요한 집안을 일시에 뒤흔들고 마는 그런 소리였다. 쏴아쏴아, 소나기가 퍼붓듯 혹은 차르륵차르륵 파도가 밀려오듯 끊임없이 욕실을 울리며 귀청을 때리는 물소리는 승연에게 엄청난 공포를 안겨다주곤 했다. 저러다간 밤새 그만 집이 물 속에 푹 잠겨버리는 것이 아닐까 하는 두려움에 그녀는 밤잠을 설쳤다. 끝내 불안감을 못 이겨 그래도 가장 참을성 없이 욕실을 노크하고야 마는 사람은 승연이었다. 그러나 그녀는 흠뻑 물세례만 받은 채 번번이 그곳을 물러나야만 했다. 욕조의 거품 속에서 최대한의 수량으로 샤워기를 틀어놓고 닥치는 대로 물을 뿜어대는 양 여사의 기세를 당해낼 재간이 없었던 것이다. 씻고 또 씻고, 씻고 또 씻고, 우유빛 살갗이 온통 불그레 벗겨질 정도로 자신의 몸을 오래오래 문질러대고 난 후면, 양 여사는 마치 소방차의 호스로 불을 끄듯 욕실의 천장·벽·세면대 등 어디 한곳 빠진 데 없이 모조리 세척 작업을 해대는 것이었다. 그럴 때 양 여사의 꼭 다문 입술과 이글거리는 눈빛에서는 섬뜩한 기운이 발산되곤 했다.

　"누나, 들어가서 옷 갈아입어. 어머닌 곧 나오실 거야. 내가 수도 계량기를 잠가버렸거든."

　그런 위기 속에서도 승우는 끝까지 침착하고 의젓한 행동을 취해 승연을 경악케 했었다.

"넌 어쩌면 그런 생각을 다 했니?"

놀라서 소리치는 승연의 앞에서 씩 맥없는 웃음을 보이며 그는 자신의 방으로 들어가버리곤 했다. 사춘기를 넘기면서부터 동생이라기보다는 늘 그녀의 보호자처럼 행동하던 승우였다. 그의 바로 그러한 점이 승연에겐 너무도 큰 아픔임을 승우는 알고 있었을까. 나이에 비해 지나치게 의연하고 사려 깊던 그가 고등학교 2학년에 올라가면서 급변하기 시작, 한때는 가출과 방황으로 집안을 더더욱 비탄과 절망 속으로 몰아넣기도 했었지만 그는 다시 집으로 돌아왔다.

"아버지 생각에 도저히 오지 않을 수가 없었어."

그렇게 말하는 그의 어두운 눈빛에 가족에 대한 애정과 신뢰가 번뜩임을 승연은 놓치지 않았다. 언제나 승연과는 좀 다른 데가 있는 까닭일까. 그토록 방약무인한 양 여사조차도 승우에겐 너무도 유약한 면을 가지고 있었다.

"앤 전생에 내 애인이었는지도 모르겠어. 어쩜 이렇게 이쁠 수가 있니."

간혹 안정된 마음을 유지할 때면 어린 승우를 품에 안고 마구 볼을 비벼대며 양 여사는 그렇게 말했다.

"난 왜 승연이 저 계집애만 보면 멀쩡하다가도 속에서 열이 치받치는지 모르겠어. 꼭 내 꼴을 보는 것 같애."

반면 때때로 그렇게 혼자 뇌까리며 양 여사는 극히 곤혹스러운 표정을 짓기도 했다. 하긴 승연이 판단하기에도 승우에겐 사람의 마음을 따뜻하게 만드는 그애 특유의 묘한 분위기가 있었다.

"난 아무래도 의대를 가야겠어. 엄마에겐 평생 의사가 필요할 것 같애."

가출에서 돌아온 후 다시 제자리를 찾은 승우는 형형한 눈빛으로 그렇게 말하며 자신의 짐을 쌌다. 그리고 그는 좀더 안정된 학습환경이 기다리고 있는 외가로 거처를 옮겨버렸다.

꾸르르륵!

흡사 두꺼비의 형상을 한 전화통에서 그와 꼭 어울리는 소리가 흘러나오고 있었다. 양 여사에게 갈 최소한의 자극을 위해 집 안의 모든 소리 나는 것들은 매양 이런 식으로 장치가 되어 있었다. 수화기를 통해 들려오는 태익의 음성이 전에 없이 나직하고 조심스러움에 승연은 다소 움찔했다.

"주말인데 오늘 나와. 연극표가 있어."

"안 돼. 점심때 이모 부부께서 오시기로 돼 있어."

"그럼 저녁 공연으로 보지, 뭐. 이따 거기서 만나."

전화는 그렇게 끊겼다. 태익도 이제 승연에겐 완전히 이력이 난 것만 같았다. 이것도 저것도 아니면서 늘 움츠리고 도사리는 그녀의 미온적인 태도에 그 나름대로 뭔가 터득한 점이 있으리라. 그래도 태익이나 되니까 그러한 자신을 잘 참아준다는 생각은 승연도 늘 하고 있었다. 성격이 맺힌 데가 없이 더불더불한 편이라 처음 보는 순간부터 낯설지 않게 느껴지던 태익이었다. 그녀는 그의 손질이 채 안 된 듯한 무광택의 질그릇 같은 그런 소박함이 마음에 들었다. 커다란 가방에 아무렇게나 푹 끼워진 T자, 그리고 짙은 니코틴 냄새, 그는 언제나 숱 많은 더벅머리를 풀풀 날리며 술과 친구를 무척이나 좋아하는 건축과 복학생이었다. 대학 신입생 시절 그는 승연이 교내 어느 모임엔가 섞여 전무후무하게 참석했던 엠티의 게임 파트너였다.

"자, 박쥐 등장합니다. 동굴 아가씨 나오십시오."

짝맞추기 절차에서 그들의 티켓 암호는 동굴과 박쥐였다. 승연은 그때 자신이 왠지 그 동굴의 이미지와 너무도 흡사하다는 생각을 떨쳐버릴 수가 없었다. 점차 두꺼운 부피로 자신의 내부에 형성되어가는 어둠과 미로, 그리고 그 안에서 뾰족한 날을 세우며 함부로 커나가는 여러 개의 돌기. 그러나 승연에게로 날아온 박쥐는 애초부터 어둠과는 아주 거리가 먼 그런 분위기를 안고 있었다. 승연은 소다수처럼 가슴을 탁 틔워주는 그의 호쾌한 웃음이 좋았다. 그녀는 태익으로부터 웃음 이상의 어떤 것도 기대하려 하질 않았다. 단지 그의 웃음이 좋아 만남을 이어갔을 뿐이었다. 언제라도 헤어짐의 순간엔 뒤 한번 돌아봄이 없이 산뜻한 결별이 될 수 있기를 바라며 그녀는 아주 조금씩만 태익과의 시간을 탐내곤 했다.

그러나 시간의 흐름에 비례하여 자신의 내부에서 놀라운 속도로 상승되어가는 뜨거운 기류에 승연은 당혹감을 금치 못했다. 쉼없는 담금질로써 자신과의 싸움을 계속하는 동안 그녀는 좀더 단단한 각질의 표피 속에 자신을 무장해야만 할 필요성을 느꼈다. 점점 더 두께를 더해가는 각질층─그것은 누구보다도 우선 그녀 자신을 짓눌러 질식케 하는 그런 것일 뿐임에도 그녀는 쉽사리 그 껍질에서 벗어날 수가 없었다.

"승연이 넌 꼭 한 마리의 새끼자라 같애. 겨우 얼굴만 쏙 집어넣

은 채 제 몸은 바깥 세상을 향해 그대로 노출시켜버린 그런 모습
말야."

가벼운 알코올의 기운을 빌려 태익은 언젠가 그런 말을 한 적이
있었다. 어쩌면 그는 이미 그녀의 모든 것을 알고 있는지도 모를 일
이었다.

"아니, 이게 웬 수선이냐? 잔치라도 났냐?"

허물어질 듯 스산한 모습으로 주방을 기웃거리던 양 여사가 괜한
짜증기를 내비치며 참견을 해왔다.

"오늘 이모네가 오시기로 했잖아요. 빨리 점심 준비를 끝내야죠."

천안댁과 함께 날렵한 솜씨로 음식을 만들고 있던 승연이 계속
일에서 손을 떼지 않은 채 말했다. 음식을 만드는 일이란 그녀에게
있어서 요리의 차원이 아닌, 단지 생존을 위한 일종의 자구책일 따
름이었다. 늘 불안정하고 정체되지 못한 생활에서 강파른 모성에
의해 일찍부터 독립이 요구되어진 까닭일까. 그녀는 제 또래에 비
해 실생활면에서 많은 능력을 갖고 있음이 사실이었다.

"흥, 아주 난리가 났구나."

냉장고에서 얼음을 꺼내 자신의 위스키 잔에 넣으며 양 여사가
심히 뒤틀린 어조로 그렇게 빈정거렸다. 이어서 승연 쪽을 향해 파
랗게 한번 눈흘김을 해댄 후 그녀는 주방을 나가버렸다.

지난주 수진 내외를 초대하고자 승연이 의견을 비쳤을 때 꼭 초
병마개처럼 그렇게 시큰둥한 반응을 보이던 양 여사였다. 아예 발
을 막고 사는 친척들 가운데서 그래도 수진은 양 여사와 관계를 맺

고 있는 유일한 존재가 아닌가. 승연은 한참이나 고개를 갸웃거렸다. 승연에겐 밤바다의 등광처럼 그녀의 어두운 성장기를 지켜봐준 이모였다. 어린 시절 원인 모를 양 여사의 매질에 승우를 부둥켜안고 이 구석 저 구석 울며 쫓길 때도 수진은 늘 그녀의 곁에 있어주었다.

"아이구, 어서들 와요. 이거 참 모처럼 만에 사람 사는 집 같군."
가벼운 벨소리에 이어 얼핏 수진 내외의 기척이 나는가 싶더니 이어서 환하게 반기는 장 화백의 음성이 들렸다. 마지못한 듯 양 여사도 안방으로부터 느릿한 자태의 그 모습을 드러냈다. 길게 늘어져 웨이브가 엉킨 머리털과 권태로운 눈빛, 그리고 강파리하게 미끄러진 두 뺨의 윤곽, 그러한 요소들은 젊었을 때 상당한 미인이었을 법도 한 그녀의 외모를 형편없이 망가뜨려놓고 있었다.
"언니, 초대해줘서 고마워요. 괜히 번거롭게 하네요."
한아름의 꽃과 화사한 미소 속에 묻혀온 수진 내외에게선 더할 수 없는 신선함과 풋풋함이 피어오르고 있었다. 승연은 이모부 홍섭의 사람됨이 깊고 넉넉함에 적이 안심이 되면서도, 한편으론 결혼 후 처음인 그의 방문이 부디 무사히 치러질 수 있기를 바라는 마음에 몹시도 신경이 쓰였다. 장 화백의 편안하고 부드러운 태도는 어떠한 내방객을 맞기에도 충분하리만큼 아무런 장애요소가 없었다. 그러나 불안정하고 무분별한 양 여사의 태도는 늘 문제가 되기 십상이었다. 그렇지 않아도 간간이 홍섭을 일견하는 그녀의 시선에 묘한 번뜩임이 읽을 느끼며 승연은 긴장했다. 그 눈빛, 적의와 경계심이 반반씩 뒤섞여 야릇한 광채를 띠는 그 시선은 어린 시절 그 끔찍한 농장 나들이 때 보았던 바로 그런 유의 눈빛에 다름아니었다.

공개적인 장소에의 출현을 극히 삼가해온 승연네의 생활에서도 어쩌다 일 년에 두어 번씩 있었던 조부의 농장 초대에만은 가족이 거의 빠짐없이 참석을 해오곤 했다. 말년에 조모를 잃고 혼자서 농장을 가꾸며 살아가던 조부는 양 여사의 냉소적인 반응에도 불구하고 승연네 식구를 위해 갖은 배려를 아끼지 않았다. 농장에서의 하루란 승연 남매에겐 모처럼 자연 속에서 아이들다운 기쁨과 자유로움을 만끽할 수 있는 날이기도 했다. 그러나 즐거움도 잠시뿐. 저녁 무렵 집으로 돌아올 때면 어김없이 시작되는 양 여사의 발작에 가까운 히스테리는 그들의 하루를 완전히 망쳐버리곤 했다. 보통 극히 사소한 승연 남매의 투정이나 칭얼거림을 발단으로 일어나는 그러한 사태는 결국 그날의 가족나들이를 참담함으로 얼룩지게 했다. 왜 꼭 그래야만 했을까 하는 추억에 대한 안타까운 회한과 함께, 그날 농장지기나 일꾼들을 향한 양 여사의 이해 못할 눈빛 또한 줄곧 풀리지 않는 하나의 수수께끼로 승연의 뇌리에 남아 있었다.

"자, 모두 이리들 와요. 우리 승연이 차 끓이는 솜씨가 아주 일품이라오."

점심식사가 끝난 후 장 화백이 모두를 거실로 안내하며 말했다. 식사 도중 양 여사의 개입으로 몇차례인가 대화의 흐름에 위기를 맞긴 했었지만, 그래도 무난히 그 고비를 넘긴 것이 다행이었다.

"난 녹차 따윈 질색이야. 이 더위에 대체 그게 무슨 맛이람! 그거야 고상하신 이 집 부녀의 취미고, 난 계속 위스키로 하겠어."

방심한 듯 다탁 앞에 털썩 다리를 꼬고 앉으며 양 여사가 그렇게 뇌까렸다. 오전 나절부터 시작된 자작술이 이미 상당량에 이르렀으련만 그녀는 여전히 손에서 잔을 놓지 않았다. 한 손엔 재를 흘리며 마구 타들어가는 담배, 그리고 다른 한 손엔 위스키 잔. 하긴 바로 그 모습이야말로 가족들에게 가장 눈에 익은 그녀의 일상적 자태가 아니던가. 승연의 등줄기에서 후끈 진땀이 배어났다.

"참, 승연아. 그때 길에서 만난 그 태익이라는 학생 잘 있니? 참 괜찮아 뵈더구나."

더운 물로 조심스레 찻잔을 헹궈내는 승연의 이마에 보송하니 땀기가 배어남을 바라보며 느닷없이 수진이 물었다. 순간 소리없이 찻물을 따르던 승연의 얼굴에 흠칫 당혹감이 서렸다.

"아니, 이게 무슨 소리지? 승연이 남자친구 얘긴가?"

파이프를 입에 문 장 화백이 길게 연기를 내뿜으며 반색을 했다.

"흥, 어쩐지 계집애가 노상 짤짤거리고 다니더라니! 대체 어떤 사이냐? 야, 너 제비뽑기를 해도 아주 잘해야 한다. 어떤 타입이냐? 개 섹스어필한 데는 있든? 너, 그거 참 중요한 거다. 안 그럼 다 빛 좋은 개살구일 뿐야, 알겠어?"

까르륵 잦아드는 양 여사 특유의 시니컬한 웃음소리가 거실을 울렸다.

"그만 하세요."

승연이 울상을 한 채 쏘아붙였다.

"앙큼한 계집애, 뭐가 어때서? 내숭떨 게 뭐 있니?"

자오록이 담배연기를 뿜어내는 양 여사의 눈에 묘한 장난기가 배어나고 있었다. 파이프를 입에 문 채 표정 하나 없이 묵묵히 자리를 지키는 장 화백과는 달리 홍섭은 시시각각 얼굴이 변하며 좌불안석이었다.

"언니, 우린 급한 볼일이 있어서 이만 가봐야겠어요."

기민한 수진의 결단에 어색한 미소와 함께 계속 찻잔만 만지작거리던 홍섭이 얼른 몸을 일으켰다.

"흐흥, 가라. 누가 말리냐. 어서 가봐."

완전한 야유조의 말투로 양 여사가 수진을 향해 소리를 높였다. 못내 석연찮고 씁쓸한 얼굴로 수진 내외가 자리를 뜬 다음에도 양 여사의 취기 어린 행태는 더 계속되었다.

"야, 이 계집애야, 네가 그렇게 잘났니? 그래, 너 참 똑똑하다. 네 눈엔 이 에미가 그렇게도 꼴나게 보이냐? 참 잘났다, 잘났어."

살짝 꼬부라든 음성과 흐느적거리는 몸놀림에도 불구하고 계속 스트레이트로 위스키 잔을 비워내는 양 여사의 손이 부들부들 떨리고 있었다. 기어이 술병을 바닥내고야 말 김새였다.

"이젠 제발 좀 그만 하세요. 그만큼 망신당했으면 충분하잖아요."

다탁에 어지럽게 널려 있는 찻잔들을 치우며 승연이 날카로운 음성으로 대거리를 했다.

"뭐야? 이 계집애가. 지 에미 알길 꼭 뭐 묻은 동네 강아지 보듯 하는구나. 그래, 좋다. 내 꼴 보기 싫지? 당장 나가주마. 오냐, 그래."

쨍그랑, 위스키 잔을 집어던지며 양 여사는 있는 대로 악을 썼다. 취기 어린 그녀의 두 눈이 집어삼킬 듯 승연을 노려보았다.

"승연아, 너 오늘 좀 심하구나. 대체 왜 이러느냐? 그만 올라가
쉬도록 해라."

지그시 입술을 깨물며 팽팽히 맞서는 승연의 앞으로 두 팔을 활
짝 편 자세로 장 화백이 다가왔다. 고통과 인내가 응축되어 짙은 그
늘을 이룬 얼굴, 그리고 그 위에서 희끗거리는 반백의 머리털이 아
프게 그녀의 눈을 찔러왔다. 가파르게 내려앉은 한줌의 여윈 어깨,
그리고 그 너머로 불쑥 솟아오른 한더미의 아픔인 육신의 파격, 와
르릉, 그곳 어디에선가 슬픈 음계가 울려옴을 느끼며 승연은 그만
얼굴을 감싸쥐고 이층으로 뛰어올라갔다.

아, 태익을 만나러 가리라. 그로 인해 비록 내일 어떠한 불행이
닥쳐온다 할지라도 오늘 난 그를 만나러 가리라. 연옥 같은 이곳은
일 초도 더 견딜 수가 없어. 순식간에 외출준비를 끝낸 승연의 귀에
갑자기 찌를 듯 강렬한 현악기의 선율이 들려왔다.

"승연아, 네가 참아야 한다. 엄마는 아프시잖니? 엄마에겐 우리
의 사랑 이상으로 좋은 약이 없단다."

늘 그렇게 타이르곤 하던 장 화백의 젖은 음성, 그리고 이어서 들
려주던 그 위무의 음악. 때론 자지러질 듯한 비탄과 우울로, 혹은
가슴을 때리는 절규와 흐느낌으로 너무도 친숙해진 소리―그것은
무언가의 저지렛거리를 찾아 늘 장 화백의 아틀리에를 드나들던 유
년기에서부터 줄곧 그녀의 귀에 익어온 음악이었다. 어린 승연은
곧잘 장 화백의 무릎에 앉아 그의 굽은 등을 토닥이며 철없이 묻곤
했었다.

"아빠, 이게 뭐야?"

"으음, 혹이란다."

"혹이 왜 있어?"

"글쎄, 아빠가 좋아서 거기 있대."

그럴 때 장 화백의 표정은 너무도 담담하고 무연한 빛을 띠고 있어서 승연은 도무지 그의 마음을 읽어낼 수가 없었다. 그러나 유난히 음울했던 사춘기를 거치면서 승연은 점차 장 화백의 아틀리에와 멀어지기 시작했다. 걷잡을 길 없이 예민하고 복잡미묘한 양상으로 치닫던 그녀의 감성이 한때는 부성에 대한 극단의 애증으로 분열되면서 한동안은 서먹한 거리감 같은 것을 형성해놓은 때문이었다.

'아버지, 저 잠시 외출 좀 합니다. 일찍 올게요. 승연.'

그녀의 다락방에서 몇 개의 계단을 밟고 내려오면 그곳이 바로 이층이었다. 장 화백의 방은 그의 아틀리에와 함께 이층 맨 구석 쪽에 위치해 있었다. 승연은 여전히 꽝, 귀를 울리며 음악소리가 흘러나오는 장 화백의 방 앞으로 살금살금 다가가 문틈 사이로 가만히 자신의 메모 쪽지를 밀어넣은 후 집을 나섰다. 이글거리는 팔월의 태양이 삼킬 듯 그녀의 몸을 향해 덮쳐왔다.

"연극 어땠어?"

"글쎄, 너무도 어둡고 우울한 얘기야."

소극장이 밀집해 있는 연극인의 거리엔 어느새 짙은 어둠이 내리고 있었다. 여름밤 젊은 관람객들이 뿜어내는 후끈한 열기에 묻혀 태익과 승연이 막 극장문을 나서고 있었다.

"하긴 너무 비극적인 결말이긴 해."

좀전의 착 가라앉은 승연의 반응에 태익이 조심스런 기색으로 그의 의견을 덧붙였다.

줄지어 늘어선 가로등마다에서 희뿌연 빛의 입자들이 마구 곤두박질을 치듯 그들의 머리 위로 쏟아져내리는 밤거리를 걸으며 그들은 더 이상 말이 없었다.

"당신이 누구신지 모르지만 전 언제나 낯선 사람들의 친절에 의존해 살아왔어요."

그렇게 말하며 방향도 모른 채 정신병원으로 끌려가는 극중 주인공의 비참한 결말, 그리고 어머니! 승연에게 그 낱말이 주는 의미란 무엇인가. 그것은 그 단어가 갖는 보편적 의미의 성스러움이나 사랑하고는 너무도 거리가 먼, 단지 건조한 인칭명사로서의 호칭에 불과할 뿐인 것. 그런데 왜 이리 가슴이 뻐근하리만큼 아파오는 것일까. 단지 연극 때문일까. 그녀는 끝없이 암울한 생각을 이어가고 있었다.

"아, 저기 빈 차가 오는군. 자, 빨리 타."

그녀의 처연함을 더 이상 견딜 수가 없다는 듯 태익이 급히 택시를 세우며 차 안으로 그녀를 밀어넣었다.

"강변 고수부지 쪽으로 갑시다."

"어머, 거긴 왜?"

"좀 가만히 있어. 뭐가 걱정이야."

으르렁거리듯 낮게 몰아붙이는 태익의 기세에 승연이 찔끔 하는 기색으로 입을 다물었다. 얼마 후 그들은 유람선 선착장 부근의 빈 터에서 차를 내렸다. 강변을 따라 말없이 걷고 있던 태익이 갑자기

우뚝 걸음을 멈추며 승연을 향해 마주섰다.

"이 바보! 넌 왜 그렇게 바보니?"

전에 없이 거친 음성으로 그가 소리를 질렀다.

"뭐가? 갑자기 왜 이래?"

승연이 놀라서 반문했다.

"여기 앉아서 얘기 좀 하자."

태익이 와락 승연의 팔을 잡아 가까운 벤치로 이끌었다.

"난 내 나름대로는 꽤 오랫동안 참고 기다려왔다고 생각해. 언제쯤이나 너의 그 단단한 껍질이 벗겨질까 하고 말야."

어둠 속에서 찰칵, 담배에 불을 붙이며 태익이 이야기의 서두를 꺼냈다.

"난 처음에 네 차가움이 단지 부유한 환경 속의 선민의식에서 오는 그런 유의 편협과 오만이라고만 생각했었지. 근 삼 년이 다 되도록 널 사귀어 오면서도 난 죽 그렇게만 생각했었다. 한데……"

수은등 밑에서 파리하게 질려 있는 승연의 얼굴을 향해 태익이 후욱 뜨거운 담배연기를 뿜어내며 말을 이었다.

"언젠가 한번 승우를 만난 적이 있었지. 결코 고의는 아니었어. 네 부재중에 전화를 했다가 그애와 통화가 되어 자연스럽게 만났을 뿐야. 참 좋은 애더군. 누나한테 함부로 굴면 내 코를 날려버리겠다나."

놀라서 바라보는 승연의 시선을 슬쩍 피해버리며 태익이 피식 웃음을 흘렸다.

"언제까지 더 기다려야만 할까. 네 스스로가 마음을 열어 보일 그

때를……"

태익의 말이 점점 그 꼬리를 감추고 있었다.

"그래서? 지금 뭐가 어찌 되었다는 거야? 왜, 차라리 용역 센터에 의뢰하지 그랬어? 아님 숫제 사설탐정을 하나 두든가."

강바람에 싸늘한 미소를 날리며 승연이 그렇게 내뱉았다.

"넌 애가 진짜 왜 그러니? 꼬여도 참 한참 꼬였구나. 너에겐 내 진심 따윈 아무 상관이 없는 거니? 정말 이해할 수가 없어."

성난 태익의 얼굴이 똑바로 승연을 주시했다.

'그래, 맞았어. 넌 이해 못 해. 결코 이해할 수가 없는 거야. 때때로 네가 지나가는 말처럼 털어놓던 네 집안의 그 일상적인 일화들이 얼마나 나를 큰 부러움과 목마름 속에 잠겨들게 했는지 너는 아니? 평범한 한 가장으로서 네 아버지가 획득한 그 굳건한 위상과 권위, 그리고 가족에게 쏟는 네 어머니의 그 무조건적인 사랑과 보살핌, 또한 네 동생들의 그 한없는 응석과 투정이 얼마나 나를 외롭고 쓸쓸하게 했는지 너는 아마 상상도 할 수 없을 거야.'

어두운 강을 향해 가슴이 터질 듯 그렇게 외쳐대고 싶은 말들은 그러나 끝내 소리가 되어 그녀의 입 밖으로 나와주진 않았다. 긴 머리털을 쓸어올리는 그녀의 손길이 바람결에 파르르 떨렸다.

'그건 마치 그늘식물이 갑자기 햇볕을 쏘였을 때의 그런 충격과도 비슷한 이치겠지. 어느 한순간 부모가 서로 눈 한번 따뜻하게 마주치는 걸 본 적이 없이 자라난 아이의 그 허전함을, 그리고 어머니의 따스한 손길이 닿은 조그만 식탁에 모여앉아 온 가족이 담소하는 그런 모습을 꿈속에서조차 본 적이 없는 아이의 황량한 가슴을

네가 어찌 알 수가 있니?'

소리 없이 되뇌는 그녀의 눈가에 그렁그렁 물기가 배어나고 있었다.

"승연, 자신에게 처해진 상황을 너무 어렵게만 해석하지 마. 혼자만의 불행감과 고독은 독이야. 함께 나눌 수도 있잖아."

계속 줄담배만 피워대던 태익이 다시 그렇게 말했다.

"충고해줘서 고맙다. 하지만 타인에 대해 모든 걸 다 아는 것처럼 그렇게 쉽게 얘기하지 마. 내 일은 내가 알아서 하니까. 이만 가봐야겠다."

승연이 발딱 몸을 일으키며 태익의 말문을 막았다.

"기다려, 내 말 아직 끝나지 않았어."

태익이 버럭 소리를 지르며 승연의 어깨를 잡아당겼다. 홱 끌려온 그녀의 작은 몸이 순식간에 태익의 품안으로 들어가며 둘은 곧 하나가 되어 다시 풀썩 제자리로 떨어져내렸다.

"왜 이래. 비켜. 이거 놔."

안간힘으로 태익의 가슴을 밀어내며 승연이 소리를 질렀다.

"진정해. 그리고 내 얘기 좀 들어봐."

태익이 완강한 힘으로 그녀를 자신의 무릎 위에 눌러앉히며 말했다.

"놓아줘. 이러지 마."

새파랗게 성을 내며 승연이 몸을 비틀었다.

"앗!"

짧은 신음과 함께 소스라치듯 놀라며 그녀가 움직임을 멈추었다.

그녀의 촉감이 닿은 어느 한곳에서 극심한 통증으로 부딪쳐오는 태익의 일부. 마비가 온 듯 온몸이 갑자기 빳빳하게 굳어지며 그녀는 하얗게 얼굴이 질려갔다. 아찔한 현기증을 동반한 메슥한 멀미기에 그녀는 실신한 듯 몸을 축 늘어뜨렸다.

"왜 그래? 어디 아파?"

심상찮은 그녀의 기색에 놀란 듯 태익이 팔의 힘을 풀며 나지막이 물었다.

"미안해. 그만 가자. 데려다줄게."

태익이 승연의 몸을 일으키며 조그맣게 속삭였다.

멀미. 그리고 모든 튀어나온 것에 대한 기이한 역반응. 그녀는 다시 한 번 그것을 확인했을 뿐이었다. 자신의 내부에서 점점 더 해괴한 모양으로 커나가는 것, 그리고 아버지의 등에 있는 것, 또 지금 막 태익에게서 발견된 석주와도 같은 야성의 것—그 모든 것이 다 그녀에겐 똑같은 무게의 혐오와 거부의 대상일 뿐이었다. 걸음을 옮길 적마다 조금씩 휘청거리는 승연의 몸을 태익이 옆에서 가볍게 부축해주었다. 그녀의 동굴처럼 빈 가슴에서 위잉 공허한 바람 소리가 들려오고 있었다.

"애, 승우야. 승우 어딨니?"

약기운에 깊이 빠진 잠 속에서 양 여사가 승우를 찾고 있었다. 아무래도 승우에게 연락을 하는 것이 옳은 일일까. 겨우 마음을 잡고 외가로 들어간 아이에게 행여 자극이 될세라 온 가족이 극구 자제를 해오는 터인데. 승연은 자신도 모르게 또 손톱을 잘근잘근 깨물었다. 병원에서의 간병 20여 일 동안 어린 시절의 고질적인 버릇이 어느새 다시 도져 있었다. 그만큼 그간의 시간들이 그녀에겐 한바탕의 충격과 혼란으로 메워졌음이 틀림없었다.

강변에서 태익과 헤어지던 그날 밤, 무작정 밤거리를 소요하던 양 여사는 그만 끔찍한 윤화를 입고 병원 응급실에 실려가 사경을 헤매고 있었다. 귀가 즉시 병원으로 달려간 승연은 온몸에 붕대를 두르고 혼수상태에 빠져 있는 양 여사의 처참한 모습을 보았다. 엄청난 절망과 비애가 그녀의 전신을 후려치는 순간, 그녀는 자신의 내부에서 번쩍 불을 밝히며 그 실체를 드러내는 뚜렷한 감정의 변이를 체험해야만 했다. 며칠 동안 마치 식물인간처럼 의식불명의 상태에 놓여 있던 양 여사의 모습에서 승연은 난생 처음 야생마와도 같이 펄펄 날뛰곤 하던 그녀의 모습에 한가닥 야릇한 향수가 일어남을 느끼고는 스스로 놀라곤 했다. 어쨌든 그것은 양 여사에게 있어서 생명력의 한 표출방식이었음을 절감했던 까닭이었다.

"힘들지? 네가 고생이다. 아침 회진은 있었니?"

어느 틈에 또 기척도 없이 장 화백이 병실 안에 들어와 있었다. 매일 그렇게 그림자처럼 왔다가 소리도 없이 사라지는 그의 문병이었다. 양 여사를 향한 일체의 자극을 삼가려는 듯 가만히 한쪽에 앉았다간 곧 자리를 뜨고 마는 그러한 그의 문병 태도는 더없이 승연을 슬프게 했다. 오늘도 장 화백은 조용히 창가에 서서 마치 기도를 올리듯 두 눈을 감고 있었다. 언제나 그의 짧은 손톱 밑에서 숨길 수 없이 발견되곤 하던 그 미미한 물감의 흔적조차도 보이질 않음에 승연은 뭉클 가슴이 아려왔다. 요 며칠 사이 양 여사의 안구 문제로 전례에 없는 고심을 해온 탓일까. 캔버스완 한참이나 멀어진 듯한 그의 분위기가 무척이나 호젓하고 생경한 느낌을 불러일으켰다.

천행으로 불구를 면하긴 했지만 양 여사는 사고 당시 안구에 가해진 극심한 충격으로 거의 실명의 위기에 처해 있었다. 오른쪽 눈은 망막이 완전히 파손된 상태였고, 그나마 왼쪽 눈으로 희미하게 물체의 형태를 파악할 수 있음이 다행이었다. 그러함에도 정신만은 더없이 평안하고 안정된 상태를 보이고 있음이 또한 특기할 만한 현상이었다.

"집에 가서 좀 쉬었다 오렴. 나 불편할 것 없다."

양 여사는 용케도 승연을 알아보고 그렇게 말하곤 했다. 그러나 때론 심한 낯가림으로 마치 타인을 대하듯 하는 양 여사의 태도에서 승연은 문득 그들 모녀간의 질곡이 얼마나 깊었던가를 깨달았다. 시간이 지남에 따라 신체의 각 부위가 각기 제 나름의 기능과 활력을 되찾으면서부터 그러한 양 여사의 태도는 더욱 확연하게 드러나기 시작했다. 승연이 미음이나 약을 권할 때 혹은 몸을 부축해 일으킬 때면 양 여사는 붕대가 감기지 않은 한쪽 눈마저 질끈 감아버리며 그만 고개를 모로 돌려버리곤 했다. 그리고 어쩌다 그 한 눈을 뜨고 있을 때의 초점 잃은 희미한 눈에는 예전의 그 번뜩이던 광채는 간 곳 없이 오직 커다란 공허와 잿빛 우수만이 가득할 뿐이었다.

"나, 이만 갈란다. 엄마 깨어나면 제때 식사 잘 권하고, 네가 수고 좀 해라."

으레 십 분도 채 안 되어 무언가 쫓기듯 병실을 벗어나는 장 화백을 따라 머리도 식힐 겸 승연도 잠시 복도로 몸을 빠져나왔다.

"승연아, 곧 좋은 소식이 있을 듯싶다."

뭔가 예사롭지 않은 얼굴로 장 화백이 승연을 대기실 쪽으로 이끌며 말했다.

"오늘 아침 안구은행에서 드디어 연락이 왔다는구나. 불치의 병으로 생명이 다해가는 어느 종교인이 그의 뜻을 전해왔다고 말이다."

애써 감정을 배제하려는 노력에도 불구하고 어쩔 수 없이 기쁨이 배어나는, 약간 떨리기조차 하는 그의 음성이 승연의 가슴을 파고들었다.

"아, 믿을 수 없어요. 사실일까요?"

자신도 모르게 한참이나 높아진 목소리에 승연이 찔끔 어깨를 움츠리며 다시 장 화백의 얼굴을 주시했다. 뭔가 더 속시원한 애기를 듣고 싶은 다급한 표정이었다.

"아까 담당의사에게 들렀더니 99퍼센트 확실한 소식이라고 아주 장담을 하시더구나."

진정 그렇게만 된다면 그간 난관에 부딪쳐왔던 일이 갖은 우여곡절 끝에 그래도 가장 바람직한 방향으로 풀려가는 것이 아닌가. 승연은 그제야 휴우 가슴을 쓸며 안도했다. 그녀의 얼굴이 희망으로 반짝 빛났다.

한동안 양 여사의 오른쪽 눈에 대한 안구 기증 문제를 놓고 승연의 외조모와 장 화백, 그 두 사람은 너무도 파격적이고 기상천외한 극단론을 제시함으로써 병원 의료진과 주위 사람들을 온통 충격과 당혹감 속에 몰아넣었다. 각막 이식절차를 논함에 그들은 서로 자신의 눈을 기증하겠노라고 주장을 함으로써 그것이 엄연한 의료법 위반이며 현실적으로도 도저히 불가능한 일임에도 그들은 좀체 자신들의 뜻을 굽히려 하지 않았다.

심장이나 콩팥 같은 여타의 장기는 건강한 가족 일원의 기증을 통해 그 이식이 충분히 가능한 터에, 왜 유독 안구의 기증에 있어선 그것이 허용되질 않는 것인지 그들은 바로 그 점을 납득하지 못했다. 그러나 끝내 그들의 주장은 관철되지 못했고 결국 모든 일은 병원당국이나 안구은행에 맡기는 수밖엔 없었다. 승연은 그러한 사태의 추이를 지켜보며 끝없는 회의감 속에 빠져 있었다. 연로한 외조모의 모성은 그렇다 치더라도 아버지의 그러한 맹목적이고 일방적인 결단에는 과연 어떠한 해석을 내려야 옳은 것일까.

선과 색채 다루기를 평생의 업으로 삼아온 아버지의 그러한 뜻은 사랑이란 이름으로 진정 가능할 수가 있는 일일까. 그러한 고통스러운 자문 속에서 승연은 때때로 몸서리쳐지는 전율을 느끼곤 했다.

"어서 들어가봐. 엄마가 찾으시겠다."

주차장까지 따라나간 승연에게 그 말을 남기고는, 부르릉 시동을 걸며 앞으로 나가던 장 화백의 승용차가 잠시 후 다시 스르륵 미끄러지며 그녀 쪽으로 후진을 해오고 있었다.

"참, 깜빡 잊었었구나. 여기 네가 부탁한 것을 가져왔다."

차문을 열고 조심스레 물건을 건네주는 장 화백의 얼굴에 야릇한

긴장감이 내비침을 느끼고는 승연이 상그레 웃음 띤 얼굴로 물건을
받아 안으며 말했다.

"어머니가 늘 만지시던 물건이라서요. 곁에 놓아드리면 좋아하실
것 같았어요. 이젠 곧 소용에도 닿게 되겠네요."

주색이 도는, 귀퉁이의 놋쇠 문양이 꽤나 정교한 느낌을 주는 작
은 자개상자였다. 언제나 양 여사가 기거하는 안방 문갑 위의 그 자
리에 오롯이 놓여 있던 조그만 거울함. 때때로 승연이 안방을 스쳐
갈 때면 양 여사는 거울함의 뚜껑을 열어놓은 채 한없이 그 속을 들
여다보곤 했었다. 승연이 굳이 이 물건을 택한 까닭도 바로 그러한
눈에 익은 장면들에 생각이 미친 때문이었다. 지금은 비록 희미하
게 남아 있는 한쪽의 시력으로나마 어머니로 하여금 보다 더 강렬
한 회복의지를 불러일으키는 매개물이 될 수만 있다면! 그리고 다
시 좋은 날이 오면 거울함을 안고 돌아앉은 어머니의 뒤에서 그 긴
머리털을 빗겨드리리라. 왜 그토록 하찮은 표현조차도 극구 외면해
온 사이였던가. 모녀간에 그렇게까지 삭막하게 살아온 까닭은 무엇
인가. 가쁜 숨을 몰아쉬며 승연이 막 병실 앞에서 걸음을 멈추었을
때였다. 어인 일일까. 쨍, 유리창을 깨듯 높고 날카로운 양 여사의
음성이 승연의 발길을 가로막았다.

"도대체 왜들 그래? 날 좀 제발 이대로 내버려둘 순 없겠니? 더
이상 못된 여자 만들지 말란 말야. 나도 이젠 내 뜻대로 좀 살아야
겠다. 알겠니?"

격렬함으로 인해 마구 갈라지는 음성으로 양 여사가 펄펄 화를
내고 있었다.

"언니, 진정하세요. 우린 다만 언니가 예전처럼 시력을 되찾을 수 있기를 바랄 뿐예요."

차분히 설득해가는 수진의 음성이 들려왔다.

"시력? 홍! 그 따위 것 내겐 다 소용없다. 차라리 모든 꼴 안 보고 살면 천국이야."

병실을 짜르릉 울릴 만큼 독이 오른 음성이었다. 입원 20여 일을 통한 최초의 히스테리였다. 외상으로 인한 강한 충격이 때론 정신질환에 급격한 전환을 가져다줄 수도 있다는 의사의 말을 그간 너무 과신했던 것일까. 양 여사는 예전과 조금도 다를 바 없는 모습을 보이고 있었다.

"절대 안 돼. 난 결코 각막수술 따윈 안 할 거야. 내 언제 누굴 볼 때 눈 한번 곱게 뜬 적이 있던? 난 때때로 숫제 장님이 돼버렸음 하고 바랄 때가 많았다. 그 못된 마음이 이제 죄값을 받은 거야. 늘 마음보단 눈이 먼저 죄를 짓곤 했었지. 오래 전부터 난 이러한 단죄의 기회를 기다려왔는지도 모르겠다."

어쩐 일로 처음보단 한결 수그러진 음성이었다.

"부모님 뜻대로 시집가서 그만큼 일곱 동생들 다 도와줬음 됐잖아. 이젠 니들도 다 독립했고 내 역할도 끝났어. 더 이상 날 속박하지 마. 제발 부탁이다. 그렇지 않음 또 무슨 일이 일어나게 될지 그건 아무도 모른다."

"언니, 아무도 언니의 불행을 바라진 않았어요. 왜 그런 생각을……"

울먹이듯 이어지는 수진의 말이 채 끝을 못 맺고 있었다.

"그래, 넌 모르지. 모를 거야. 우리 식구 모두가 똘똘 뭉쳐 공범자가 되어 있을 때 넌 그때 너무 어렸으니까. 성준이라고 생각나니? 20년 전 우리 집이 폭삭 망해 그 달동네의 판자촌 꼭대기에서 살던 시절 우리 집의 곁방살이를 하던, 우리보다 더 가난했던 자취생 말이다. 늘 어린 너와 잘 놀아주었었지. 그와 난 대학은 달랐지만 전공이 같아서 무척이나 가깝게 지냈었지."

"네, 그 성준이 오빠. 저도 기억이 나요."

수진이 옆에서 거들었다. 조금 쉰 듯한 양 여사의 음성이 이제 완전히 평온을 찾고 있었다.

"그런데 대학 4학년 되던 해의 봄이던가. 내가 장 회장집으로 들어가면서부터 난 그를 통 만날 수가 없게 되었지. 식구들이 온통 합심하여 그를 몰아낸 거였어. 내가 곧 재벌 2세와 결혼하여 파리 유학을 가게 된다고 일찍부터 그를 실의에 빠뜨려 그만 집을 떠나게 만들고 말았지. 그러나 식구들은 그에게 단 한 가지, 그 재벌집 아들이 불구라는 사실만은 철저히 숨겼던 거야."

후르륵 한차례 긴 한숨 소리가 들렸다. 그리고 이야기는 계속되었다.

"난 결국 부모의 각본에 의해 그 집의 며느리가 되었고 그는 영영 내 곁을 떠나버렸지. 먼 훗날 두 아이의 엄마가 되어 난 우연히 길에서 그를 만났지. 재벌가의 며느님이 되셨다고요. 황금마차를 타고 떠난 신데렐라, 그러나 가난한 친구에게도 작별 인사쯤은 있었어야 하지 않았을까요. 부디 행복하십시오. 그렇게 말하던 그의 눈빛, 그곳엔 내 젊음의 그 모든 것이 담겨 있었어. 사랑·진실·꿈·

아름다움 같은 그 모든 것이. 젊은 날의 사랑이란 토큰처럼 아무데서나 살 수 있는 게 아니라는, 그리고 그것은 한번 가면 다시는 돌아오지 않는다는 그러한 인생의 중요한 명제를 왜 내겐 아무도 가르쳐주는 사람이 없었을까. 왜 아무도? 난 늘 모든 사람들이 다 미웠다. 부모도, 애들 아빠도, 형제도, 그리고 특히 내 자신도. 아, 그 모두가 다 미웠어. 다!"

점점 꼬리를 흐리며 안으로 안으로만 잦아들던 양 여사의 음성이 다시 한 번 빽 소리를 높인 후에야 겨우 멈추었다.

"언니……."

수진도 더 이상 말을 잇지 못했고 이윽고 병실로부턴 흐느낌 같이 무겁고 긴 한숨소리만 새어나올 따름이었다. 철퇴를 맞은 듯 멍한 충격 속에서 한동안 못박힌 듯 도어 앞을 지키던 승연이 돌연 몸을 돌려 다시 복도 쪽을 향해 쫓기듯 걸음을 옮겼다. 폭발할 듯 치솟는 그 어떤 위기감이 결국 그녀를 밖으로 내몰고 만 것일까. 미라처럼 창백해진 얼굴로 그녀는 병원 승강기에 몸을 실었다. 혼돈, 그것이었다. 그녀에겐 그 모든 것이 다 엉망으로 뒤엉키며 휘몰아치는 혼돈의 덩어리일 뿐이었다. 새까만 어지럼증으로 부웅 내려앉는 사각의 공간 속에서 그녀는 쓰러지지 않으려 안간힘을 쓰며 입술을 꼭 앙다물었다.

"아버지, 당신을 향해 와닿던 어머니의 그 차가운 눈빛을 잊으셨나요? 전 지금 어머니의 진실을 알리기 위해 당신께로 가고 있어요."

오랜 시간 그녀의 내부에 갇혀 있던 그러한 말들이 폭죽처럼 가슴을 뚫고 연달아 터져나왔다.

　그녀가 승강기에서 막 몸을 내리는 순간 무언가가 휘청 그녀의 품을 빠져나가며 요란한 파열음으로 바닥에 나뒹굴었다. 벌컥 뚜껑이 열린 채 거꾸로 처박힌 거울함, 그 밑으로 바스스 떨어져내리는 무수한 유리의 파편들. 승연은 간신히 허리를 굽혀 그 깨어진 조각들을 향해 팔을 뻗쳤다. 떨그럭, 그녀의 손길이 닿은 곳에서 또 한 차례 무언가가 튕겨져나왔다. 작은 액자. 아, 언제 적의 일이던가. 전혀 기억에도 없고 영상조차도 떠오르질 않는 눈물겨운 장면. 그것은 전율하리만큼 생생한 실증으로 뚜렷이 각인되어 있는 단란한 한 가족의 평온한 한순간이었다. 녹음이 그윽한 뒤뜰을 배경으로 정면을 향해 반듯이 앉아 감쪽같이 등 뒤의 그 혹이 가려진 아버지와 그의 무릎 위를 기어오르는 응석이 가득한 어린 승우, 그리고 터질 듯 싱그럽고 아름다운 어머니의 가슴팍에 담쏙 파묻힌 예닐곱 살쯤 되어 보이는 자신의 모습. 그들이 모두 누구인가. 너무도 낯설고 낯선 그 장면에 그녀는 몇 번씩이나 눈을 비비며 애타게 사진 속을 들여다보았다. 그곳엔 그다지 넘쳐날 듯 화사한 행복감은 아니었지만, 그래도 또한 그렇듯 크게 불행해 보이지만도 않는 한 젊은 여인이 그녀를 바라보며 희미하게 웃고 있었다.

　"어머니, 당신은 지금 눈을 필요로 해요. 단지 육안의 시력만이 아닌, 사람의 영혼을 직시하는 마음의 눈을 말예요. 우린 모두 당신을 돕겠어요."

　액자를 가슴에 꼭 껴안은 채 후들거리며 걸음을 옮기는 그녀의 눈앞이 뿌연 일렁임으로 흐려져왔다. 어디선가 한줄기 뜨거운 광휘가 뻗쳐옴을 느끼며 그녀는 부신 듯 눈을 들어 그곳을 바라보았다. 어두운 통로, 저 끝에서 여리고 활기 있는 어깻짓을 해보이며 태익이 달려오고 있었다.

-《현대문학》1989년 10월

코브라의 춤

　　우리들 사이에서 그녀는 보통 코브라로 통했다. 교사 뒤편의 야트막한 산등성이에 여기저기 피멍이 든 듯 진달래가 빨갛게 뒤덮인 초봄의 어느 날 그녀는 우리 앞에 나타났다. 매끄러운 몸매를 따라 발목까지 뻗어내린 나팔꽃 모양의 긴 주황빛 스커트에, 걸음을 옮길 적마다 살짝살짝 드러나는 녹색 하이힐, 그리고 나이를 알 수 없게끔 길게 퍼머넌트 한 갈색 머리털은 그런 대로 주인과는 썩 잘 어울리는 차림새였다. 그러함에도 교문에서 본관으로 이어지는 긴 백양로 숲길을 따라 그녀가 교정에 첫발을 내딛는 순간까지도 우린 정말 그녀가 누구인지를 몰랐을 만큼 그녀의 모든 것은 우리에게 파격과 놀라움 그 자체였다.

　　우리가 근무하는 학교는 도심에서 버스 편으로 근 한 시간이면 와닿는 무척이나 전원적인 외곽 지대에 자리잡고 있었다. 따라서 학교 주변의 경관이란 참으로 일품이었다. 도내 농업시범학교로서 드넓은 임야와 아름다운 정원을 소유한 중고 병설학교였다. 그러한 환경에서 도시의 아이들보다야 훨씬 더 순박하고 건강한 아이들을 교육한다는 일에 우린 모든 현실적인 여건을 떠나 일종의 사명감까지도 느끼고 있는 터였다. 그러나 우리의 그러한, 다소는 정체된 듯한 안온한 생활도 결코 오래 누릴 수는 없게 된 날들이 다가온 것이었다.

"장희석이라고 합니다. 이렇게 만나 함께 생활하게 되어 반갑습니다."

그녀가 신임 교감으로서 부임 인사를 하던 바로 그 순간부터 우리의 모든 것은 이미 변화되기 시작했는지도 모를 일이었다. 가늘게 치켜 올라간 실눈과 유난히 날카로운 선으로 그 끝이 약간 휘어진 높은 코가 좀 거슬리긴 했지만 그녀는 대체로 잘생긴 편에 속함을 우리 중 아무도 부인할 사람은 없었다. 다만 약간 도드라진 광대뼈와 얇은 입술에서 풍겨나오는 어딘가 좀 천박하고도 사나운 느낌만 빼고 난다면 그건 정말 틀림없는 사실이었다. 도 교육위원회로부터 내려온 발령 소식을 접하는 순간 성(性)이 혼동되는 모호한 그녀의 이름 석 자에서부터 우리의 당혹감은 비롯되었다. 그것은 또한 그녀의 출현 시, 우리가 첫눈에 그녀의 정체를 알아낼 수 없었던 치명적인 실수와도 직결되는 일이었다.

"사람이 오는데 어째 문간에 개미새끼 한 마리 얼씬거리질 않는 거죠? 이런 대접이 어딨습니까?"

　공식적인 인사가 있은 후 하나 둘 모여든 주임 교사들 앞에서 그녀는 짐짓 농담투로 그렇게 항의하는 것이었다. 주임들을 향해 눈웃음을 섞어 날카롭게 흘겨보는 그녀의 눈빛에선 섬찟한 독기가 묻어나고 있었다. 그날 우리의 허술했던 환영이 그녀의 권위와 자존심에 어느 만큼의 생채기를 냈는지 능히 짐작이 가는 행동이었다.

　"이건 완전히 무인지경이로구만! 뭐 하나 제대로 되어 있는 게 없으니, 원!"

　교무주임을 앞세우고 학교를 순회하던 장 교감의 첫마디는 그렇게 시작되었다. 정년퇴임을 불과 몇 년 안 남긴 노 교장은 유난히 여교사가 많은 학교에서 마치 친정 아버지와도 같은 자상함과 따뜻함을 지닌 사람이었다. 따라서 학교의 분위기란 어쩔 수 없이 침체되어가는 면이 있긴 했지만 늘 그렇게 아늑하고 가족적인 것 또한 사실이었다. 이러한 점 역시 장 교감의 비위를 상하게 하기엔 충분했던 것일까.

　"쳇! 여자들 치마폭에서 놀아난다더니만 과연 소문 그대로군!"

　누구를 향해서인지 모를 그녀의 그러한 경멸에 찬 빈정거림은 어느 결에 우리의 귀에까지 전해지는 것이었다.

　그녀의 대찬 기세는 부임 첫날부터 학교를 온통 발칵 뒤집어놓을 만큼 그렇게 대단했다. 허리 위에 양쪽 손을 턱 갖다 올린 채 우뚝 버티고 서서 번뜩이는 눈초리로 시종일관 우리를 향해 명령을 가해오는 그녀의 모습은 턱없이 우리를 주눅들게 했다. 교직원 책상 및 기물의 대이동, 그리고 각 부서별 배치 작업의 재정비로 인해 교무실은 마치 벌집을 쑤셔놓은 듯 일대 혼잡을 이루고 있었다. 소용돌이치는 먼지와 소음 속에서 우리와 그녀와의 생활은 그 첫 장이 열리고 있었다.

"나는 마, 딱 술값 받으러 온 마담인 줄 알았지 뭡니꺼?"

원체 우스갯소리를 잘 하는 경상도 출신 사회과 총각 선생의 말에 곳곳에서 숨죽인 웃음들이 터져나왔다. 그런 와중에서도 그나마 몇 마디씩의 농담이 오갈 수 있음을 다행스레 여기며 우린 비로소 입을 열기 시작했다.

"요즘은 왜 변두리 시장에 내걸린 싸구려 옷들도 색깔의 매치가 아주 기막히잖아요? 한데 저이는 어쩜 옷을 저렇게도 못 입었죠? 참 요란도 하군요."

"쉿! 누가 듣겠어요. 저이가 저래뵈도 보통 난 여자가 아니래요. 우리 전부를 몽땅 합쳐놓아도 저이 하나를 못 당할 꺼랍디다."

지긋한 나이답게 늘 언행이 조신한 가정과 선생의 말이었다.

"어머! 그새 벌써 꽤 많은 정보를 수집하셨군요."

열심히 책상 밑을 정리하던 과학과의 젊은 여선생이 반뜻 몸을 일으키며 한마디 거들고 있었다. 도저히 참을 수가 없다는 듯 그녀는 몹시도 분개한 어조로 말을 덧붙였다.

"하긴, 저 눈빛 좀 봐요. 흐느적거리는 몸매하며, 흡사 코브라 같지 않아요?"

우린 순간 모두 고개를 끄덕이며 그녀의 기발한 표현에 동감했다. 속도감 있는 유연한 동작으로 온 학교를 휘젓고 다니며, 그 독기 어린 혀로 이것저것 지시해대는 그녀의 자태란 마치 감추어진 안무가에 의해 한껏 조종당하는 열띤 코브라의 춤을 연상케 했던 것이다. 매주 월요일 아침 애국조회가 있는 날이면 우린 학생들과 함께 지겹도록 길고도 장황한 그녀의 훈화를 들어야만 했다. 그것은 그녀와의 만남 이래 우리에게 생긴 또 하나의 새로운 고역이었다. 조회대의 단상으로 올라서는 그녀의 뾰족한 구두굽이 다소의 불안감을 주는 것과는 달리 짜랑짜랑 울리는 그녀의 훈화는 상당히 위압적인 데가 있었다.

"제군들! 나 이 장희석은 비록 여자의 몸이지만 지금까지 살아오는 동안 일단 한번 맘먹은 일은 절대로 포기한 적이 없었다. 인생이란 무릇 성취 욕구가 강한 자에게만 성공이 약속된다. 또한 그런 사람만이 나날이 발전해갈 수가 있는 것이다. 알겠나?"

"네엣!"

귀가 온통 먹먹할 정도로 목청 높이 외쳐대는 아이들의 대답은 덩달아 우리의 기를 죽이는 데 큰 몫을 해내고 있었다. 많은 청중 앞에선 평소보다 몇 갑절 더 기가 살아 펄펄 뛰는 그녀의 맹렬한 기세와 능변은 대체 어디에서 비롯된 것일까? 우리에겐 그저 놀라움일 뿐이었다.

"저이가 치마를 둘러서 여자지, 글쎄 사내 대장부나 다름없대요."

"저이에게 한번 찍혔다 하면 그대로 끝장이래요."

몇몇 선생들의 입을 통해 오르내리는 그녀에 관한 숱한 정보들로 우린 온통 머리가 핑핑 돌 지경이었다. 그녀가 ○○도의 한다, 하는 명물임을 알게 되는 데는 그다지 긴 시간이 걸리질 않았다. 불과 두어 달 만에 우린 그녀에 대한 모든 것을 거의 다 알게 되었기 때문이었다.

교육 공무원으로서 몇 년에 한 번씩 이리저리 발령장을 따라 철 새처럼 이동하는 한정된 세계에서 개인의 사생활이 어느 정도씩 노출됨은 당연하다 해도 장 교감, 그녀의 경우엔 아무래도 그 정도가 지나쳤다. 사실이라고 믿기에는 너무도 요괴한 갖가지 일화들이 꼬리에 꼬리를 물고 날아들었기 때문이었다. 가장 특기할 만한 사실은 젊은 시절의 한때 그녀가 조연급의 배우로서 은막계에 몸담았다는 설이었다. 실제로 그녀가 내로라 하는 명배우들과 형님, 동생, 하는 사이임을 스스로 공공연히 밝히고 다니는 걸 보면 그 말이 결코 사실무근이 아님을 감지할 수가 있었다.

또한 도내 거물급 인사들 가운데 상당수는 그녀가 한창 날릴 당시의 팬들이었음을 은근히 과시하는 태도에서도 아직 의혹의 불씨는 남아 있었다. 그러나 그녀가 즐겨 말하는 그 팬의 의미가 진정 무엇인지를 정확히 따져 묻는 사람은 아무도 없었다. 단지 확실한 것은 그녀, 장희석이 현재 우리가 근무하는 학교의 교감이라는 한 가지 사실뿐이었다. 전후의 혼란 속에서 어찌어찌하다가 사범학교의 비정규 과정에 적을 두게 된 것이 오늘의 그녀가 있게 된 첫출발이라고 했다. 어찌 되었건 그녀와 우리의 만남은 하나의 인연임이 분명했고, 그 외의 모든 것들은 사실상 우리에겐 아무런 의미도 없었다.

드디어 장 교감의 독자적 행정 방침에 따른 일대 개혁이 단행되었다. 그 첫 단계로서 그녀는 우선 우리의 출퇴근 시간을 종전보다 앞뒤로 한 시간씩 늘려놓았다. 그리고 거기엔 각각 자율학습과 청소강화란 명분이 붙여졌다. 행여 자신의 지시를 어기는 학급이 있을세라, 이른 아침부터 저녁 늦게까지 수시로 학급을 순회하며 한 시도 감시의 눈길을 소홀히 하지 않는 그녀였다.

조용한 아침, 직원회가 열리면 노 교장은 저만치 제쳐두고 모든 지시 전달사항은 장 교감, 그녀의 입을 통해 흘러나왔다.

"선생님들, 청소 감독을 보다 더 철저히 해주셔야겠어요. 아이들만 먼지를 먹여서 되겠어요? 매사에 솔선수범하는 자세를 보이세요. 그리고 본인이 적극 추진해오고 있는 학생들과의 면담 활동은 나와 학생들이 좀더 가까운 관계를 유지할 수 있도록 하기 위한 인성 교육의 일환입니다. 한데 선생님들, 이 점에 무슨 이의가 있습니까?"

우리의 나른한 졸음기를 깡그리 없애버리고야 말겠다는 듯 그녀는 꽥꽥거리는 불협화음으로 온갖 기합을 다 넣었다. 이럴 때 우린 연로한 남선생들의 처연한 모습을 바라보는 일이 가장 고통스러웠다.

살벌함 속에서도 어느새 오월이 다가오고 있었다. 교무실 창을 통해 바라보이는 얕은 언덕 위로 하얀 라일락이 소담스러운 꽃송이를 자랑하고 있는 화려한 계절이었다. 그러나 인화의 꽃이 피어나지 못하는 교무실엔 스산한 기운만이 감돌뿐 누구 한 사람 여유 있는 눈길을 돌려 바깥의 풍경을 감상할 사람은 없었다. 언제 또 어디서 장 교감의 매운 눈초리가 자신을 향해 와닿을지 모르는 위험한 판국이었다.

"차 선생, 잠깐 나 좀 봐요."

결국 누군가가 또 장 교감에 의해 불려나가고 있었다.

"네, 부르셨습니까?"

"왜, 요즘 실기 수업을 통 안 해요? 이 좋은 날씨에 애들을 교실에 처박아놓고 대체 뭘 하는 겁니까?"

그녀의 따가운 시선이 찌르듯 차 선생의 이마께를 쏘아보고 있었다.

"죄송합니다. 곧 산가를 받게 되어 요즘은 주로 이론 학습을 하다 보니……"

차 선생의 머리가 점점 더 숙여졌다.

"이봐요. 누군 왕년에 산가 안 받아본 줄 알아요? 하지만 난 산가를 받기 바로 전날까진 아무도 몰랐을 만큼 그렇게 깜쪽같이 하고 다녔다구요. 한데 요즘 젊은 선생들, 참으로 한심해요. 그게 무슨 그리 대단한 일이라고들 그렇게 몸을 사리고들 그러는지, 쯔쯧!"

체육과이면서 주로 여학생들의 무용을 담당해온 차 선생이 한창 부른 만삭의 배를 앞세우고 민망함으로 몸둘 바를 모른 채 쩔쩔매고 있었다. 울컥 치밀어오르는 분노로 인해 우린 마치 목에 가시가 걸린 듯 끙끙거리고 있을 따름이었다. 그러나 감히 그녀 앞에 나서서 차 선생을 위해 한마디 거드는 사람은 없었다.

"정 선생!"

"네!"

다음은 교무실의 가장 막내 교사인 국어과의 정 선생 차례였다.

"입고 있는 옷이 너무 야하다고 생각지 않아요? 유행도 좋지만 치렁치렁, 도대체 그게 뭐예요? 그런 차림으로 어떻게 수업을 합니까?"

가장 젊고 세련된 모습의 정 선생에게 한 가지 잘못이 있다면 그

건 단지 교사로선 지나치리만큼 유행의 최첨단을 걷고 있다는 점이
었다. 그 외엔 교사로서 하등 나무랄 데가 없음에도 그녀는 늘 장
교감의 눈엣가시였다. 하긴 누구라도 장 교감 앞에서 뛰어난 차림
새를 함은 대단히 위험스럽다는 걸 잘 알고 있었다. 반면 장 교감은
매일 칠면조처럼 바뀌는 자신의 옷차림에 대해 단지 의례적인 우리
의 가벼운 감탄과 찬사에서조차도 아주 민감한 반응을 보일 만큼
그런 단순함을 갖고 있었다. 그녀는 여자였다. 그 밖에도 그녀가 진
정 한 사람의 여자일 뿐임을 실감하는 일은 종종 있었다. 어쩌다 상
부의 높은 자리 사람들이 예고 없이 불쑥 학교를 방문할 때면 당황
한 장 교감이 가장 먼저 찾는 것은 거울이었다. 학교 현황을 설명하
기 위한 브리핑 차트는 물론 그 다음이었다. 자리에서 의자를 돌려
앉은 채 핸드백에서 작은 손거울을 꺼내들고 정성껏 루즈를 바르는
그녀의 모습은 참으로 인간적이었다. 또 한 가지 남선생들을 대하
는 그녀의 태도는 언제나 우리에게 불가사의한 의문을 남기는 것이
었다.

"왓따 마, 우릴 완전 얼라들 취급인기라."

이따금씩 그렇게 불평하는 사회 선생의 말대로 장 교감은 결코
남선생들과는 정면 충돌하는 법이 없었다. 나긋나긋, 사분사분, 여
성 특유의 모성애까지 발휘하여 남선생들을 회유하고 설득하는 데
는 아주 이력이 나 있었다.

"오 선생, 오후에 수업 없어요? 우리 정구 한 게임 할까요?"

오수의 나른함이 뒤섞인 끈끈한 음성으로 장 교감이 오민기 선생
을 부르고 있었다. 오 선생―그는 장 교감이 특히 총애하는 젊은

남교사였다. 국립대학 영문과를 졸업한 후 곧바로 임용된 초임 교
사인만큼 실력도 대단했고 아직 직장인으로서의 군때도 채 배질 않
아 그의 언행에서 느껴지는 참신함은 많은 사람들을 유쾌하게 만드
는 힘이 있었다. 그러나 그에겐 때때로 나타나는 요령부득의 아집
과 함께 젊은이다운 패기와 자만도 동시에 있었다. 장 교감은 출장
이나 참관 등, 공식적인 출타 시엔 늘 오 선생을 대동하곤 했다. 처
음엔 장 교감의 모든 것에 불만뿐이던 오 선생의 뻣뻣함도 날이 갈
수록 녹녹하게 바뀌어감을 바라보는 것은 정말 놀라운 일이었다.
그것은 바로 장 교감의 탁월한 능력임을 우린 결국 인정하지 않을
수가 없었다.

　사실 장 교감의 능력이나 장기는 그 외에도 얼마든지 많았다. 연
회석상이나 교직원 회식이 있는 날이면 그녀의 장기는 유감없이 그
실력을 발휘하는 것이었다. 여흥의 자리에서 누가 감히 그녀의 뒤
를 따를 수가 있으랴! 춤과 노래로 이어지는 그녀의 진하다 못해 질
리는 듯한 신명기를 대하고 있노라면 우린 솟구치는 감탄의 염과
함께 어느 한순간 문득 그녀가 좋아질 때가 있었다. 사나움 넘치는
여교감이 아닌 한 사람의 인기 스타로서 우린 정말 기꺼이 그녀의
팬이라도 되고 싶을 만치 그녀에게 빠져들고 마는 것이었다. 그럴
때면 취중에 뱉아내는 그녀의 독설조차도 뭉클 인간적인 체취로 우
리의 가슴을 때릴 만큼, 그렇게 일말의 교류감을 느껴보기도 했다.

　"까불지들 마, 나, 이 자리 고스톱 판에서 따온 것 아니라구. 내
나이 오십이 넘도록 내겐 가정이란 게 없었어. 어느 캄캄한 촌구석
에 처박혀 두 아들 놈 고아 만들고 멀쩡한 내 남편 홀아비 만들고,

그렇게 살아온 세월이야. 그놈의 훈장질이 뭔지 난 정말 그렇게 살아왔다니까."

그녀는 봉숭아 꽃잎처럼 불그레 물들어가는 눈시울을 부비며, 또는 긴 머리털을 쓸어올리며 밑도끝도없이 그렇게 푸념을 늘어놓는 것이었다.

"내 낭군? 흥! 천하의 한량이지. 아, 이 장희석이 꼴까닥 반한 사내인데 어느 여자인들 반하질 않겠어? 한평생 제 계집 하나만 아는 사내가 어디 사내야? 졸장부지, 졸장부!"

그녀의 애기가 그쯤으로 흘러갈 때면 우린 그만 그녀의 감정에 제동을 걸어야만 했다. 그 모든 것이 도를 지나치고 있다는 생각에 그때서야 비로소 어렴풋한 위기감을 느끼는 때문이었다.

몇 개월 간 용케도 제 자리를 지키던 장 교감이 서서히 밖으로 나돌기 시작한 것은 교정에 장미가 한창인 6월로 접어들면서였다. 오 선생과 그녀, 두 사람의 어울림은 자주 우리의 눈에 띌 만큼 그 횟수가 늘어만 가고 있었다. 파란 하늘을 배경으로 흰 정구공이 탕탕 나는 테니스 코트에서, 줄장미가 아치를 이룬 덩굴 밑 벤치에서 또는 긴 백양로 숲길에서 우린 어깨를 나란히 한 그들의 모습을 찾아낼 수가 있었다. 장 교감은 이즈음 부쩍 야해진 화장에다 십대 소녀들에게나 어울릴 듯한 허리 뒤로 긴 리본을 묶은 하들하들한 원피스 차림으로 나타나 우리의 시선을 무색하게 만들곤 했다. 그러나 어쨌든 우린 뭔가 조마조마한 불안감 속에서도 은근히 오 선생에게 고마움을 느낄 만큼 모처럼의 느긋한 심사들을 즐기고 있기도 했다. 팔팔한 기세는 간 곳 없이 시간이 흐를수록 꼭 무엇엔가 홀린

사람처럼 몽롱해져만 가는 장 교감의 변모는 우리의 숨통을 터주는
데 크게 기여하고 있었기 때문이었다. 그러나 우리의 그 알량한 마
음도 결코 오래 가진 못했다.

유난히 짧게만 느껴지던 여름방학을 끝내고 막 9월을 맞으면서부
터 우리의 막연했던 불안감은 서서히 그 윤곽을 드러내기 시작했다.

"요즘 장 교감이 좀 이상해진 것 같지 않아요? 오 선생도 그렇
고… 두 사람 다 예전 같지가 않아요."

매사에 감각이 있고 기민한 편인 과학 선생의 말이었다.

"방학 동안 좀 쉬더니만 이제야 맑은 정신을 되찾았나 보죠. 휴식
이란 그래서 필요한 것 아니겠어요?"

누군가의 애매모호한 해설이었다.

"그게 아니에요. 지난 여름 그들 사이엔 정말 웃지 못할 기막힌
해프닝이 있었다구요."

평소 선후배란 관계로 오 선생과는 각별히 허물없는 사이로 알려
진 국어과의 정 선생이 그녀 특유의 그 발랄하고도 탄력 있는 어조
로 좌중의 시선을 끌어모았다.

"해프닝이라뇨? 무슨 일이 있었다는 건가요?"

눈을 빛내며 조바심치듯 다그치는 과학 선생의 말에 정 선생은
그만 어쩔 수 없다는 듯 줄줄 이야기의 전모를 털어놓기 시작했다.

"글쎄, 지난 방학 중의 어느 날, 장 교감이 오 선생 집에 전화를
했더래요. 시청각 자료 구입차 교육청엘 가야 하는데 함께 가줄 수
없겠느냐는 내용이더래요. 순간 방학까지도 공무(公務)의 연장이
되어야만 하는가 불쑥 울화가 치민 오 선생은 그만 얼떨결에, 저 오

늘 바쁩니다, 맞선을 보기로 했거든요. 저도 장가 좀 가야겠습니다, 그랬대요. 물론 그건 엉터리 거짓말이었죠. 그런데 사건은 거기서 그대로 끝이 난 게 아니었어요."

뜸을 들이듯 입가에 묘한 웃음을 빼물며 정 선생은 잠시 이야기를 중단했다.

"그래서요? 그래서 어떻게 됐나요?"

우리들은 어느새 완전히 그녀의 이야기 속으로 빨려들어가고 있었다.

"전화를 끊고 난 후 두어 시간쯤 지나 오 선생은 더위를 피해 함께 사는 누님집 아이들을 데리고 인근에 있는 풀장에 갔었더래요. 오 선생이 조카들과 함께 한창 물놀이를 즐기고 있는데 난데없이 그의 등 뒤에서 아주 귀에 익은 음성이 들리더라잖아요. 오 선생, 그대는 주로 풀장에서 맞선을 보나? 느긋한 배영 포즈로 물 위에 비스듬히 누워서 오 선생을 노려보며 그렇게 말하는 여자, 그가 누구였겠어요?"

"에그머니!"

"아무리 두 사람이 한 동네에 살기로서니 얼마나 기겁할 일이었겠어요? 그래서 오 선생 왈, 아, 네. 신부감이 통 맘에 안 들어 금방 헤어지고 말았죠. 집에 오니 조카들이 풀장엘 가자고 하두 졸라서 이렇게… 하면서 오 선생이 정신없이 변명을 늘어놓고 있는데 바로 그때 6살짜리 그의 조카 녀석이 쏙 끼어들더래요. 그애가 바로 그날의 일을 완전히 그르치고 만 장본인이었죠."

"왜요? 그애가 어쨌는데요?"

강렬한 호기심의 발동으로 우리의 집요한 눈길은 일제히 정 선생을 향해 모아지고 있었다.

"물에 씻겨 화장기가 지워진 맨 얼굴에 주름진 살결이 그대로 드러난 장 교감의 얼굴을 빤히 바라보던 그 아이가 느닷없이, 삼촌, 이 할머니가 누구야? 그러더래요. 그 순간 얼굴빛이 싹 변해버린 장 교감은 그 길로 온다 간다 말도 없이 풀장에서 사라지고 말았대요."

"어머나, 그럴 수가!"

조용히, 그리고 천천히 마치 그 비극적인 상황을 다시 한 번 음미해보듯 우리의 나직한 끌탕은 한참이나 더 계속되었다.

정 선생의 이야기는 과연 사실 그대로일까? 그러고 보면 가을 학기가 시작되면서 장 교감에게 뭔가 변화가 일어나고 있음은 확실했다. 우선 오 선생을 대하는 그녀의 태도부터가 완연히 달라져 있었다. 소원한 눈빛과 극히 공식적인 건조한 말투가 그랬고 더 이상 두 사람의 어울림이 우리의 시야에 잡혀오지 않음이 그랬다. 그녀는 어딘가 한풀 탁 꺾인 모습이 되어, 그러나 다시 애초에 지녔던 본연의 자세로 돌아가 더욱더 학교 일에 극성이었다. 몇 달간 방치해두었던 자율학습과 청소강화를 부활시켰으며 연일 직원회를 열어 강력한 지시사항들을 하달하곤 했다.

그럴 즈음 연례행사의 하나로서 학교엔 한 무리의 젊은이들이 몰아닥쳤다. 이른바, 교생실습이 시작되었던 것이다. C대학 3학년 학생들이 매년 2주간의 교생실습을 위해 학교에 머무는 것이었다. 지역사회 교육현장의 특성과 그 실체를 파악한다는 것이 그들의 목적이었다. 해마다 교생들이 올 때면 좋아라 날뛰는 학생들의 반응은 말할 것도 없거니와 우리 교사들 역시 다소의 직업적인 부담감만 빼고 난다면 젊은이들의 존재란 그다지 밉지 않은 대상임이 분명했다.

"비록 짧은 기간이나마 저희들은 일선에서 고생하시는 선배 선생님들로부터 많은 것을 배워 가려고 합니다."

그런 식으로 이어지는 교생 대표의 풋풋한 인사말에서도 우린 신선한 자극을 받음이 사실이었다. 교생들의 교육실습 전반에 걸친 지도와 교육은 전부 오 선생의 담당으로 돌아가 있었다. 그로 인해 한동안 처져 있던 오 선생이 다시 활기를 되찾음은 다행이었다. 권태롭던 그의 눈빛이 생기로 빛났으며 아무렇게나 매고 다니던 그의 넥타이마저 산뜻한 색상으로 바뀌어가고 있었다. 비록 한때나마 학교의 공기는 싱그러운 젊음들이 뿜어내는 열기로 후끈 달아오르고 있었다.

"히야, 선생님들도 저런 호시절이 있었습니꺼? 억수로 이쁘지예?"

수업 참관을 끝낸 후 교생실로 몰려가는 한 무리의 남녀 대학생들을 향해 눈이 부신 듯 아스라한 시선을 던지고 있던 사회과 남 선생의 말이었다. 그건 어쩌면 우리들 모두의 마음을 대변한 것인지도 몰랐다. 그러나 문제는 장 교감의 태도였다. 늘 그래왔듯이 다수의 청중 앞에선 더욱더 기세가 등등하여 길길이 날뛰곤 하는 그녀의 기이한 증세가 이번에는 또 언제 발작을 일으키고야 말 것인가. 우린 자꾸만 불안해지는 마음들을 추스르고 있었다. 우리의 그러한 예감이 그대로 적중한 것은 바로 그 다음날 아침의 직원 조회 때였다.

　담임 교사들 사이 사이에 작은 보조의자를 붙여놓고 불편스레 끼어 앉은 교생들로 인해 교무실은 완전히 정원 초과의 포화 상태를 이루고 있었다. 장 교감은 예의 짝짝 갈라져나가는 메마른 음성으로 훈시를 계속했다.

　"선생님들, 생각 좀 해보세요. 학습지도안 제출 날짜가 언제였죠? 도대체 하나도 내 손에 들어온 게 없어요. 내 말이 말 같지를 않습니까? 어째 그리도 뻔뻔들 합니까? 모두 눈구멍 귓구멍들이 다 막혔나요?"

　순간 우리는 자신의 귀를 아니 청각 기능을 의심했다. 그녀의 마지막 말은 무자비한 칼날이 되어 우리의 가슴과 우리의 머리를 마구 난자하고 있었다. 너무도 졸지에 당하고 만 일인지라 오히려 실감이 없이 오직 멍멍한 기분이기도 했다. 고개를 떨군 교생들이 차마 우리의 얼굴을 훔쳐보지 않음이 그나마 다행이었다. 제발 그들의 귀에만은 우리를 향한 장 교감의 원색적인 폭언이 들리지 않았으면 좋으련만 결코 그런 마술이 일어날 리는 없었다. 첫 시간 타종과 함께 우린 탈진한 듯 축 늘어진 모습으로 각자의 출석부를 빼들고 교실로 향했다. 말없이 우리의 뒤를 따르는 교생들에게 더 이상 웃는 낯을 보일 수 없음이 우린 무엇보다도 슬펐다. 가뜩이나 팽팽한 젊음 앞에서 까닭없이 순간순간 느껴지는 우리의 열패감에 어찌하여 장 교감은 그토록 모진 돌팔매질을 서슴지 않는 것일까? 우리의 참담한 심경은 도저히 그녀를 용서할 수가 없었다.

　"그기 바로 인(人)지랄이라 카는 거 아입니꺼? 사람만 많이 모였다카믄 발작해쌌는 병 있지예?"

파랗게 질린 얼굴로 사회 선생이 분노를 터뜨리고 있었다. 누군가의 제안에 따라 우린 한 시간씩의 수업을 교생들에게 일임해버린 채 모두 상담실에 모여 있었다.

"아, 이건 정말 치욕적이야. 이러다간 정말 입구멍까지 막혀버리겠어."

정 선생이 양미간에 차가운 서릿발을 세우며 자조의 탄식을 내뱉았다.

"이젠 우리도 더 이상 참기만 해서는 안 됩니다. 이런 식의 탁상공론에만 그칠 것이 아니라 우리의 생각과 우리의 감정을 결단코 행동화해야만 합니다."

"맞아요. 정말 이대로 계속 당하기만 할 순 없어요. 그녀의 폭언을 규탄하는 성명서라도 발표해야 합니다."

"아니, 그 정도 가지곤 안 돼요. 대대적인 성토 대회를 열든지 아님 상부에 전 직원의 이름으로 투서를 올리든지 양단간에 결정을 내립시다."

여기저기서 분노에 찬 음성들이 터져나오고 있었다.

"저도 한 말씀 드리겠습니다. 사람이 어쩌다 감정에 휘말려 불쑥 실언을 하게 되는 경우도 있잖겠습니까? 그리고 어쨌든 지도안을 안 낸 것은 우리의 잘못입니다. 그러니 우리 되도록 조용한 해결책을 강구해보도록 합시다."

차분하게 설득해가는 가사 선생의 말이 끝나기 무섭게 또 하나의 성난 음성이 튀어나오며 반론을 제기했다.

"그건 안 돼요. 아무리 우리 쪽에 잘못이 크다 해도 관리자로서 어떻게 그런 언사를 쓸 수가 있습니까? 더구나 그 많은 교생들 앞에서 말입니다. 그건 있을 수 없는 일이에요.”

“맞아요. 끝내 속 시원한 해결을 못 볼 시엔 우리 모두 일괄 사표를 제출하도록 합시다.”

수업 종료를 알리는 타종이 극도로 흥분된 우리의 머리를 세차게 때릴 때까지 우리의 논란은 계속되었다. 밖은 가을이 한창이었다. 상담실에서 내려다보이는 화단가엔 여름의 뙤약볕을 몽땅 마셔버린 듯 붉게 물든 사루비아가 무리지어 활활 타오르고 있었다. 우리의 가슴에 들끓는 분노의 함성을 대변하듯 그들은 하늘을 향해 그렇게 아우성들을 치고 있었다.

그러나 우리의 비장한 각오가 미처 결실을 맺기도 전에 일은 정작 엉뚱한 곳에서 터지고 말았다. 상담실 모임이 있은 바로 다음날이었다. 교생 대표로서 늘 교무실과 교생실을 오락가락하며 분주히 자신의 임무를 수행하던 활달한 국문과 남학생의 모습이 보이지 않아 좀 이상할 뿐 그 외 교무실엔 표면상 아무런 변화도 없었다. 다만 침통한 얼굴로 아침부터 계속 줄담배만 피워대는 오 선생의 모습이 좀 이상하다 싶을 따름이었다. 교생 지도 관계로 분주했던 탓에 어제의 상담실 모임에도 불참했던 오 선생이었다. 한데 그의 저 어두운 표정은 무슨 까닭일까? 우린 가슴을 짓누르는 중압감에 꼭 질식할 것만 같았다.

“오 선생, 나 좀 봐요.”

무거운 침묵을 깨뜨리며 장 교감이 오 선생을 호출하고 있었다. 오만하기 이를 데 없는 싸늘한 어조였다. 부스스 몸을 일으키는 오

선생의 얼굴에 하나 가득 불쾌감이 번져가고 있음을 우린 놓치지
않았다.

"부르셨습니까?"

"현재 오 선생 학급에 장기 결석생 숫자가 몇이나 되는지 알고 있
어요?"

눈살을 빳빳이 세우고 대뜸 본론에 들어가는 장 교감의 표정엔
강한 적의가 내비치고 있었다.

"네, 정확히 세 명입니다."

의외로 당당한 오 선생의 답변이었다.

"그래서요? 결석생이 너무 많다고는 생각지 않습니까? 졸업반의
출결 상황이 그래서야, 어디 학급 운영이 제대로 되겠습니까?"

"저도 노력하고 있습니다. 가출생들의 동태를 파악해놓고 백방으
로 수소문하고 있으니 곧 연락이 닿으리라 믿습니다."

"그래요? 오 선생은 그간 담임 학급에 어느 정도의 관심과 열의
를 쏟아왔다고 생각합니까?"

깐깐하게 추궁해가는 장 교감의 태도는 그리 쉽게 가라앉을 기색
이 아니었다.

"부모들도 포기한 애들을 담임이 더 이상 어쩌겠습니까? 이젠 저
도 한계를 느낀다는 게 솔직한 심정입니다."

짜증스레 내뱉는 오 선생의 낯빛이 표나게 일그러지고 있었다.

"아니, 어떻게 그런 무책임한 답변을 할 수가 있습니까?"

장 교감의 얼굴에 파랗게 노기가 어렸다.

"그러시담, 과연 교감 선생님께선 그애들에게 무엇을 해주셨습니

까? 학년 초에 면담인가 뭔가를 통해 문제아를 전부 데려다놓고 잔뜩 기만 살려놓으셨죠. 그 결과 아이들이 담임 말은 아주 우습게 알게끔 돼버린 겁니다. 이 점, 책임을 느끼셔야 합니다. 저도 그간 선배님들 말씀대로 말썽 없이 잘 지내보려고 제 나름대로는 노력도 많이 해봤습니다. 하지만 이제 당신에겐 정말 더 이상 참을 수가 없어요."

"아니, 뭐라구? 어따 대고 감히!"

장 교감의 높은 음성이 교무실을 꽉 울리는가 싶더니 이어서 쩽그랑, 그녀가 내던진 잉크병이 산산조각으로 바닥을 나뒹굴었다. 새까만 먹물이 사방으로 튀었다. 어느새 오 선생의 하얀 와이셔츠에도 까만 반점들이 얼룩무늬를 이루고 있었다.

"아니, 이거, 왜 이러십니까?"

꽈당, 오 선생이 장 교감의 책상을 내리치며 소리를 높였다.

"당신은 폭군에 다름없어요. 당신의 행동엔 도무지 일관성이라곤 없어요. 폭언을 밥먹듯이 해대고 말입니다. 그건 폭행 이상으로 난폭한 것임을 알기나 하십니까?"

오 선생이 번개같이 몸을 날려 자신의 책상 위에서 노트 한 권을 집어왔다.

"자, 여기 교생 대표의 실습록이 있습니다. 오죽하면 이 학생이 중도에 실습을 포기했겠습니까? 이걸 한번 보시죠. 아니, 제가 직접 읽어드리죠."

그의 눈에선 불꽃이 팍팍 튀고 있었다. 장 교감을 향한 그의 공격은 가히 폭발적이었다. 교무실의 그 누구도 감히 그를 제지할 수 없을 만큼 그의 분노는 엄청난 위력을 내뿜고 있었다.

"이 학교의 모든 것은 우스꽝스러울 만치 촌스럽고, 그리고 경직되어 있다. 교사들의 구태의연함과 무기력함도 큰 문제지만 관리자의 지나친 관료주의적 자세와 난폭함은 도저히 납득이 안 간다. 교직에 발을 들여놓기도 전에 환멸부터 알게 됨은 불행한 일이다. 이만 실습을 포기하고 싶다."

일사천리로 오 선생이 교생 대표의 실습록을 읽어내리고 있었다.

"그만!"

하얗게 질린 얼굴로 오 선생을 노려보던 장 교감이 부르르 몸을 떨며 외마디 소리를 내질렀다. 이어서 풀썩, 그녀의 몸이 바닥으로 떨어져내리며 경련을 일으켰다. 망연자실 바라만 보던 주임들이 그제서야 우르르 달려나가 그녀를 들어올리는 등, 양호실로 싣고 가는 등, 야단법석을 피웠다.

사건은 믿기 어려울 만큼 순식간에 끝나버리고 말았다. 슬로 비디오로 재현시키지 않는 한 도저히 실감이 안 날 정도로 우리의 기분은 얼얼하기만 했다. 그 어떤 유의 후련함이나 통쾌함에 앞서 우리의 가슴을 떠나지 않는 한 가닥의 회한과 씁쓸함은 무엇이었을까.

그날 이후, 우린 한동안 장 교감의 모습을 볼 수가 없었다. 그녀의 정신력이란 우리가 생각했던 것보다는 강하지가 못했던 것일까. 예상 외로 그녀의 결근은 장기간에 걸쳐 계속되었다. 그녀 대신 모처럼 자신의 위치를 되찾은 노 교장의 태도가 예전보다 훨씬 더 맥이 빠져 보임은 참으로 이상한 일이었다. 전해오는 소식에 의하면

장 교감은 심신의 건강이 극도로 악화된 상태여서 오랜 시간의 정양이 요구된다는 것이었다. 얼마 후 그녀에게 몇 개월의 정식 병가가 떨어진 것은 가을도 다 가고 초겨울의 쌀쌀함이 우리의 가슴을 황량하게 비워내는 계절이 왔을 때였다. 간간이 날아오는 그녀의 소식에 귀를 기울이며 우린 왠지 좀 속고 있는 듯한 기분이 들었다.

겨울이 왔다. 방과 후의 텅 빈 교정엔 앙상한 가지를 드러낸 나무들이 삭막한 풍경을 이루고 있었고 교무실엔 굵은 연통이 달린 조개탄 난로가 놓여졌다. 겨우내 비어 있을 장 교감의 자리가 뜻밖에도 우리에게 한 아름의 공허를 안겨줌은 참으로 묘한 기분이었다. 그건 꽉 조여 있던 제어 기능이 갑자기 풀려버렸을 때 닥쳐오는 그런 기분인지도 몰랐다.

장 교감 부재의 세월 속에서도 그녀에 대한 근황과 소식은 계속 끊이지 않고 들려왔다. 그녀가 어디론가 멀리 떠나 아주 꼭꼭 숨어버린다 해도 이 지구상 어딘가에 발붙이고 있는 한은 우린 그녀에 대한 화제에서 완전히 벗어나지 못할 것만 같았다. 그간 어느 정도 건강을 회복한 그녀가 수차 어느 곳을 행차, 그곳에 몇십 개의 실크 넥타이를 뿌렸다든가, 높은 자리에 있는 그녀의 동향인 팬들이 다투어 그녀를 지원해주었다든가, 하는 무성한 소문 속에서도 장 교감은 끝내 그 모습만은 드러내질 않고 있었다.

긴 겨울방학을 끝내고 우린 다시 학교로 모여들었다. 그간 물의를 일으켰다는 죄과로 시말서까지 써야만 했던 오 선생은 더 이상 교직에 미련이 없어서인지 새로운 직장을 찾아 동분서주 바쁘게 뛰어다니고 있었다. 그런 세월 속에서도 어김없이 또 봄은 왔다. 맵싸

한 꽃샘추위가 계속되던 어느 날 우린 드디어 엄청난 발령 소식을 접하고야 말았다. 전혀 예기치 못했던 기막힌 영전과 기막힌 좌천—이 두 갈래의 상반된 상황을 지켜봐야만 하는 우리의 심경은 몹시도 착잡했다. 장 교감은 도내 A급 지역의 교장으로 승진 발령이 나 있었다. 저 벽촌의 이름없는 학교로 밀려난 오 선생의 경우와는 너무도 대조적인 이동이었다. 우린 아연한 얼굴들을 마주보며 굳게 침묵할 따름이었다. 마치 그러한 결과를 기다려왔다는 듯 오 선생은 흔쾌히 사표를 내던지고 말았다. 설마, 하던 우리의 기대를 저버리고 우리의 가슴에 한 아름의 허탈감을 남긴 채 그는 끝내 교직을 떠나버린 것이었다.

우리의 충격도 서서히 가라앉아가던 3월 초의 어느 날, 실로 오랜만에 장 교감은 우리들 앞에 그 모습을 나타냈다. 반짝이는 다갈색 승용차에 몸을 싣고 코브라의 독기인 양 짙은 매연을 내뿜으며 그녀는 유유히 이임식장에 나타난 것이었다. 전보다 훨씬 더 자신감이 넘치는 그녀의 위풍당당한 태도에 우린 그만 완전히 기가 질리고 말았다. 다만 한 가지 눈에 띄는 변화가 있다면 그건 퍽 이른 아침임에도 그녀가 짙은 색의 커다란 선글라스를 쓰고 있어서 아주 가까운 거리가 아니고서는 아무도 그녀의 표정을 읽을 수가 없다는 점뿐이었다. 여전히 몸에 착 달라붙는 긴 스커트에 하이힐 차림인 그녀가 한껏 거드름을 피우며 단상으로 올라서고 있었다.

"제군들! 오늘 이 자리를 끝으로 본인은 정든 제군들 곁을 떠나게 되었다. 이 점 매우 섭섭하게 생각하며 떠나는 마당에 다시 한 번 제군들에게 다짐해두고 싶은 말이 있다. 어느 사회, 어느 계층에서

나 성취 욕구가 강한 인간만이 승리의 월계관을 차지할 수가 있다
는 이 만고의 진리를 여러분은 결코 잊어서는 안 된다."
　항상 그러하듯 훈화의 중간쯤에서 제풀에 열이 난 그녀의 악에
받친 듯한 목소리가 맑은 아침 공기를 가르며 쨍쨍히 교정에 울려
퍼졌다.

-《문학사상》 1989년 4월

빨간 풍차의 이방인

밖엔 또 비가 내리고 있었다. 긴 부활절 휴가 동안 이곳에선 좀체 보기 드문 건조하고 쨍한 날씨가 계속되더니, 막 5월로 접어들면서는 잿빛의 음습한 하늘이 다시금 도시를 내려덮었다. 유학생 숙소에서 내려다보이는 거리가 평소의 이질감을 놀라울 만치 가셔내고 있었다. 비 탓일까? 그러나 맞은편 주택가의 정경은 아무래도 좀 이색적이었다. 낮은 담장 너머로 흰 레이스 천이 드리운 넓은 창을 통해 거실이 아슴프레 들여다보이는 가옥 구조―그것은 겹겹이 높은 담을 둘러친 서울의 주택가하곤 판이했던 것이다.

아, 그렇지. 여긴 서울이 아니었지. 홀랜드의 북부에 위치한 작은 도시―엔스케데(Enschede)―빗속에 촉촉이 젖어드는 전경은 더없이 목가적이었다.

온몸에 스미는 한기를 느끼며 난 의자 등받이에 걸쳐둔 재킷을 향해 손을 뻗쳤다. 뜨끈한 온돌방이 절로 생각나는 날이었다. 오전 내내 남편의 논문 정서를 위해 타자기를 두들겨댄 탓에 어깨가 뻐근했다. 커피를 한 잔 마시기 위해 전기 포트의 스위치를 올리고 시계를 보았다. 벌써 정오를 넘어선 시각, 이제 곧 그녀가 나타나겠지. 남은 커피를 단숨에 마셔버리며 난 소파에서 일어났다. 그녀를 위해 특별히 몇 가지 한국 음식을 마련하고 싶었던 것이다.

늘 맵고 칼칼한 음식을 즐기는 그녀, 더구나 이제 막 입덧이 시작되었다니 오죽하랴. 그녀는 요즈음 흥분이 과하여 제정신이 아닌 듯했다. 오랜 시간 갈구하던 것이 이루어졌을 때의 황홀경처럼 그녀는 특히 유별나게 반응했다.

난 서둘러 배추를 씻었다. 어제 오픈마켓에서 어렵게 구한 중국 배추였다. 문득 남편의 말이 생각나 혼자 웃음을 삼켰다.

"당신, 그 여자에게 대단히 몰두해 있어. 남편보다 더 생각해주는 걸?"

이곳에선 육류보다 더 비싼 배추였던 만큼, 시장엘 따라갔던 남편이 농담삼아 던진 말이었다.

"어머! 그게 아니에요. 해리 씬 지금……"

그 이상의 설명을 생략했지만 남편도 이미 짐작이 가는 듯 의미 있는 웃음을 지었었다.

배추를 잘게 찢어 소금에 절여둔 후 마늘을 깠다. 얼큰하게 겉절이를 해볼 작정이었다. 찌개는 무엇으로 할까? 느긋하던 마음이 갑자기 급해지기 시작하여 이것저것 부산하게 움직이며 몇 가지 음식을 마련하는 사이에 시간은 벌써 그녀가 올 때를 훨씬 넘어서고 있었다.

약속시간에 좀체 늦는 일은 없었는데… 혹시 병원에서 무슨 일이 난 것일까.

애써 마음을 누르며 그녀와 나를 위한 2인분의 식탁을 차리고 있었다. 화사한 잔 꽃 무늬의 냅킨 위에 반짝이는 은수저를 깔 때였다. 찌르는 듯한 전화벨 소리에 하마터면 난 수저를 떨어뜨릴 뻔했을 만큼 놀랐다. 숨이 턱에 닿는 듯한 다니엘의 음성이었다.

불과 몇 분 후, 난 바바리 코트만 겨우 걸친 채 우산도 없이 비오는 거리를 내달려 병원으로 가야만 했다. 침침한 병원 복도의 의자에 한 남자가 쭈그리고 앉아 어깨를 들먹이며 울고 있었다. 다니엘이었다.

아니, 어떻게 된 일이죠? 어떻게…….

단숨에 한국어로 좌르르 감정을 쏟아놓을 수 없음에, 난 순간 숨이 콱 막힘을 느꼈다.

그녀에게 어떤 일이 일어났죠? 내가 어설픈 몇 마디의 영어를 겨우 내뱉았을 때야 비로소 다니엘은 얼굴을 들었다. 헝클어진, 눈물로 범벅된 얼굴은 이미 침착하고 온화하던 그가 아니었다. 돌연 마주한 남자의 울음 앞에서 내가 할 수 있는 일은 아무것도 없었다. 더구나 서양인인 그의 앞에서는 그 어떤 위로의 말도 자연스럽게 흘러나오질 않았고, 몸 전체로 느껴지는 거리감이 더욱 나를 곤혹스럽게 만들었다.

"진정해요, 다니엘!" 하고 따뜻하게 얘기해줄 수 있다면 좋으련만 그 말은 입 안에서만 빙빙 돌뿐 도무지 입 밖으로 나와주질 않았다. 그를 위로하는 일을 포기한 채, 난 잠시 그대로 그를 울게끔 내버려두었다.

해리, 그녀는 오늘 도대체 어찌 된 것일까? 분명히 어제 그녀는 전화로 말했었다. 병원에 다녀오는 길에 내게 꼭 들르겠다고 하잖았던가? 그런데 그만 살충제를 들이켜고 병원에 누워 있다니, 그녀는 이제 어떻게 되는 것일까?

설마 어떻게야…….

휘몰아치는 감정을 추스르며 병원 복도의 넓은 창 밖으로 눈길을 던졌다. 그새 비는 멈춰 있었다. 하지만 그녀의 눈앞엔 어느샌가 앞길을 분간할 수 없는 심한 눈보라가 몰려오고 있었다.

12월 말의 축제 시즌이 막 시작되던 때였다. 북해의 차가운 바람을 동반한 눈보라가 독일에 인접한 작은 국경도시에 벌써 며칠째 계속되고 있었다. 시험 기간 중이던 남편을 집에 남긴 채 나는 몇 가지 식품을 사기 위해 혼자 집을 나섰다. 도시는 체인 백화점 V& D를 중심으로 소위 다운타운을 이루고 있었다. 악천후임에도 불구하고 그곳은 연말 연시의 흥청거림으로 마구 들끓어대고 있었다. 주차장에 즐비한 차량, 선물 꾸러미를 잔뜩 안고 파안대소하는 금빛 머리의 백인종들, 그들의 유별난 제스처와 큰 웃음소리들, 난 순간 아득한 소외감과 함께 원인 모를 서글픔을 느꼈다. 문득 고국의 연말 연시가 떠올랐다. 그땐 언제라도 마음만 먹으면 한 덩어리가 되어 어울릴 수 있었지. 그것은 참으로 중요한 것임을 깨달았다.

온갖 상념에 빠지며 험한 눈발 속을 걸었다. 뾰족 지붕마다 돌출된 박공들이 난분분한 은빛 세계에서 사뭇 동화적인 분위기를 자아내고 있었다. 나는 눈을 가느스름하게 뜬 채 이국의 설경에 흠뻑 젖어들었다. 그때였다. '치—익' 하는 차 바퀴 소리와 함께 잿빛 세단이 내 옆에 멈춰섰다. 영문을 몰라 눈을 크게 뜨며 차 안을 들여다본 나는 뿌옇게 흐려진 차창을 통해 한 여자를 보았다.

그녀는 얼굴 가득 웃음을 담은 채 차 문을 열었다. 검은 머리, 검은 눈, 갈색 피부—동양 여인의 참신한 이미지를 그대로 지닌 모습이었다. 짧은 담비털 코트 밑으로 정강이를 그대로 드러낸 모습이 전체적으로 무척 세련된 느낌을 주고 있었다. 그녀에 이끌려 난 무턱대고 차 안으로 딸려들어갔다.

"일본 사람이세요?"

감칠 맛 나는 매끄러운 영어로 그녀가 물었다.

"노오우."

내가 가볍게 머리를 저으며 대답하자 그녀는 한동안 내 얼굴을 뚫어져라 바라보며 잠시 긴장했다. 그러곤 조금 뜸을 들인 후 연이어, "그러면?" 하고 다시 물어왔다.

"전 한국인이에요."

내 말이 끝나기 무섭게 그녀는 내 어깨를 와락 감싸안았다. 그러곤 금방 울어버릴 듯이 그녀는 반가움에 몸을 떨었다.

"어머, 한국인이라니, 어쩜!"

우린 곧 십년지기를 만난 양, 많은 애길 쉴새없이 주고받았다. 몹시도 어지러운 바깥날씨가 우리를 더욱 흥분시켰는지도 몰랐다. 그 때, 한참을 지나서야 나는 앞의 운전석에 한 남자가 있음을 인식했다. 그 남자는 우리의 이야기가 좀 뜸해졌을 때 비로소 고개를 돌리며, "헬로우" 하고 인사를 했다. 서양인이었다. 섬세한 선의 얼굴에 깊고 따뜻한 눈을 가진 미남형이었다. 해리라고 자신을 소개한 내 옆의 한국 여자완 부부라는 걸 알 수 있었다.

해리, 그녀는 뛰어난 미인은 아니었지만, 예민한 감성이 깃든 표정과 이지적인 눈빛이 깊이를 알 수 없이 사람을 끌어당기는 힘을 지닌 그런 여자였다.

어느덧 차는 V&D 백화점을 지나, 외진 주택가를 통과하고 있었다. 이미 내 목적지를 알렸음에도 남자는 코스를 우회하면서 그녀와 나의 첫 만남을 되도록 오래 지속하게끔 배려해주었다.

그날 이후, 미세스 해리 반데르지 윤이란 긴 이름을 가진 그녀와 나의 관계는 잦은 만남으로 이어져갔다. 내가 묵고 있는 아파트는 홀랜드 주재 외국인을 위한 숙소였던 관계로 각종 국제행사의 모임이 많았다. 곱게 한복을 차려입고 해리가 나타나는 장소마다 뒤따르던 그 많은 찬사와 감탄들, 그녀는 동양적인 참한 아름다움과 정적인 분위기로 인해 한국 여인의 이미지를 크게 부각시키고 있었다.

그녀의 집은 전원적인 이 도시의 한적한 주택가에 있었다. 소리 없이 흐르는 운하를 건너면, 낮은 생울타리가 쳐진 정원엔 수목과 바위들이 고즈넉함을 풍겼고, 출입문에서 현관으로 이어지는 아치형의 진입로는 들장미 덩굴이 무성하게 지붕을 이루고 있었다. 거실로 들어서면 중앙에 위치한 벽난로엔 늘 레몬빛 장작불이 실내를 아늑히 덥혀주었다. 또 한 가지 그녀의 집에서 빼놓을 수 없는 것은 홈바였다. 그곳의 선반엔 각종 화려한 모양의 술병들이 진열되어 있었고 바로서의 시설이 완벽하게 갖춰져 있었다.

해리는 그녀의 남편이 긴 출장으로 집을 비울 때면 으레 나를 불렀다. 함께 식사를 한 후에 단순한 호기심으로 우리는 이것저것 온갖 향기롭고 매혹적인 이름의 양주들을 시음하곤 했다.

언제였던가. 그땐 우리가 만난 지 얼마 안 되었을 때였다. 저녁 식사 후, 우리는 어두워오는 정원을 내다보며 가정 원예에 관한 상식적인 이야기들을 주고받았다. 그러나 그 애긴 곧 중단되고 말았다. 우린 뭔가 서로에 대해 좀더 알고 싶은 갈망으로 조바심이 일고 있었다. 그녀가 나를 홈바로 데리고 갔다. 그녀는 항상 능숙한 바텐더였다. 유연한 손놀림으로 크리스탈 잔에 얼음을 넣으며 그녀가 입을 열었다.

"난 처음 민희 씨를 봤을 때, 꼭 일본 여자인 줄 알았어요. 맑고 상큼한 눈과 생기 있고 자그마한 몸매에서 얼핏 그런 것을 느꼈나 봐요."

내가 말없이 웃으며 윤기나는 목재 스탠드에 걸터앉자, 해리가 친화감 깃든 상냥한 표정으로 물었다.

"민희 씨 오늘은 뭘 마실래요?"

"맨하탄!" 하고 내가 말했다. 그녀는 좀 놀란 듯하더니, "정말이에요? 오늘은 나도 좀 독한 걸 마실까?" 하며 어깨를 으쓱해 보였다.

"우리 저쪽 불 옆으로 가요. 이곳의 날씨는 정말 엉망이죠? 이런 봄철에도 늘 을씨년스럽고 으스스하거든요. 그래서 어쩌다 햇볕이 반짝 드는 날이면 사람들은 정말 환장을 해요. 온통 벗어부치고 일광욕이다 뭐다 하며 다들 밖으로 뛰쳐나온답니다."

그녀가 눈가를 살짝 찌푸리며 말했다.

"하긴 이렇게 잘 사는 나라가 날씨마저 좋다면 지상낙원이겠죠. 그래도 뭔가 공평한 것 같아요."

내가 두고 온 내 나라를 떠올리며 심드렁하게 말을 받자 해리가 맥없이 웃어보이며 말을 이었다.

"민희 씬 잠시 머물렀다 가는 여행자 입장에서 보니까, 이곳이 낙원일지도 모르죠. 제겐 그렇지 않아요. 이곳은 제겐 항상 타국일 뿐이에요. 문 밖에만 나가면 아주 다른 닮지 않은 얼굴, 얼굴들, 다른 언어, 문화의 갭, 전혀 입에 안 맞는 음식 등, 살아갈수록 제 맘은 이 땅에 뿌리를 못 내리고 허둥댄답니다."

우리가 이야길 나누는 동안, 거실 한쪽 테이블 위에 놓인 건초다발에서 엷은 향이 풍겨났다. 내 마음에 잔잔한 파문이 일었다. 난 불쑥 묻고 말았다.

"해리 씨, 다니엘 반데르지 씨 하곤 어떻게 만났어요?"

일순, 그녀의 얼굴에 얼핏 그림자가 스쳤다. 그러나 곧 평정을 되찾으며 그녀는 그제야 생각난 듯 급히 혼자 중얼거렸다.

"아 참! 민희 씨가 사온 꽃을 잊고 있었어요. 잠깐 꽂아두고 올게요. 참, 커피 한 잔 하시겠어요?"

"네, 좋아요. 제가 뭘 좀 도울까요?"

나도 그녀를 따라 주방으로 건너갔다. 그녀는 입이 넓은 항아리에 노란 아이리스와 안개꽃을 어우러지게 꽂고 있었다. 지나치리만

큰 청결함으로 잘 정돈된 주방엔 장식장같이 미닫이문이 달린 대형 냉장고가 있었다. 마치 슈퍼마켓의 판매대처럼 각종 식품이 빼곡히 들어찬 냉장고에서, 해리가 한 덩어리의 타원형 치즈를 꺼냈다. 그것을 나이프로 얇게 저미며 그녀가 말했다.

"그이가 한국에 출장갈 때면, 전 매번 이런 치즈를 한 덩어리씩 넣어보내곤 해요. 그곳에선 귀한 거니까요. 대신, 가엾은 저희 어머니께선 제게 된장을 한 덩어리씩 보내주신답니다."

그녀의 웃음 섞인 말엔 끈적한 슬픔이 묻어났다. 그녀는 얘기를 더 계속했다.

"이곳에 온 지 3년이 조금 넘었는데 갈수록 점점 더 가족이 그리워 견디기가 힘들어요. 전 민희 씨 남편을 볼 때마다 원인 모를 친밀감과 반가움으로 가슴이 떨려요. 마치 친정 오래비를 대하는 듯한 기분이거든요. 뭐랄까? 스스럼이 전혀 없고 편안해요. 아직, 제 맘 속엔 한국 남성에 대한 동경과 애정이 남아 있는 걸까요? 제 자신도 알 수 없는 일이에요, 그건."

말을 마치며 그녀는 쓸쓸히 웃었다. 우리가 주방에서 몇 가지 간식과 커피를 준비하여 거실로 돌아왔을 땐 벽난로의 불길이 거의 사그러든 후였다. 해리가 새 장작을 더 가져와 불을 지폈다. '찌지직—', 타오르는 불길 앞에서 그녀의 눈빛이 알 수 없는 슬픔으로 일렁거렸다.

"민희 씨, 제 지난날이 궁금하세요? 저도 오늘쯤은 다 털어놓고 싶었어요."

그녀는 소리 없는 긴 한숨을 삼키고 나서 조용히 이야기를 시작했다.

"엑소더스! — 그것이었어요. 전 한국적인 모든 지겨움으로부터 탈출해왔던 거예요. 대학 2학년 때 급작스런 병마로 인해 아버지를 여의기 전까진 전 세상의 어려움과는 완전히 차단된 생활을 영위했었어요. 그러나 전 여자로서 가장 중요한 시기인 20대를 정말 치열하게 보내야 했어요."

윤해리 그녀는 결국 대학을 중도에서 포기해야만 했다. 그러나 영문과에 적을 두었던 덕으로 취직은 용이했다. 친구 아버지의 추천에 의해 남성의류를 취급하는 에이전트에 비서직으로 채용되었던 것이다. 그곳엔 많은 외국인 바이어들이 드나들었다. 학생티를 채 못 벗은 해리의 미숙함은 업무상 많은 실수와 과오를 빚었고, 그때마다 그녀가 당해야 했던 엄청난 수모와 굴욕. 그러나 그녀의 고통은 정작 그런 것들이 아니었다.

그녀에겐 23년의 생을 걸어 사랑했던 한 남자가 있었다. '전희수'—그의 회사는 사무실이 해리네와 한 빌딩에 있었다. 엘리베이터 속에서 그들은 처음 만났다. 그러나 첫 시선의 얽힘에서 그들은 이미 환상적인 그 어떤 조짐에 가슴을 떨어야만 했다.

어느 날 해리는 은행 로비에서 온라인 영수증을 기다리며 여성지 신간을 뒤적이고 있었다.

"저—, 커피 한잔 드시겠습니까?"

해리의 눈앞엔 단정한 감빛 정장 차림의 남자가 눈부시도록 싱그러운 웃음을 흘리며 서 있었다. 바로 그였다. 그의 손엔 자동 판매기에서 금방 뽑아온 듯한 모락모락 김이 나는 두 잔의 커피가 들려 있었다.

'아!' 입술 사이로 새어나오는 탄성을 삼키며 커피를 받아드는 해리의 손이 몹시 떨렸다. 그를 알고 그와의 만남이 이어지던 나날들. 그 시기는 해리의 삶에 있어서 환희의 절정을 안겨주었다. 그러나 절정이란 상태는 언제이고 결코 영구적일 순 없는 것일까? 3년이란 세월을 끝으로 해리는 그와의 만남에 종지부를 찍어야만 했다. 그는 모든 것에 최상급인 남자였다. 소위 KS마크라고 불리는 최고 학벌과 명문 집안, 대한민국 굴지의 유수한 기업의 엘리트 사원 그리고 남성적인 완벽한 미(美), ─이 세상의 모든 잘난 것은 그를 위해 존재하는 듯 그는 그 모든 최상급들과 잘도 어울렸다. 그러나 단 한 가지 해리는 그가 오직 하나 최상급의 애인을 갖고 있지 못함을 참을 수가 없었다.

난 그완 정말 안 어울려. 진정 그를 놓아주고 싶어.

때때로 해리는 절망감으로 그렇게 외쳤다. 그럴 즈음, 결국 희수의 부모는 그녀의 번뇌에 결정타를 던지고 말았다. 그들은 해리를 의도적으로 무시했고, 여기 저기 양가집 규수들을 들먹이며 아들을 회유하기 위해 온갖 방법을 다 썼다. 부모와 해리의 사이에서 희수는 갈피를 못 잡고 괴로워했다.

"해리, 우리 사이에 무엇이 잘못된 거지? 우린 계속 부모님을 설득해야만 해, 난 자신 있어. 힘을 내 해리!"

"아니에요, 희수 씨. 전 결코 희수 씰 원하지 않아요. 사랑하지 않는다는 것과 원하지 않는다는 것은 엄연히 달라요. 절 이해해주세요. 그리고 제 곁을 떠나세요. 제발!"

그 말을 하며 해리는 하얗게 웃었다. 그들은 그렇게 끝이 났다.

그리고 희수, 그는 얼마 후 진짜 최상급의 아가씨와 결혼을 했다. 웨딩마치가 울리던 그 시각, 그녀는 가슴에 뻥, 구멍이 날 듯 실컷 울어버릴 수 있길 바랐지만, 눈물은 단 한 줄기도 나와주질 않았다.

그를 보낸 후, 해리의 생활은 더욱 바쁘고 화려하게 변해갔다. 그녀는 친구들에 휩싸여 파티장으로 디스코 홀로 쏘다녔다. 그러나 어두운 귀갓길 그녀의 축 늘어진 어깨에 둘러멘 커다란 가방 속엔 서서히 사 모아둔 수면제의 양이 늘어갔다.

가을이 오고 있었다. 해리는 생각했다.

"이 가을을 견딜 수 있는 데까지 견디다가 죽어버리는 거야. 지금 죽기엔 가을이 너무 아까워."

어느 날 저녁 그녀는 늦도록 사무실에 앉아 있었다. 여느 때면 희수의 전화를 기다리며 참다랗게 앉아 화장을 고칠 시간이었다. 포도엔 스산한 바람이 한차례 낙엽을 휘몰아가고 있었다. 금발에 키가 큰 한 남자가 다가왔다.

오늘밤 저의 손님이 되어주시렵니까?

팝송의 한 구절 같은 감미로운 영어로 그가 속삭였다. 홀랜드 인(人), 다니엘―그는 늘 오만하고 차갑게만 보이던 단골 바이어 중 한 사람이었다. 해리는 평소에 외국인을 무척 혐오했었다. 깊이가 없어 보이는 푸른 눈에 털이 무성한 피부가 어딘가 육감적이고 동물적인 인종들이라고 생각했다. 그러나 그날 밤, 해리는 그녀의 앞에 설사 외계인이 나타났더라도 그를 따라갔을 만치 참담하고 외로웠다.

죽기로 작정하면 무슨 짓인들 못 할까.

그녀는 그와의 만남을 기꺼이 수락했다. 다니엘―그러나 그는 진정한 신사였다. 그리고 더없이 온유한 성품의 소유자였다. 그녀가 갖고 있는 외국인에 대한 선입감을 말끔히 씻어낼 만큼, 그는 지성적이고 담백한 매력을 지니고 있었다. 그날 이후 다니엘, 그는 이미 해리의 인생지침을 완전히 돌려놓은 장본인이 되어 있었다. 이를테면 그들은 동병상련의 상태였던 것이다. 다니엘 역시 본처와의 이혼 직후 모든 것을 다시 시작하던 때였다. 그들의 관계는 믿기 힘들 만큼 열정적으로 변해갔다. 해리는 다니엘에게 그 모든 것을 새롭게 기대했다. 그녀는 자신의 상처받은 사랑을 보상받고 싶었다.

뭔가 대단히 특별나고 찬란하게 살아야 해. 그녀는 이따금씩 스스로에게 다짐을 하듯 그렇게 되뇌이곤 했다.

다니엘은 해리의 곁을 떠나 홀랜드에 머물 동안에도 쉴새없이 사랑의 메시지를 보내왔다. 그의 편지는 한편의 영시(英詩)처럼 감미(甘味)했고, 호화로운 이국의 정취를 가득 담은 그림엽서는 그녀의 허영심을 자극하기에 충분했다.

꿈꾸듯 평화로운 초원이 끝간 데 없이 펼쳐져 있고 그 사이를 가르며 잔잔히 흐르는 운하, 형형색색의 튤립 꽃이 양탄자처럼 드넓게 깔려 있는 들판, 제방 위에 쓸쓸히 우수의 그림자를 떨구며 서 있는 빨간 풍차―그녀는 점차 자신의 내부에 차오르는 신세계를 향한 누를 길 없는 동경으로 몸이 달았다. 그에 비례하여 한국을 벗어나려는 그녀의 갈망은 더욱 부풀어 그 누구의 힘으로도 막을 수가 없었다. 그녀는 결국 탈출에 성공하고 말았다. 그러나 그것의 대가는 결코 만만치 않았다.

대다수의 한국 여성들에게 숙명처럼 씌워진 관습의 굴레를 과감히 벗어던진 대신 그녀에겐 매일 공기를 마시듯 마시고 살아가야 할 피할 길 없는 우수와 외로움이 기다리고 있었다. 그것은 곧 그녀의 허영심과 맞바꿔진 것인지도 몰랐다.

해리의 이웃들은 일견 무척 친절해 보였다. 그들은 그녀를 초대하여 함께 식사하고 차 마시길 좋아했다. 그러나 거기엔 분명한 한계가 있었다. 대화는 늘 일상적이고 사교적인 선에서 끝이 났다. 그들은 대화 도중, 홀랜드 남자와 결혼하여 이웃에 사는 터키 여인을 가르켜 '저 터키 여자'라고 칭했다. 그들은 분명 해리에게도 같은 인식을 갖고 있을 터였다. 그리고 그처럼 아름답고 에그조틱하여 한껏 그녀를 사로잡았던 풍경들도 시간이 지남에 따라 시나브로 감각을 잃어갔다. 그녀는 생각했다.

아름다움이란 영원히 붙잡아둘 수 없는 것에만 존재하는 것일까. 제 몫의 움직임을 멈추고 이젠 한갓 풍물로 남았을 뿐인 적막한 풍차의 모습에서 그녀는 투쟁의 날갯짓을 잊어버린 채 오직 정물처럼 살아가는 자신의 모습을 보아야만 했다.

또한 더없는 열정의 빛으로 그녀를 유혹하던 풍차의 그 빨간 지붕도 어느 틈엔가 점차 나약한 한 이방인에 대한 섬뜩한 경계와 금기의 느낌으로만 다가올 따름이었다. 다니엘과의 관계도 그랬다. 아무리 밀착된 애정으로 살아간다 해도 그것은 어디까지나 서양식의 애정 형태였고, 그녀는 늘 원인을 알길 없는 불안과 초조감에 휩싸이곤 했다. 그녀에겐 다니엘과 자신 그 두 사람 사이를 단단히 묶

어줄 보다 더 근원적인 그 어떤 확고한 존재가 필요했다. 문화의 격차, 언어의 장벽, 색다른 애정 형태, 이런 것들을 훌쩍 뛰어넘어 그들 사이를 원활히 중재해줄 존재―그것은 곧 2세의 탄생을 의미했다. 해리는 아이를 갖고 싶었다. 아이는 그녀에게 단순한 새 생명이 아닌, 그 이상의 것이었다. 미구에 태어날 그녀의 아이는 장차 큰 몫을 담당해야 했다. 홀랜드와 한국, 그 두 나라의 이질적인 문화를 모두 수용하고 그것을 융화시켜 찬란히 꽃피울 수 있는 존재이길 바랐다.

"전 가능한 한 제 아이를 작가로 키우고 싶어요. 작가란 결코 키워지는 것이 아니라 스스로 태어나는 것이지만 말예요. 그 무엇인가를 이 땅에 그리고 저의 조국에 한 자락 남기고 싶은 간절한 소망―그것이 낳은 과욕일는지도 모르겠어요."

짙은 어둠이 거실의 넓은 창을 다 덮어버린 후에야, 해리는 그녀의 긴 이야기를 겨우 끝냈다. 그 사이, 우린 애꿎은 커피만 몇 잔씩 마셔댔다. 그녀의 애길 들으며 난 계속 심한 조갈을 느꼈다. 어디선가 날벌레 한 마리가 들어와 벽난로 주변을 맴돌았다. 해리는 축 처진 기진한 모습이 되어 의자 깊숙이 몸을 빠뜨린 채 한동안 침묵했다.

"해리 씨, 허전하다면 용서해요. 제가 해리 씨의 모든 것을 알아버린 탓인지도 몰라요. 대신 우린 좋은 친구가 될 수 있을 거예요."

그러나 나는 알았다. 내 말이 주는 공허감이 그녀를 더욱 쓸쓸하게 만들지도 모른다는 것을. 난 그만 그녀의 곁을 떠나야만 했다. 남편이 피곤한 몸을 이끌고 연구실에서 돌아와 있을 시간이었다. 그러나 내 몸은 선뜻 자리를 뜨지 못하고 있었다. 내가 가고 나면 어둠과 적막뿐인 빈 집에서 해리는 홀로 밤을 새울 것이었다. 전화 벨이 울렸다. 남편이었다. 몇분 후 밖에서 남편이 울려대는 조심스런 클랙슨 소리에 해리와 난 그 밤을 그렇게 작별해야 했다. 해리는 내게 꼭 안긴 채 양쪽 뺨을 맞대는 그런 홀랜드 식의 포옹을 해주었다. 순간 우습게도 내 몸은 자연스러움을 잃고 뻣뻣해졌고, 해리가 웃음을 터뜨리며 나를 놓아주었다.

곧이어 그녀의 시선이 한 마리의 날벌레를 향해 불안하게 흔들리기 시작했다.

"어머! 어쩌지? 저 벌레 좀 봐."

그녀는 진정 벌레가 두려운 듯 몸을 떨었다.

그리고 한동안 우린 만나질 못했다. 귀국을 앞두고 남편과 내가 며칠간의 기차여행을 했던 때문이었다. 여행에서 돌아온 다음 날까지 난 솜방망이 같은 피곤에 싸여 침대에서 허우적대고 있었다. 머리맡의 전화기가 요란하게 울렸다. 혼미한 잠 속을 헤매던 내 의식이 비로소 맑아지고 있었다. 잔뜩 가라앉은 음성으로 기계적인 단어를 나열했다. 아무 응답이 없었다. 한참을 지나서야 겨우, 민희 씨, 저예요. 하는 해리의 말이 들렸다. 그녀는 바로 내 아파트 앞에 와 있었다. 잠시 후 곧 쓰러질 듯이 새하얗게 질린 얼굴로 그녀가 방 안에 나타났다.

"해리 씨, 무슨 일이 있었어요?"

난 얼른 그녀를 부축하며 소파에 앉혔다.

"뭐 좀 마실 것 있어요?"

기어드는 목소리로 그녀가 말했다.

“야채 주스 드릴까요? 아니면……."

“아니, 위스키 같은 게 좋겠어요. 저 지금 미칠 것 같아요. 다니엘과 한바탕 싸우고 뛰쳐나와 버렸어요.”

헝클어진 긴 머리를 아무렇게나 쓸어올리며 그녀가 싸늘하게 내뱉았다.

“다니엘이 아무래도 이상해졌어요. 요번 출장이 예전보다 길어졌어도 전화 한 통 없었어요. 게다가 요즘은 연일 술을 마시고 늦게 들어와요. 저를 대하는 태도도 뭔가 예전 같질 않고, 아무튼 달라지고 있어요.”

“해리 씨, 요즘 와서 그와 뭔가 다툰 일이라도 있었나요?”

내가 물었다.

“다툰 일이라고요? 우린 한 달에 한 번씩은 크게 싸워요. 그이가 아이를 원치 않기 때문이에요. 전 매달 한 번씩 화장실에서 제 계획의 실패를 확인하고 울음을 터뜨려요.”

난 속으로 몹시 놀랐다. 그녀의 집요함은 정말 충격적이었다. 그녀가 계속 말을 이었다.

“그에겐 전처 소생의 아들이 하나 있어요. 지금 일곱 살인데 제 에미와 함께 독일에서 살고 있어요. 그 때문에 다니엘은 종종 아버지로서의 죄책감에 시달리고 있어요. 하지만 단지 그것이 그가 더이상 아이를 원치 않는 이유의 전부는 아니에요. 그는 혼혈아인 자식의 온전한 미래를 보장할 수 없다는 거죠. 혼혈아의 경우, 통계적으로 보통 2세의 두뇌는 우수하지만, 3세부턴 저능아가 태어날 확률이 높다는 거예요.”

난 난감한 기분이 되어 잠잠히 듣고만 있었다. 그녀가 열띤 어조로 말을 계속했다.

"그러나 민희 씨, 제 생각은 달라요. 다니엘의 염려는 신의 영역에 대한 인간의 성급한 기우일 뿐이라고 생각해요. 무릇 인간에겐 종족 보존의 본능이 있게 마련이고, 그것은 반드시 2세, 3세의 완전한 행복을 보장하는 조건에서만 바랄 수 있는 게 아니잖아요? 우린 서로 사랑하고 있고, 또 젊고 건강해요. 그 외에 무엇이 더 필요하다는 거죠?"

말을 마치며, 그녀는 신경질적으로 자신의 긴 머리카락을 움켜잡았다.

전화벨이 울렸다. 다니엘의 다급한 음성이었다. 몇분 후 다니엘은 내 방을 성큼 들어서며 숨이 차게 '익스큐즈 미'를 연발했다. 그의 출현에 당황한 해리가 자리를 박차고 일어섰다. 순간 다니엘이 해리의 몸을 번쩍 들어올려 안았고, 어쩔 줄 모르며 엉거주춤 서 있는 내게 한쪽 눈을 찔끔 감아보이곤 순식간에 눈앞에서 사라져버렸다. 난 그들이 사라진 출구를 향해 한동안 망연히 서 있었다.

4월이 오고 있었다. 긴 겨울잠에서 깨어난 도시가 다가올 부활절 축제로 분주한 채비를 하고 있었다. 해리가 모처럼 만에 전화를 걸어왔다. 다시 평온을 되찾은 밝은 음색이었다.

다니엘과 그녀는 곧 다가올 부활절 휴가 동안 멋진 여행을 계획하고 있다고 말했다. 나도 덩달아 가뿐한 기분이 되어, 그녀에게 아무쪼록 여행을 맘껏 즐기고 돌아올 것과, 우리도 곧 귀국할 여러 준비에 몹시 바쁠 것임을 알려주었다.

스위스로 떠난 해리의 첫 엽서는 알프스 산의 가장 아름다운 곳
이라는 인터라캔 호반에서 보낸 것이었다. 엽서에는 여행 중 그녀
의 건강은 최적의 상태이며 늘 옆에서 다니엘이 따뜻하게 보살펴줌
에 만족한다고 적혀 있었다. 또한 추신에서 그녀는 특기할 만한 한
가지의 희소식을 덧붙였다.

우리의 가족 계획에 드디어 다니엘은 나에게 승복했음!

그 후에도 그녀는 여행지의 가는 곳마다에서 엽서를 한 장씩 보
내왔다. 그 내용들은 대부분이 숨길 수 없는 그녀의 은밀한 기쁨이
물씬물씬 배어나는 얘기들이었다. 취리히 역전 쇼핑가에서 쬐그맣
고 깜찍한 아기옷을 하나 샀다든가, 베른의 한 상점에서 기념으로
몇 개의 유아용품을 샀노라고 적어보냈다.

그리고 바로 어제, 그녀는 나에게 전화를 했었다. 내일 진찰 받으
러 산부인과엘 간다. 돌아오는 길에 꼭 내게 들르겠다. 여행하는 동
안 한국음식이 먹고 싶어 아주 혼났다. 대충 이런 내용이었다. 그
말끝에 내가 와서 함께 점심 먹을 것을 제안했더니 그녀는 펄쩍 뛸
듯 좋아라 하며 전화를 끊었다.

병원 대기실에서 내가 해리와의 만남을 거슬러오르는 동안, 다니
엘은 어지간히 안정을 되찾은 것 같았다. 그는 울음을 그친 채 하염
없이 담배를 피우고 있었다. 나와 눈이 마주치자 그는 열적게 웃으
며 머리털을 쓸어올렸다. 그리고 그는 입을 열었다. 느린 영어로 천
천히 설명했다.

"해리는 오늘 병원엘 갔어요. 그녀는 딱하게도 자신이 틀림없이
임신을 했다고 믿고 있었죠. 그러나 그것은 가능한 일이 아니었어

요. 의사는 전부터 저의 모든 것을 다 알고 있는 친구였어요. 그는
나와의 묵계를 깨고 해리가 너무 딱한 나머지 그만, 모든 사실을 다
털어놓고 말았어요. 전 더 이상 아기 아빠가 될 수 없는 몸입니다.
해리를 만난 직후 이미 수술을 받았기 때문이죠."

다니엘이 주머니를 뒤적이더니 새 담배를 한 개비 꺼내 불을 붙
였다. 그가 뿜어내는 담배 연기에 시선을 꽂으며 난 바싹 마른 입술
을 깨물었다. 그가 말을 계속했다.

"그러나 해리에겐 차마 그 사실을 얘기해줄 수가 없었어요. 그러
기엔 너무 잔인하다고 여겨질 만큼 아기에 집착했어요. 최근에는
그 증세가 더욱 심해져 상상임신의 상태까지 갔으니까요. 오늘 그
녀는 병원에서 충격이 너무나 컸던 거예요. 그래서 그만……."

다니엘의 이야기를 들으며, 난 대상을 알길 없는 분노와 조바심
으로 침착함을 잃고 서성거렸다.

"바보, 말도 안 돼. 그렇게 끝낼 순 없어!"

밖은 어둠을 가르며 차량의 행렬이 줄을 잇고 있었다. 내일이면
이 도시는 또 깊은 정적 속에 잠기리라. 저들은 지금 주말여행을 위
해 다투어 도시를 빠져나가고 있을 테니까. 그러나 내일의 태양이
뜨기 전까지, 해리, 그녀는 진정 어떻게 될 것인가? 난 갑자기 새벽
이 온다는 사실이 두려웠다. 내가 다시 한 번 "바보" 하고 외치며 자
리에서 벌떡 일어남과 동시에 차갑고 굳게 닫혔던 수술실 문이 벌
컥 열렸다. 녹색 수술복을 입은 의사가 마스크를 벗으며 그 모습을
드러냈다. 다니엘이 후닥닥 일어서며 그의 앞으로 다가갔다. 의사

가 엷은 웃음을 지으며 홀랜드 어로 무어라 설명을 했다. 다니엘 역시 무어라 답하며 의사에게 악수를 청했다.

"아, 해리는 살아난 거야!"

난 그만 다리에 힘이 쭉 빠져 그 자리에 털썩 주저앉고 말았다.

면회가 허락되었다. 다니엘이 먼저 들어갔다. 잠시 후 울어서 붉게 충혈된 눈을 하고 다니엘이 나왔다. 해리가 나를 찾는다고 했다.

하얀 시트가 덮여진 채 얼굴만 드러낸 그녀의 모습은 섬찟한 느낌을 주었다. 그녀는 잠이 든 듯 조용히 링겔을 맞고 있었다. 백인 여자처럼 새하얘진 피부엔 푸릇한 빛이 감돌았고 눈가엔 가벼운 경련이 일고 있었다. 내가 그녀의 손을 찾아 꼭 잡았을 때에야, 그녀는 힘없이 눈을 뜨고 나를 보았다. 무거운 침묵 속에서 그녀는 그렇게 한참이나 내 눈을 응시했다. 잠시 후, 아주 가늘디 가는 목소리로 비로소 그녀가 입을 열었다.

"이제 아기는 죽었어요……. 민희 씨, 부탁이 있어요. 미역국, 미역국이 먹고 싶어요. 그걸 한 그릇 마시고 나면 거뜬히 일어날 수 있을 것만 같아요. 그러곤 모든 걸 잊겠어요. 그건 어차피 제 몫의 일이 아니었나 봐요."

순간 참고 참았던 슬픔의 덩어리가 내 목줄기를 타고 울컥 치밀어올랐다. 난 처음으로 그녀에게 그 홀랜드 식의 긴 포옹을 해주었다. 보디 랭귀지 —그것은 지구상의 그 어떤 언어보다도 진하고 절실한 것임을 느끼는 순간이었다.

—《문학사상》 1990년 4월

가교(假橋)

탄환이 쏟아지는 전쟁터인가. 무역센터 별관 1층에 임시로 마련된 사백여 평의 MPC 중앙홀은 이른 아침부터 모여든 각국의 외신 기자들이 불꽃 튀듯 맹렬히 두들겨대는 타자 소리와 그들이 빚어내는 소음으로 금방이라도 홀이 붕, 떠오르고야 말 듯한 들썩임과 열기를 내뿜고 있었다. 가히 전쟁터를 방불케 하는 야단스러움. 그것은 실로 무섭도록 치열하고 살벌한 취재 경쟁의 현장임을 거듭 실감케 하는 광경이었다. 그러나 매일 아침 부딪치는 그러한 장면에도 불구하고 하경은 매번 늘 으스스한 기분을 느낄 따름이었다. 대학 졸업 후 줄곧 가사에만 파묻혀온 그녀에겐 사실 좀 엄청나고 자극적인 분위기임에 틀림없었다. 백여 개의 언론사 사무실이 빽빽이 운집되어 있는 미로처럼 복잡한 통로를 지나 그녀는 적어도 올림픽

기간 동안엔 자신의 소속처임이 분명한 일본 Y신문사의 방을 찾아 재빨리 걸음을 옮겼다. 열전 직전의 마음가짐이었다. 크게 한번 심호흡을 해보며 그녀는 사무실의 문을 밀었다.

"오하요우."

"오하요우."

그녀의 아침 인사에 실내에 있던 모든 사람들이 합창을 하듯 일제히 응답을 해왔다.

"미즈 윤, 어젠 좀 피곤했었죠. 괜찮아요?"

더없이 매끄럽고 산뜻한 일어였다. 언제 나왔는지 팩시밀리 앞에 앉아 열심히 송고의 내용을 점검하던 니시 다이유(四大由)가 반쯤 상체를 돌리며 밝은 미소로 그녀에게 말을 건네왔다. 남자로선 선이 좀 유약하다 싶은 그러나 어딘가 좀 예리해보이고 세련된 느낌을 주는 모습이었다.

"윤하경 씨, 커피하실래요?"

사무실 한쪽에 다소곳이 모여 있던 몇 명의 통역요원 중 누군가가 그렇게 물어왔다. 돌아보니 모두 한 잔씩의 커피를 손에 들고 있었고 다이유의 책상 위에도 이미 빈 찻잔이 놓여 있었다.

"아, 고마워요. 내일은 일찍 와서 내가 먼저 서브할게요."

그녀는 이십대의 젊은 동료들을 향해 조금쯤은 미안하다는 듯 그렇게 응수했다. 아홉 명의 남녀 통역요원 중 그녀는 가장 나이가 많았다. 꽤 어려운 과정을 통해 그녀가 처음 이곳에 왔을 때 대부분 이십대 초반인 고무풍선처럼 투명하고 팽팽한 젊음들 속에서 그녀는 솔직히 좀 난감한 기분이 들었었다. 언어 자원봉사자와는 별도로 언론사 자체의 이익과 편리를 위해 선발된 경우인만큼 그들에겐 상당히 높은 보수와 좋은 대우가 뒤따랐다. 그러나 무어 그리 절박한 동기가 있었던 것도 아닌 터라 그녀는 그만 중도에서 일을 포기해버릴까 싶기도 했었다. 마흔이 다 되어가는 나이에 새삼 대학생 또래와 어울려야만 한다는 사실이 꽤나 부자연스럽게 느껴졌기 때문이었다. 그러나, 미즈 윤! 우리 한번 잘해봅시다. 당신의 일어 발음 아주 훌륭해요. 모습도 꼭 일본인 같고요. 도쿄 어느 거리에선가 우연히 마주친 듯한 얼굴. 그 이유는 저도 잘 알 수가 없군요. 그렇게 말하며 처음부터 미즈 윤이라는 애매한 호칭으로 여러 취재원들 중 유독 관심을 표해오던, 그녀와 비슷한 나이로 보이는 다이유의 까닭 모를 격려 덕분에 그래도 오리엔테이션을 포함한 근 한 달이라는 기간 동안 그녀는 그럭저럭 잘 버텨낼 수 있었는지도 모를 일이었다. 그리고 남편의 직장을 따라 칠 년이라는 긴 세월을 일본에서 살았던 까닭에 큰 어려움 없이 술술 잘 풀려나오는 그녀의 일어 실력 또한 그녀에겐 큰 힘이 되어준 것이 사실이었다.

"미즈 윤, 지금부터 거리 풍경 스케치를 나가야만 해요. 도와주시겠어요?"

스타카토처럼 경쾌한 다이유의 일어는 언제나 하경으로 하여금 쉽게 거절을 못 하도록 만드는 독특한 힘이 있었다.

"자, 그럼 오늘도 모두 화이팅!"

큼직한 가방을 어깨에 둘러메며 다이유가 사무실 안의 모든 사람들을 향해 불끈 주먹을 치켜들어 보였다.

"수고들 하십시오."

뜨악한 인사말과 함께, 연일 계속되어온 두 사람의 동행에 대해 강한 의혹을 표시하는 몇몇 시선이 일시에 자신의 등을 향해 날아와 박힘을 느끼며 하경은 쫓기듯 빠른 걸음으로 다이유를 따라 그곳을 빠져나왔다.

"젊은 사람들, 발랄하고 기백이 있긴 한데 뭐랄까 중요한 순간에 유연성이랄까 노련미 같은 게 좀 부족해요. 제가 늘 취재 파트너로 미즈 윤을 택하는 이유도 그런 점에 있죠."

MPC 주차장을 빠져나가기 위해 급히 핸들을 돌리는 하경을 향해 마치 조금 전 동료들의 시선에 해답을 내리듯 다이유가 그렇게 변명을 늘어놓고 있었다. 하긴 그럴 테지. 저 차림새를 좀 봐. 아무리 캐주얼 복장을 즐긴다지만 저 운동화짝하며 허리에 주름이 풍성한 디스코풍의 울바지라니! 취재 능률을 위해서람 아마 저보다 더한 복장도 마다 않을 사람이지. 일순 그에게로 향했던 시선을 급히 거둬들이며 하경은 혼자 웃음을 삼켰다. 놀라우리만큼 악착스러운 끈기와 근면성, 그리고 투철한 직업의식, 게다가 늘 가슴보다는 냉철한 머리와 예민한 언어의 감각으로만 사물을 대하고자 하는 그의 빈틈없는 태도에서 하경은 직업적 특성이 개인의 언행에 얼마나 큰 영향을 미치는가를 절감하곤 했다. 그러나 그가 자신의 가족인 부인과 두 딸에 대해 가지고 있는 보통 이상의 각별한 애정에서 그녀는 또한 그로부터 깊은 신뢰와 공감을 느끼기도 했다.

차는 어느새 저편에 올림픽 회관이 우뚝 솟아 있는 전철역의 진입로를 향해 방향을 틀고 있었다.

"설마 또 저번처럼 하천 탐사를 하시려는 건 아니겠죠?"

　문득 며칠 전의 일을 떠올리며 하경이 지레 겁을 내듯 그렇게 물었다.

　"하하, 그건 절대 아닙니다. 오늘은 단지 자연스러운 일상적 거리 풍경과 그곳 좌판상들의 모습을 좀 담고 싶을 뿐입니다. 안심하십시오."

　유쾌하게 웃으며 다이유가 말했다. 평소에도 늘 만물상을 무색케 하리만큼 진풍경을 이루는 곳이지만 거기에 알게 모르게 이즈음의 올림픽 분위기까지 겹쳐 노천시장은 한층 더 북적거리는 느낌을 자아내고 있었다. 조심스레 클랙슨을 울리며 하경은 인도 가까이에 바싹 붙여 차를 세웠다.

　"미즈 윤, 우선 저분들에게 가서 중재를 좀 해줘요. 무엇이든 올림픽에 관한 걸 좀 물어봐줘요. 이를테면 서울올림픽에 관한 그들의 느낌이나 감회 같은 것이 좋겠어요. 전 여기서 우선 그들의 표정을 좀 담을게요. 그리곤 차츰 접근하겠어요."

　그녀에게 소형녹음기와 메모지를 건네주며 다이유가 재촉을 했다. 참으로 엉뚱한 데가 있는 남자였다. 지난번에는 시간이 좀 남아돌자 느닷없이 인근의 어느 오염된 하천을 찾아가 그 퀴퀴한 악취의 현장을 종횡무진 너무도 열심히 취재하여 그녀를 아연실색케 하지 않았던가. 오늘 그의 목적은 또 무엇인가. 그러나 그의 표정은 더없이 진지하기만 했다.

　하는 수 없지. 언제나 이쪽과 저쪽의 원활한 소통을 위한 유효적절한 교량의 역할이 내 몫인걸. 걸러내기 나름이겠지.

　몇 번씩 마음을 다잡으며 하경은 한 좌판상 아낙에게로 다가갔다.

무척이나 고단해 뵈는 깡마른 여인이 몇 개의 커다란 함지박에 야채를 가득 담아놓고 끊임없이 이파리를 다듬고 있었다.

"저, 아주머니 좀 실례합니다. 일본 Y신문의 기자 한 분이 이번 서울올림픽에 대해 잠시 아주머니와 얘길 좀 나눴으면 하는데요. 괜찮으시겠습니까?"

꽤나 조심한답시고 한껏 정중하게 그녀는 접근을 시도해보았다.

"뭐시라요?"

아낙의 얼굴이 꿈틀, 한차례 움직였다.

"일 없구마. 올림픽인지 내림픽인지 그거시 마 내캉 무신 상관이 있습니껴? 장사나 몬 하게 안 하믄 좋겠심더. 그라고 일본사람캉 내캉 무신 할 말이 있다꼬 그랍니껴. 참 얄궂대이."

야멸차게 내몰아치는 말투. 하경은 순간 아찔한 충격에 잠시 멍해지는 느낌이었다. 그러나 그녀는 다시 한 번 아낙에게 접근할 수밖에 없었다.

"아주머니, 그럼 간단히 한 말씀만 해주세요. 현재 서울에서 올림픽이 열리고 있는데요, 거기에 대한 아주머니의 생각은 어떠신지요?"

"치우소 마. 싫다카는데 와 자꾸 이랍니껴. 안그케도 단속반 나올까봐서 잔뜩 무서분데 장사도 몬 하게 와이카는교. 비켜주소."

도저히 더 이상은 어찌해볼 도리가 없을 만큼의 완강한 거절이었다. 그제야 하경은 사태의 심각성을 깨닫고는 찔끔 뒤로 물러섰다. 하지만 그렇다고 사실 거기서 순순히 포기할 수도 없는 입장. 구원자를 찾듯 탐색의 눈길을 펴며 그녀는 다시 한 번 주변의 노점상들을 휘, 둘러보았다. 대체 어인 일일까. 아무도 그녀와 눈길조차 마주치려는 사람이 없었다. 한결같이 굳어 있는 거부의 몸짓. 감히 다음 차례의 적임자를 찾아낼 엄두도 못 낸 채 그녀는 한동안 가만히 제자리를 지키며 서 있을 뿐이었다.

"여봐요. 오늘 거리 정화 작업으로 구청에서 단속반이 나온댔어요. 그 땜에 지금 모두들 신경이 곤두서 있어요. 날을 잘못 잡은 것 같은데 그만 돌아가는 게 좋을 거요."

손수레에 가득 과일을 싣고 그 곁을 지키고 섰던 사내가 선심을 쓰듯 슬쩍 귀띔을 해왔다.

'오늘의 취재는 깨끗이 포기하는 편이 낫겠어.'

그런 결론과 함께 하경이 막 그곳을 벗어나려 할 때였다.

"백여수같이 생겨갖꼬 일본놈 따라댕기미 뭐 한다꼬 저카노?"

"그러게유. 뻔하지유, 뭐."

"속 빠진 계집이여. 넘 부끄럽지도 안당가?"

소나기가 퍼붓듯 집중적으로 쏟아지는 자신을 향한 아낙들의 지독스런 비난에 하경은 기겁을 하듯 식은땀을 흘리며 급히 차로 돌아왔다.

"미즈 윤, 얼굴이 왜 그래요? 아, 거절을 당했군요. 괜찮아요. 괜찮아."

차 안에서 그들 쪽을 향해 끈질기게 셔터를 눌러대던 다이유가 잠시 동작을 멈춘 채 그녀의 안색을 살폈다.

"실패했어요, 깨끗이. 제 방법이 안 좋았나봐요."

새파랗게 질린 낯빛으로 그녀는 겨우 그렇게밖에 얘기할 수가 없었다. 등줄기를 타고 후끈 끼쳐오는 불쾌감에 그녀는 움찔, 한차례 몸을 떨었다. 도대체 무엇이 잘못된 것일까. 오늘 따라 유난히 화사해 보이는 나의 몸차림 때문일까. 아니면 질문 그 자체의 내용 때문일까. 그것도 아니면?… 쏘는 듯 따가운 그녀의 눈빛은 어느새 다이유를 향하고 있었다.

"미즈 윤, 혹 무안을 당했다면 미안해요. 아까 보니 저기 한 여자의 얼굴빛이 험하게 바뀌던데 무어라 그래요?"

"별 얘기 아니었어요. 단지 오늘 상부에서 거리 정화를 위한 단속반이 나온다고요. 그래서 그들은 곧 자리를 떠야만 한대요. 그뿐이에요."

끓어오르는 속내와는 달리 하경의 음성은 차분하기만 했다.

"아, 그래요? 어쨌든 그럼 오늘은 이만 여기서 철수합시다. 자, 사진 몇 컷만 더 찍고요."

찰칵, 찰칵, 마치 취재의 실패를 보상이나 하려는 듯 더욱 집요하게 노점상 아낙들의 얼굴에 초점을 맞추는 다이유의 옆모습을 지켜보다가 그녀는 그만 부르릉, 서둘러 차의 시동을 걸고 말았다. 더이상은 견딜 수가 없게 불편해진 마음 때문이었다. 그 바람에 다이유도 얼른 카메라를 집어넣으며 좌석에 몸을 앉혔다.

"다음 행선지는 어디죠?"

"U대학이에요. 그곳 교수와의 인터뷰가 있거든요."

그 이상 아무런 설명이 없는 다이유의 표정이 왠지 시들해보임은 무슨 까닭일까. 아, 별 중요한 내용이 아니구나. 직감으로 하경은 그것을 알았다. 뭔가 꽤 괜찮은 기삿거리를 찾아내거나 혹은 그것을 향해 접근할 때의 그의 집요한 눈빛을 그녀는 너무도 잘 알고 있기 때문이었다. 보다 나은 취재를 위해 연일 고투하는 그의 모습은 사실 옆에서 보기에도 안타까울 때가 많았다. 조금 전 아낙들과의 일로 생겨난 그를 향한 다소의 거리감도 어느새 눈 녹듯 흔적없이 사라져버림을 느끼며 그녀는 슬그머니 맥이 빠지고 말았다.

"와, 비로소 올림픽 무드가 나는군요."

조는 듯 두 눈을 감고 있던 다이유가 갑자기 탄성을 발하며 고개를 돌렸다. 푸른 융단을 간 듯한 몽촌 토성의 아늑한 해자(垓字)가 한눈에 훤히 바라보이는 어느 건널목 앞에서 차는 잠시 신호대기에 걸려 있었다. 맑게 갠 짙푸른 하늘 위로 몇 점의 구름을 가리며 두둥실 떠오른 대형 애드벌룬과 오색 휘장, 그리고 오륜 마크도 선명한 올림픽 깃발, 바야흐로 축제는 한창이었다.

"저기 매표소의 인파를 좀 봐요. 굉장하군요."

다이유의 시선은 계속 밖을 향하고 있었다. 차창을 통해 빠르게 스쳐가는 만국기의 행렬과 올림픽 공원 언저리를 가득 메운 다채로운 생김새의 인종들. 그들을 바라보던 다이유가 다시 입을 열었다.

"요번 올림픽, 준비·시설·날씨, 이 세 가지 면에선 아주 완벽해요. 다만 언어와 서비스면에서 다소 미비점이 드러나긴 하지만요."

"언어면에서라면 몰라도 서비스면에선 오히려 과잉이 아닐까요?"

하경도 한마디 이견(異見)을 달았다.

"아니죠. 전반적으로 하드 서비스는 잘 되어 있는 편인데 소프트 서비스면에선 좀 문제가 있는 것 같아요. 이를테면 선수촌 출입절

차만 해도 그래요. 보안상 어쩔 수 없다지만 그 정도가 좀 지나치다
는 생각이 들게끔 하거든요."

얼굴을 살짝 찌푸리며 다이유가 말했다.

"아 참, 미즈 윤, 지금 몇 시죠? 잠깐 라디오 좀 틀어봐요. 벤 존
슨과 칼 루이스, 오늘 그들의 대결이 있어요. 빨리요."

숨가쁘게 재촉하는 다이유의 서슬에 하경이 급히 카 스테레오의
스위치를 올렸다.

'7초, 8초, 9초… 아, 가장 먼저 들어온 벤 존슨, 벤 존슨의 승리
입니다. 9.79초, 세계 신기록입니다. 그는 이제 세계에서 가장 빠른
사나이가 됐습니다.'

중계하는 아나운서의 음성도 사뭇 흥분되어 있었다. 하마터면 놓
칠 뻔한 짧은 순간이었다.

"야, 드디어 벤 존슨이 해냈어요. 친구와 내기를 했는데 결국 내
가 이겼군요."

자신이 마치 승자라도 된 듯 감격에 찬 다이유의 모습이 재미있
어 그녀는 소리를 내어 웃었다. 차는 어느 결에 U대학 정문을 통과
하고 있었다.

"어서 오십시오. 반갑습니다."

기다리고 있었다는 듯 교수는 기꺼이 그들을 맞아주었다. 교수와
다이유 두 남자가 힘찬 악수로써 인사를 나눈 후 다이유는 곧 교수
에게 하경을 소개했다. 그러나 교수의 표정은 그녀의 존재를 전혀
받아들이고 있지 않았다. 높은 학문을 갖춘 사람들에게서 흔히 느
껴지곤 하는 요지부동의 권위의식. 그녀도 되도록이면 교수의 태도

에 신경을 쓰지 않으려 애썼다. 간단한 수인사 후 두 남자는 곧바로 본론에 들어갔다. 교수의 일어는 막힘이 없었다. 따라서 그녀가 할 일은 사실 전혀 없어진 셈이었다. 그저 두 남자의 대화 속에서 단지 의례적인 반응을 보임이 고작이었다. 한참 대화의 가닥이 잡히며 면담이 무르익어갈 때였다.

두어 번의 노크 소리에 이어 삐죽 문이 열리더니 재학생으로 보이는 한 남학생이 들어왔다.

"교수님, 강의시간인데요. 어떡할까요?"

"아, 알고 있어요. 지금 귀한 손님이 오셔서 잠시 애기 중이니 조금만 기다리라고 전해요."

학생은 묵묵히 방을 나갔고 교수는 다시 대화에 열중했다.

"교수께선 일본사를 전공하셨다는데 특별히 관심을 가지셨던 분야가 있다면 어느 분야였는지 좀 말씀해주시죠."

한치의 겸손함도 내비치질 않는 오만한 태도라니……. 하경은 당당함이 넘쳐 온몸에 생기가 도는 듯한 다이유의 모습을 바라보며 은근히 비위가 뒤틀려가는 자신을 발견했다.

"아, 네. 고대문화편이었죠. 그 중에서도 특히 고대한국사와의 관계에 대해 집중적인 연구를 했습니다."

교수의 얼굴에선 계속 웃음기가 가시질 않고 있었다.

"아, 그러십니까. 그럼 그러한 과정에서 교수께서는……."

똑똑, 한 십 분이나 지났을까. 다이유의 질문이 채 끝나기도 전에 다시 두 번째의 노크 소리가 들려왔다. 그러곤 좀 전의 낯익은 학생이 다시 그 모습을 드러냈다.

"교수님, 학생들이 많이 기다리는데요. 휴강인가요, 아닌가요?"

학생의 태도는 은근히 휴강 쪽을 더 원하는 듯한 눈치였다.

"이제 다 끝나가요. 곧 갈 테니 먼저 가 있어요."

교수의 태도는 여전히 완강하기만 했다. 학생은 또 그대로 물러갔
고 교수는 다시 대화에 몰두했다. 시시각각 잘도 변하는 교수의 표
정. 학생을 대할 때와 다이유를 향한, 그리고 그녀를 대할 때가 각기
다른 교수의 세 얼굴. 더없이 부드러운 미소와 함께 다이유를 향해
시종일관 친절을 마다 않는 교수의 태도를 주시하며 하경은 진정 냉
소를 금할 길이 없었다. 조바심으로 바짝 타오르는 가슴을 누르며
그녀는 제발 그렇고 그런 식의 지극히 상투적이고도 지리멸렬한 두
남자의 대화가 가능한 한 빨리 끝나주기만을 원할 따름이었다. 그리
고 이왕이면 교수 쪽에서 먼저 강의를 이유로 단호히 자리를 털고
일어나주기를 바랐다. 그러나 결코 그런 일은 일어나질 않았다. 어
쩌면 다이유는 자신에 대한 교수의 그러한 후대에 대해 내심 은근한
우월감을 만끽하며 고의로 더 시간을 끌고 있는지도 모른다는 데에
생각이 미치자 하경은 속이 부글부글 끓어올랐다. 그녀가 더 이상
참지를 못하고 의자에서 막 몸을 일으키려 할 때였다.

"그럼, 바쁘신 것 같으니 끝으로 딱 한 가지 질문만 더 드리겠습
니다. 이번 올림픽에서 성화 봉송주자로 선발되어 뛰셨는데 기분은
과연 어떠셨습니까?"

"글쎄요. 상당히 좋더군요. 올림픽에 비로소 뭔가 한몫 한 듯한
기분도 들었고……."

교수가 미처 답변을 마치기도 전에 또다시 세 번째의 노크 소리

가 들려왔다. 예의 그 학생이 연구실에 막 발을 들여놓음과 동시에 두 남자는 자리에서 몸을 일으켰다. 가까스로 대화를 매듭지으며 교수가 어둑신한 복도 저 끝으로 사라지고 난 후에야 하경은 휴우, 가슴을 쓸며 안도했다.

"미즈 윤, 화났어요?"

학교 주차장을 향해 걸어가며 계속 말이 없는 하경을 향해 다이유가 그렇게 물어왔다.

"아뇨, 좀 의아했을 뿐이에요. 그런 자리라면 구태여 제가 동석할 필요가 있었나 해서요. 제가 한 일이라곤 여기까지 다이유 씨를 안내한 길잡이 역할밖엔 없었잖아요."

교수에게로 향했던 울화까지 합쳐 다이유에게 모조리 뒤집어씌우려는 듯 그녀는 격한 어조가 되어 그렇게 따지고들었다.

"하하, 미안해요. 난 혹시라도 교수와의 의사소통에 장애가 있을까 미리 대비한 것인데 결과적으로 그렇게 돼버렸군요. 그런 의미에서 오늘 점심은 제가 사죠. 자, 갑시다."

명쾌하기 이를 데 없는 다이유의 해명에 그녀는 더 이상 화를 낼 수가 없었다. 차에 오르며 그녀는 문득 남편의 말을 생각했다.

"내 차에 일본 기자를 태우고 다닌다 이건가. 흠, 과히 유쾌한 일이 아니군. 당신은 어엿한 통역요원이지 기사는 아니잖소."

그러는 남편의 반응에 하경은 적잖이 당황했었다.

"뭘 그러세요. 그쪽에선 여기 지리도 잘 모르고 또 그만한 보상을 해주겠다는데요. 그리고 우선은 제가 편해서 그래요."

자가용 격일제 운행으로 당분간 회사차를 이용하기로 한 남편 대신 그녀는 자신이 차를 좀 이용하고자 남편을 설득했다. 그리고 마지못한 듯 남편은 그것을 허락했다. 올림픽 기간 동안 그녀가 일을 갖게 된 것에 대해 사실 남편과 하나뿐인 고1짜리 아들아이는 왠지 선뜻 찬성의 뜻을 표해주지 않았다. 그래도 하경은 끝내 자신의 뜻을 굽히지 않았다. 살아오면서 늘 가족에게 타협하고 양보만 해온 입장이던 그녀가 이번 일엔 그토록 끈기 있고 과감하게 임하게 된 요인은 무엇일까. 예컨대 그것은 무슨 대단한 의미의 명분이나 사명감 같은 것이라기보다는 단지 가정이라는 한정된 테두리를 벗어나 그녀 나름대로의 세상과 한번 부딪쳐보고 싶은 일종의 사회적 욕구라는 편이 한결 더 적절한 해석일 것이다. 또한 그것은 여성 본연의 임무 외에 뭔가 새롭고도 건전한 자기 일을 갖는다는 것에 대한 강한 이끌림과 집착일지도 몰랐다.

"일본인들의 묘한 이중성, 당신도 잘 알잖소. 조심해요."

회사에서도 일본통으로 알려진 남편에게서 흘러나온 그러한 충고에 하경은 더 이상 할 말이 없었다. 다만 엉겁결에, 알았어요. 조심할게요, 하는 말로 못박았을 뿐이었다. 하지만 대체 무엇을 조심하고 또 무엇을 염려 말라는 뜻이었을까. 점심식사를 위해 다이유와 함께 올림픽 선수촌 부근의 한 카페로 들어서며 그녀는 새삼 남편의 말을 곱씹어보았다. 남편의 그러한 우려를 덜어내기 위해서라도 그녀는 언제 한번 기회가 닿으면 다이유를 집으로 초대하고자 계획을 세우고 있었다.

"어이, 다이유! 어쩐 일인가?"

은은한 조명이 드리워진 카페의 한 귀퉁이에서 거품이 솟는 커다란 맥주잔을 앞에 놓고 콧수염을 만지작거리던 사내가 번쩍 손을 치켜들며 다이유를 불렀다. 유난히 빠르게 느껴지는 그의 일어 발음이 실내를 울렸다.

"와, 선배님. 어쩐 일이십니까?"

한결 부드러운 다이유의 음성이 반갑게 그를 맞았다. 하경은 슬쩍 그들 곁을 지나 좀 떨어진 곳에 가 자릴 잡고 앉았다. 그들의 말소리가 들려왔다.

"우리 지사 통역요원이에요. 가서 인사나 나누시죠."

"그러지."

두 남자가 곧 그녀의 테이블로 건너왔다.

"요번에 통역일을 맡아주신 윤하경 씨, 그리고 이분은 제 대학 선배님이세요. 선수단을 인솔해오셨죠."

다이유의 소개로 하경과 사내, 두 사람이 인사를 나누었다.

"이렇게 합석을 해도 될지 모르겠군요. 하지만 전 곧 가야 할 데가 있으니 너무 신경쓰지 마십시오. 허허."

콧수염의 사나이는 계속 헛웃음을 터뜨리며 떠벌여댔다. 체크무늬 남방셔츠에 노란 스웨터로 어깨를 둘러 매어 어딘가 좀 야한 느낌을 주는 남자였다. 얼마간 활기 있게 이어지던 두 남자의 대화가 어느 한순간 뜸해질 때였다.

"다이유, 내 자네에게 재미있는 기삿감 하나 제공해줄까?"

좀 거들먹거리는 듯한 태도로 사내가 그렇게 운을 떼었다.

"뭐 좋은 거 있습니까? 요번 기회에 특종을 몇 개 때려야만 하는데 영 뜻대로 풀리질 않는군요. 대체 뭡니까?"

바짝 사내의 앞으로 다가들며 다이유가 눈빛을 빛냈다.

"기사는 사실 다루기 나름 아닌가. 자네의 그 기민한 감각과 재치로 한번 근사하게 뽑아보게나. 내 살짝 자네에게만 이걸 알려주지."

두 남자의 어깨가 한층 더 밀착되어감을 느끼며 하경은 잠시 자리를 비켜주었다. 마침 전화를 해야 할 일이 생각났기 때문이었다. 하경이 다시 테이블로 돌아오자마자 콧수염의 사나이는 이내 자리를 떴다.

"그럼, 전 이만 실례하겠습니다. 많이들 즐기십시오. 다음에 또 뵙죠."

다이유를 향해 찡긋 한쪽 눈을 감아 보이며 그는 곧 두 사람의 시야에서 사라졌다.

"재미있는 선배예요. 우에노 씨라고 체육계 요직을 맡고 있죠. 이번에 선수단과 함께 정계 거물급 인사인 고세 씨를 수행해왔어요. 도쿄에서 여행사를 경영하기도 해서 단풍관광 겸 한국엘 자주 오죠."

삼각으로 썰어진 피자 한 조각을 자신의 접시로 옮겨가며 무심코 내뱉듯 다이유가 그렇게 말했다.

"단풍관광이라뇨? 한국의 단풍이 그토록 유명한가요?"

"아하, 그거요. 꼭 그런 의미만은 아니죠. 그건 그렇고, 전 어제 정말 충격이 컸어요."

하경의 물음을 슬쩍 피해버리며 다이유가 말꼬리를 돌렸다.

"친구와 함께 어제 저녁, 유도 경기를 보러 갔었죠. 한데 거기서 한일 양국간 민족감정의 실체를 본 겁니다."

“무슨 얘기죠?”

전날 미처 텔레비전 중계를 보지 못한 그녀가 감감소식인 채 그렇게 물었다.

“간단히 말해서 모든 일본 선수를 향한 한국 관중들의 끓어오르는 미움과 반목에 질려버린 거예요. 그것도 한국 대 일본전이라면 그야 당연하죠. 하지만 일본과 상대하는 모든 나라를 향해 그토록 뜨거운 성원을 보내는 한국 관중의 미묘한 심리는 어떻게 해석해야 합니까? 요즘 유독 주목을 끄는 반미 감정도 일본을 향한 증오엔 빛을 잃고 말더군요. 실례를 좀 들어볼까요?”

반쯤 남아 있던 컵의 물을 단숨에 마셔버리며 다이유가 말을 이었다.

“어제 어느 체급에선가 준준결승전에서 결국 미국과 일본이 맞붙게 되었죠. 그런데 한 가지 재미있는 것은 그때까지 계속 미국 팀에 냉담한 반응을 보이던 관중들이 갑자기 열광적인 자세로 미국 선수를 응원하는 거예요. 참 기막힌 광경이었죠. 더구나 그 미국 선수는 U. S. A. 마크를 달았을 뿐 일본계 미국인이라 외모는 영락없이 일본인같이 생겼는데도 말이죠. 한마디로 경악이었어요.”

거기까지 말한 후 다이유는 잠시 입을 다물고 침묵을 지켰다. 그녀에게서 색다른 반응이라도 기대하고 있는지 모를 일이었다.

“글쎄요. 하지만 설혹 제가 그 자리에 있었다 해도 아마 그렇게밖에 할 수 없었을 거예요.”

“그랬을까요?”

낭패의 기색이 역력한 얼굴로 다이유가 맥없이 반문했다.

"사실 그래요. 정도의 차이는 있지만 우린 모두 은연중에 일본이란 나라에 대해 피해의식 내지는 반감을 갖고 있음이 사실이에요. 그건 쉽게 지워질 수 없는 역사의 흔적 같은 게 아닐까요?"

"맞아요. 사실 두 나라 간엔 아직도 문제가 많죠. 하지만 보다 더 중요한 것은 앞으로의 관계 정립이라고 생각해요. 일본 내에서도 지금의 시기는 고비라고 볼 수가 있어요. 전전세대와 전후세대 간에 서서히 교체가 이뤄지고 있는, 말하자면 앞으론 곧 새로운 세대가 일본 사회의 주도권을 잡게 될 날이 오는 거죠. 그렇게 되면 한일관계도 좀 나아지겠죠. 확신해요."

처음 말을 시작할 때의 격앙된 어조와는 달리 다이유는 또 금방 원래의 모습으로 돌아갔다.

손에 손잡고 벽을 넘어서 우리 사는 세상 더욱 살기 좋도록…….

갑자기 그가 한국어로 노래를 따라 불렀다. 좁은 카페를 가득 메우며 아까부터 줄기차게 들려오던 노래였다. 두 사람은 잠시 눈을 마주치며 웃었다.

"참, 아까 그 선배, 꽤 흥미 있는 기삿거리를 하나 주더군요. 이것 좀 봐요."

상의 주머니에서 메모지를 꺼내 그녀에게 펼쳐보이며 다이유가 일의 내용을 설명했다.

"고세 씨와의 접촉에서 우연히 얻게 된 정보래요."

다이유의 부언에 하경이 눈으로만 조용히 메모지의 내용을 따라 읽었다.

—○○여중 3학년 2반, 신혜수.

"연락처는 학교밖에 없나요?"

"그래요. 어쨌든 연락은 빨리 할수록 좋을 것 같아요. 오늘 중, 아니 늦어도 내일 오전까지는 주인공을 좀 만났음 싶어요."

"그건 좀 곤란하겠는데요. 주말이고, 게다가 또 내일은 명절이라서 말예요. 학생과의 연락은 어차피 월요일에나 가능하겠어요."

"하긴 그렇겠군요."

하경의 차분한 설명에, 다소 조급함을 보이던 다이유도 그제야 수긍이 가는 듯 가볍게 머릴 끄덕였다.

"아무튼 학교엔 일단 오늘 연락을 해보는 게 좋을 것 같아요."

"그럼, 어디 조용한 데 가서 전화부터 한번 걸어볼까요. 자, 이만 나갑시다."

다이유의 급한 제안에 그들은 서둘러 카페를 나왔다.

3분간의 만남. 더도 덜도 아닌 딱 3분이라는 시간이 주어져 있었다. 그러나 그것을 위해 혜수네가 들인 노력은 정말 대단했다. 지난 토요일 오후 하경이 처음으로 서울의 변두리에 있는 혜수네 학교로 전화를 걸면서부터 시작된 일의 발단은 그녀 자신도 믿기 어려울 만큼 너무도 급속도로 진전이 되었던 것이다. 마침 토요일 오후 늦게까지 학교를 지키고 있던 교무주임을 통해 하경은 다이유가 시도하고자 하는 일의 내용을 설명하며 협조를 구했었다.

'지난번 귀교가 올림픽 홍보활동으로 실시한 세계 각국 명사들에게 편지 보내기 운동에서 3학년 2반 신혜수라는 학생이 보낸 편지가 바로 일본의 유명인사인 고세 씨에게 전해졌다. 그는 지금 한국

에 와 있고 혜수를 한번 만나볼 의향이 있다. 귀교에 지장이 없는 한 그들의 만남이 꼭 이뤄졌으면 한다.'

대강 그러한 내용을 전달했을 뿐이었다. 그리고 월요일인 오늘 아침 혜수를 데리러 그녀가 학교를 방문하기까지 사실 그녀가 한 일은 별로 없었다. 고세 씨 측과의 교섭을 위해 한동안 다이유만 좀 바쁘게 뛰어다녔을 뿐이었다. 그러나 학교측은 면담에 대비한 거의 완벽한 준비를 갖춰놓고 그녀를 기다리고 있었다. 다만 한 가지, 함께 따라나서는 일행이 너무도 많은 점이 그녀는 좀 마음에 걸렸다. 아니나 다를까, 고세 씨가 묵고 있는 C호텔 앞에서 처음으로 일행과 맞닥뜨린 다이유는 그만 입을 딱 벌리고 말았다. 순간 자지러질 듯한 부끄러움에 그녀는 잠깐 어디론가 증발해버리고 싶은 심정이었다. 누가 보아도 단 3분간의 만남을 위해 동원된 인원치곤 사실 너무 많음이 분명했다. 주인공인 혜수를 포함하여 일어에 능통하다는 교감과 교무주임, 그리고 담임교사, 게다가 또한 운행의 책임을 맡아 차로 일행을 싣고 온 젊은 남교사까지 합치면 무려 다섯 명이나 되는 숫자였기 때문이었다.

"지금 중요한 전화를 받고 계십니다. 한 10분만 더 기다려주십시오."

고세 씨의 비서인, 전형적인 일본인의 작달막한 체구를 한 젊은 남자가 전하는 말이었다. 그들보다 앞서 들어간 두어 팀이 이미 밖으로 나오고도 상당한 시간이 흘렀는데도 안으로부턴 아직 들여보내라는 이렇다 할 지시가 없는 모양이었다. 대기실로 쓰이는 넓은 방엔 송아지만큼 커다란 감시견이 어슬렁어슬렁 사람의 주변을 맴

돌며 발치에서 쿵쿵 냄새를 맡기도 하여 일행을 잔뜩 주눅들게 하고 있었다. 이 꼴이 대체 뭐람. 이코노믹 애니멀이라 불릴 만큼 자신들의 시간관리엔 그토록 철저한 사람들이 금쪽 같은 타인의 시간엔 어찌 이리 무심할 수가 있는 걸까. 하경은 감시견을 향해 한바탕 눈을 흘겨대며 혼자 속을 삭이고 있었다. 그녀는 살며시 고개를 돌려 옆자리의 혜수를 바라보았다. 아이는 온통 하얗게 질려 있는 모습이었다. 하긴 호텔에 들어올 때부터의 까다롭기 이를 데 없는 검문 절차엔 누구라도 정말 질릴 만했다. 긴장을 좀 풀어주기 위해 그녀는 일부러 혜수에게 말을 건넸다.

"혜수는 우등생이라는데 오늘 수업을 많이 빠져서 어쩌지?"

"괜찮아요. 친구들에게 노트를 부탁해놨어요."

조금 웃는 듯한 얼굴로 혜수는 그렇게 대답했다. 볼수록 예쁜 얼굴이었다. 아침에 처음 봤을 땐 흔히 하경의 눈에 익어버린, 있는 집 아이들의 확 피어난 표정이 아닌, 어딘가 좀 움츠러든 듯한 창백한 모습에 왠지 좀 안쓰러운 느낌을 받기도 했지만 찬찬히 뜯어보니 앏은 눈매하며 단아한 윤곽이 상당히 총명한 인상을 주어 하경을 안심시켰다.

"자, 이제 들어가십시오. 기다리고 계십니다."

고세 씨의 비서로부터 지시가 떨어졌다. 드디어 그들 차례가 된 모양이었다. 그제야 일행은 다이유를 선두로 모두 안으로 들어섰다.

"안녕하십니까? Y신문 외신부의 니시 다이유입니다. 바쁘신 시간 내주시어 감사합니다."

깍듯이 예를 갖추며 다이유가 먼저 자신을 소개했다. 드물게 보는 단정한 정장 차림이었다.

"아, 모두 반갑습니다. 어서들 앉으시지요."

근엄해 보이는 외모와는 달리 고세 씨는 꽤나 친절한 태도를 보이려고 애썼으며 또한 비서로부터 미리 보고를 받은 탓인지 그 많은 인원에도 그리 크게 놀라는 기색이 아니어서 다행이었다.

"이 학생이 바로 편지의 주인인 신혜수입니다."

다이유의 설명에 하경이 곧 통역을 했고 이어서 또 혜수가 얼른 머리를 숙이며 인사를 했다.

"편지 잘 받았어요. 문장력이 아주 뛰어나더군요. 공부도 잘 하리라 믿어요."

만면에 웃음을 띠며 고세 씨가 잠시 혜수를 바라보았다. 하경이 또 재빨리 통역을 했다.

"혜수 양, 편히 앉아요. 그리고 내게 뭔가 하고 싶은 말이 있으면 기탄없이 해봐요."

하경이 그 말을 다시 우리말로 풀이하여 혜수의 귓가에 속삭여주었다.

"네, 저……."

고세 씨의 자상함에 다소 당황한 듯 혜수가 머뭇거렸다.

"아, 네, 어르신네! 전 이 아이의 학교 교감 되는 사람입니다. 대단히 외람되오나, 그럼 지금부터 제가 직접 이 아이의 말을 통역해 올리겠습니다. 하온데 워낙 이 아이가 부끄럼을 타서요, 네. 죄송합니다."

더없이 넉살좋은 태도로 일본어 최대의 존칭을 구사하며 교감이 불쑥 앞으로 나섰다. 저럴 수가! 저 비굴한 태도라니! 예순이 넘어 보이는 나이에 일어를 잘한다는 것이 무에 그리 큰 자랑이람. 하경은 그만 쥐구멍이라도 찾고 싶은 심정이었다.

"빨리 해. 아침에 학교서 연습한 것 다 잊었니?"

"그것 있잖니. 일본 문화와 국민성에 관한 질문, 생각나지?"

교무주임과 담임이 번갈아가며 혜수의 기억을 일깨우고 있었다. 잠시 후 그제야 생각난 듯 발그레 상기된 얼굴로 혜수가 마침내 입을 열었다.

"꼭 한 가지 질문드리고 싶은 게 있는데요. 지난번 86아시안게임 때는요, 우리 나라가 일본을 누르고 종합 2위를 했거든요. 그런데 이번 88올림픽에서는 과연 일본이 한국을 이길 수 있을 것인가 하는 것과 거기에 대한 기대는 어떠신지, 좀 말씀해주세요."

와르르, 실내엔 웃음이 일었다. 교감의 재빠른 통역에 의해 혜수의 말을 듣자 고세 씨가 먼저 한바탕 웃음을 터뜨린 때문이었다. 그로 인해 딱딱하게 굳어 있던 분위기는 한결 부드러워졌다.

"그것 참 따끔한 질문이오. 그러나 이번엔 우리 선수들도 다들 대단한 각오로 임하는 만큼 최소한 종합 순위 10위권 내엔 들지 않을까, 그렇게 생각하고 있어요. 따라서 아마 한국을 무난히 이길 수 있으리라 기대하는데 결과는 또 두고봐야겠지요."

그 말을 끝낸 다음 교감이 급히 통역을 하는 동안 고세 씨는 얼른 시계를 올려다보았다. 그의 책상 옆에 걸린 벽시계의 큰바늘은 이미 그들이 들어올 때의 자리에서 숫자 하나만큼의 눈금을 더 넘어서고 있었다.

"또 다른 질문 없습니까?"

고세씨가 다시 혜수를 향해 그렇게 물어봄과 동시에 다이유가 얼른 눈짓을 했고 약속이나 한 듯 일행은 일제히 자리에서 몸을 일으켰다. 마침내 3분간의 면회는 끝이 난 것이었다. 그래도 예약된 3분이란 시간에서 무려 5분씩이나 더 지연이 되었다는 것은 고세 씨 측 사정으로 보아선 엄청난 배려라며 다이유는 계속 그 점을 강조했다. 흥! 눈물이 날 만큼 감사해야겠군. 하경은 자신도 모르게 코웃음을 쳤다. 대기실을 가득 메운 한무리의 사람들을 헤치고 일행은 모두 승강기 앞으로 몰려갔다. 다들 조금쯤은 머쓱해진 얼굴들이었다.

"교감 선생님, 죄송해요. 학교에서 연습한 질문들이 하나도 생각이 안 났어요. 대신 그냥 엉뚱한 말이 나와버렸어요."

고개를 푹 수그리며 혜수가 해명을 했다.

"됐어. 괜찮아."

"잘했다. 수고했어."

마지못한 듯 떨떠름한 얼굴로 그제야 모두 한마디씩 혜수를 위로하기 시작했다. 매우 못마땅하면서도 왠지 또 한편은 딱한 느낌으로 다가오는 군상들. 하경은 자신의 마음에 자리한 그들을 향한 세찬 밀어냄이 어느새 또 서서히 엷어져가고 있음을 느꼈다.

이윽고 황금거울처럼 휘번뜩거리는 승강기가 쩍, 하고 그들의 앞에 와 입을 벌렸다. 황인종·흑인종·백인종, 각양각색 지구촌 인간들의 집합과 그들이 한데 어우러져 뿜어내는 이상야릇한 체취에 승강기에 몸을 들이는 순간 하경은 그만 숨이 막혔다.

"아줌마, 속이 이상해요. 꼭 토할 것만 같아요."

기어이 얼굴을 감싸며 혜수가 먼저 숨을 할딱거렸다.

"빨리 좀 내려줘요. 빨리요."

다급한 음성으로 하경이 재빨리 승강기를 세웠다. 놀란 얼굴로 지켜보는 일행을 뒤로 하고 그녀는 혜수를 이끌고 정신없이 화장실을 찾아 뛰었다.

"조금만 참아라. 조금만!"

매끄러운 대리석 복도를 가로지르며 하경은 몇 번씩이나 그 말을 되풀이해야만 했다.

얼마 후 실컷 게우고 난 뒤끝이라 축 늘어진 혜수와 그 일행을 떠나보내고 두 사람만 남게 되자 다이유는 어디 가서 조용히 차나 마시며 머리를 식히자고 제안해왔다. 그러나 하경은 그의 청을 거절한 채 집으로 향했다. 혜수와의 일로 가슴에 차오른 다이유를 향한 강한 불만의 찌꺼기가 그만큼 그녀의 귀가를 앞당겼는지도 모를 일이었다. 어쨌든 그 순간만은 잠시도 다이유와 얼굴을 마주하기가 불편할 만큼 그녀의 신경은 지치고 예민해져 있었음이 분명했다. 다 때려치울까봐. 지겨워, 정말. 혼자 집으로 돌아오며 몇 번씩이나 그녀는 그 말을 되풀이했다.

저녁식사 후 다이유에게서 빌려온 일본 역사책을 읽다간 깜빡 잠이 들었나보았다. 비몽사몽간에 들리는 듯한 벨 소리와 함께 하경은 남편을 맞았다. 건강상, 안전상의 문제점을 이유로 술을 별로 즐기지 않는 남편이었지만 사업상 그의 귀가는 늦어지게 마련이었다.

"지금 막 S호텔에서 바이어를 만나고 오는 길인데 말이오. 그곳이 바로 IOC 임원들의 숙소잖소. 거긴 지금 불야성이오. 방마다 불이 훤해가지고 기자들이 잔뜩 진을 치고 말이오."

"네? 무슨 일인데요?"

턱없이 음성을 높이며 하경이 남편의 앞으로 화들짝 다가들었다.

"벤 존슨, 그 작자에 대한 도핑 시비가 있는 것 같은데 아직 확실한 결과는 모르는 모양이오. 아마 내일 조간쯤엔 나오지 않겠소."

하경이 타온 꿀차를 마시고 남편은 곧 잠이 들었다. 그러나 그녀는 도저히 잠을 이룰 수가 없었다. 애써 잠을 청하려 하면 할수록 그녀의 머리는 점점 더 맑아져만 갔다. 결국 그녀는 잠을 포기한 채 자리옷 차림 그대로 침실을 빠져나왔다. 거실 한 켠에 놓여진 무선 전화기를 바라보며 그녀는 한동안 안절부절 마음을 못 잡고 서성거렸다.

잠시 후 드디어 결단을 내린 듯 그녀는 전화기를 들고 조심조심 발걸음을 죽이며 아무도 거처하지 않는 조그만 구석방으로 들어갔다. 그날 따라 유독 일찍 잠이 든 아들아이의 존재가 마음에 걸려 그녀는 잠시 촉각을 곤두세웠다. 그러나 이윽고 그녀는 다이얼의 번호를 누르기 시작했다. 신호가 떨어졌다. 이어서 곧 귀에 익은 음성이 들려왔다.

"지금 곧 S호텔로 가보세요. 벤 존슨이, 벤 존슨이……."

그녀의 일어 발음이 초보자인 양 자꾸만 떠듬거렸다.

“브라보, 미즈 윤, 브라보!”

“특종, 완전히 특종을 때렸어.”

얇은 베니어판 사무실이 덜컹하리만큼 모두들 좋아서 야단들이었다. 어젯밤 늦게 이미 국내 모 석간에서 특보를 했고 더구나 아침에 일제히 국내 조간에서 일면 톱기사로 처리된 벤 존슨의 약물 복용사건이 어찌 된 셈인지 일본 조간지로선 유일하게 Y신문에만 실렸다는 사실이 그토록이나 대단한 것일까. 하경은 미처 예상치 못했던 자신의 행동이 그처럼 큰 반향을 몰고온 것에 대해 오히려 어리둥절한 기분이 들 따름이었다.

“미즈 윤, 아예 이곳 우리 지사에 입사하시지 그래요?”

“그것 참 좋은 생각이군. 아, 좋아요.”

“한바탕 파티라도 합시다. 샴페인을 터뜨리자고요.”

취재원 모두가 그렇게 왁자하니 나름대로의 기쁨들을 표시하고 있었다.

“좋소. 내 오늘 한턱 단단히 내겠소. 하지만 그보다 우선 어젯밤 늦도록 특종을 위해 뛰어준 우리 니시 다이유 기자, 그리고 그 뒤에서 큰 도움을 주신 윤하경 씨, 우리 모두 그들을 위해 다시 한 번 큰 박수를 보냅시다. 자, 박수!”

부장까지 거들고 나서자 사무실은 완전히 잔치 분위기였다. 결국 자축연을 위해 저녁에 모두 함께 만날 것을 약속하고 난 후에야 그들은 각자 다시 맡은 일로 되돌아갔다.

“미즈 윤, 오늘은 유적지 탐방을 좀 해야겠는데요. 수고 좀 해주시겠습니까?”

어디선가 두툼한 지도책을 들고 나오며 다이유가 그녀를 향해 물어왔다.

"어딘데요? 멀면 좀 곤란하고요."

"염려 마세요. 여기서 아주 가까운 곳이죠."

두 사람은 곧 MPC건물을 나와 나란히 차에 올랐다. 투명한 가을 햇살이 깔린 상큼한 아침 거리를 달리며 그들은 한동안 말이 없었다. 그러나 결국 먼저 입을 뗀 쪽은 다이유였다.

"미즈 윤, 어젯밤엔 정말 고마웠어요. 이렇게 개인적으로 감사할 기회가 도무지 주어져야 말이죠."

새삼 그렇게 정색을 해 보이며 다이유가 감사를 표해왔다.

"뭘요, 전 전화 한 통 드린 것밖엔 없는데요. 너무 늦은 시각이라 좀 놀랐었죠?"

"놀라긴요. 오직 반갑기만 하던걸요."

예의 좀 익살스런 표정을 지으며 다이유가 싱긋 웃었다. 하경도 가볍게 따라 웃었다.

어젯밤, 자정께 그녀가 구석방에서 아무도 몰래 전화를 걸었을 때 다이유는 마침 자신의 숙소에 있었다. 막 잠에서 깬 듯한 깔깔한 음성으로 전화를 받았지만 그는 대뜸 하경의 목소리를 알아들었다. 그녀 쪽에선 겨우 몇 마디의 정보를 흘렸을 뿐이지만 그는 즉각 모든 상황을 다 파악하는 듯했다.

"알았어요, 미즈 윤. 고마워요. 정말 고마워요."

몇 번씩이나 그렇게 되뇌는 다이유의 음성을 들으며 그녀는 급히 전화를 끊었다. 그리고 나서 막 시계를 보니 자정 무렵이었다.

비로소 긴장이 탁 풀리는 느낌과 함께 그래도 뭔가 할 일을 했다는 생각이 들기도 했다. 그러나 한편 그녀는 다이유에게 전화를 하기까지 자신의 내부에 도사리고 있는 그 무엇이 그토록 강렬한 충동을 불러일으켰는지에 대해 진정 놀라움을 느끼기도 했다. 그것은 과연 무엇이었을까. 근 한 달간 함께 일해왔다는 동료애, 혹은 유대감이었을까. 아니면 책무감이었을까. 아니었다. 그 어느 쪽도 아니었다. 어쩌면 하경 자신조차도 자각지 못해온 다이유를 향한 강력한 호의였다고 해석함이 훨씬 더 정확할 것이었다. 복잡다단한 세상에서 모든 사물이 세분화되고 다각화되어가는 추세에 유독 남녀 관계에 있어서만은 연인 아니면 타인, 하는 식으로 양분화하려드는 극단적인 사고를 가진 사람에게 그녀는 동의할 수가 없었다. 사실 그것은 얼마나 부정확한 구분인가. 그러나 아침이 되었을 때 충직한 파수꾼처럼 다시 일터로 나가는 남편의 묵묵한 뒷모습을 지켜보며 그녀는 까닭 모를 자책감에 왠지 가슴이 아릿해지는 느낌이 들기도 했다.

"뭘 그렇게 깊이 생각하세요? 미즈 윤, 오늘은 뭔가 좀 우울해보여요."

먼 곳에서 들려오는 듯한 다이유의 음성이 바로 자신의 옆자리에서 들리고 있지 않은가.

"아니에요. 그렇게 보니까 그렇죠."

안개처럼 감겨드는 상념을 떨쳐버리며 그녀는 좌회전을 위해 급히 차선을 바꾸었다.

차는 어느 결에 벌써 산성 입구에 닿아 있었다. 9월이라 아직 단풍이 짙게 물들진 않았지만 그래도 산은 가을색이 완연했다. 계곡을 따라 굽이굽이 휘어지는 산모퉁이를 돌 때마다 눈앞에 확 펼쳐지는 기막힌 절경에 다이유는 계속 감탄했다. 아스팔트로 이어진 드라이브 코스를 따라 그들은 곧 정상에 도착했다. 가히 올림픽을 치르는 나라답게 그곳에까지 설치된 오색 화려한 꽃탑과 그와 관련된 온갖 구호가 담긴 플래카드들이 펄럭이는 몸짓으로 그들을 맞았다. 몇몇 등산객들이 눈에 띌 뿐 주변은 한산했다. 다이유는 재빨리 카메라를 꺼내들었다. 우뚝 솟아오른 고색창연한 성곽을 향해 열심히 줌렌즈를 조절하며 그는 잠시 무아의 경지에 빠져든 듯했다. 하경은 조금 떨어진 곳의 안내판으로 다가가 잠시 그 내용을 탐독했다. 다이유에게 설명해주기 위한 준비 과정이었다.

"미즈 윤, 성곽 저 꼭대기까지 올라갔음 싶은데, 어때요?"

"좋으실 대로. 전 괜찮아요."

하늘에 닿을 듯 까마득히 뻗어오른 돌계단을 오르며 하경은 다이유에게 산성의 유래를 얘기해주었다.

한때는 왜적의 발길이 스쳐간 옛 성터에 어깨를 나란히 하고 다이유와 함께 거닐고 있는 자신의 모습을 떠올리며 하경은 묘한 생각에 마음이 편칠 않았다. 그러나 다이유는 계속 딴청을 부리며 그녀의 의식을 훼방놓고 있었다.

"미즈 윤, 혹시 압니까. 잘하면 이곳에서 백제의 와당이라도 하나 발견할 수 있을지 말입니다."

"글쎄 모르죠. 한번 열심히 찾아보세요. 원래는 이곳이 삼국시대 신라의 옛 성터였다니까요. 그것이 임진왜란으로 일부 파괴되어 인조 때 와서야 다시 수축된 성이라니 말예요."

"임진왜란?"

다이유의 얼굴이 굳어졌다.

"요즘 빌려주신 역사책을 읽고 있는데요. 상당 부분이 왜곡되어 있어 놀랐어요. 특히 한국과 관계되는 부분이 그렇더군요."

"알고 있어요. 그 점에 대해선 저 역시 불만이에요. 장차 꼭 개선되어야 할 부분이라고 생각하고 있어요. 자, 그런 의미에서 우리 악수 한번 해요."

느닷없이 팔을 내밀어 다이유가 그녀의 손을 꽉 움켜잡았다.

"어머, 이런 악수가 어딨어요."

당황한 빛을 감추지 못하며 하경이 말했다.

"여기 있죠. 사실은 아까부터 손을 좀 잡고 싶었는데……."

다이유가 말꼬리를 흐리며 그녀를 바라보았다. 그의 눈빛에서 무언가 강한 빛이 와닿음을 느끼며 그녀는 얼른 시선을 피했다. 그러나 따스한 체온으로 전해져오는 그의 손길은 그다지 거부감을 주지 않았다. 계곡에서 불어오는 산바람을 타고 어디선가 풀 마르는 향내가 날아오고 있었다. 가을의 냄새였다. 능선을 따라 자오록이 나부끼는 갈대숲에 시선을 던지고 있던 다이유가 잠시 하경 쪽으로 얼굴을 돌리며 무어라 말을 꺼낼 듯 말 듯 망설였다.

"마쓰리[祭]라고 해마다 이맘때면 우리 고향에선 큰 축제가 열려요. 일본에 오래 사셨으니까 혹 아실지도 모르겠군요."

뜬금없이 다이유가 자신의 고향 이야기를 꺼내고 있었다.

"일종의 민속 대 카니발이랄까. 아무튼 굉장한 축제예요. 남녀노소 할 것 없이 모두 다 거리로 쏟아져나와 한판 춤잔치를 벌이는, 말하자면 시가지 전체가 온통 하나의 거대한 춤판이 돼버리는 거죠. 노변에는 즐비하게 선물가게가 열리고 여기저기서 즉석 술판이 벌어져요. 그리곤 화려한 불꽃놀이와 제등이 시작되면서부터 축제는 완전히 절정에 달하는 거예요. 그때가 되면 일종의 세례의식이라고 할까. 남녀간 누구에게나 다 한 번씩 자신의 사랑을 고백할 수 있는 기회가 주어져요. 그것이 비록 이루어질 수 없는 사랑이거나 혹은 영원할 수 없는 사랑이라 할지라도 그 순간만은 모두 다 용서가 되는 거죠."

스며들 듯 잔잔히 전해오는 다이유의 음성에 하경은 마치 꿈을 꾸듯 야릇한 환상에 빠져드는 자신을 발견하고는 세차게 머리를 흔들어 그것을 떨쳐버렸다. 계단은 끝이 났다. 성루 위에 올라가 다이유가 몇 장의 사진을 더 찍고 노트를 꺼내 한동안 무언가를 좀 기록한 다음 그들은 다시 성곽을 내려왔다. 오를 때와는 달리 하경은 다이유에 조금 앞서 가벼운 몸짓으로 계단을 뛰어내려왔다. 그녀의 긴 머리털이 갈대처럼 바람에 너울거렸다.

"아주 펄펄 나는군요. 꼭 장애물경주를 하는 것 같아요."

다이유가 뒤에서 소리를 쳤다.

"장애물이라뇨?"

"바로 저를 가리킴입니다. 안 그래요?"

이상한 여운을 남기며 와닿는 그의 말이 마음에 걸리긴 했으나 그녀는 결코 뒤를 돌아보지 않았다. 그렇게 하는 것이 훨씬 더 내려오는 속도를 높여줄 듯싶어서였다.

그들이 다시 주차장 가까이로 돌아왔을 때였다. 조용하던 오전과
는 달리 몇 대의 대형 관광버스가 눈에 띠며 호텔 앞과 토산품가게
주변에 한 무더기의 사람들이 모여 서서 웅성거리는 모습이 들어왔
다. 요란하기 이를 데 없는 원색의 차림새로 보아 첫눈에도 여느 행
락객들은 아니지 싶었다. 그러나 가까이 다가갈수록 하경은 그들에
게서 풍겨오는 분위기가 예사롭지 않음에 긴장했다. 쌍쌍이 팔짱을
낀 남녀 무리들이 시끌벅적 토해내는 이질적인 두 언어의 뒤섞임이
유난히 귀에 거슬린다고 느꼈을 때 그녀는 그만 소스라치게 놀라
그 자리에 멈춰 서고 말았다. 옆에 따라온 다이유도 놀란 눈길로 자
신의 앞에 펼쳐진 심상찮은 광경에 시선을 못박았다.

"어, 다이유! 또 만났군. 자네가 여긴 어쩐 일인가?"

"아니, 선배님!"

아연한 얼굴로 우두커니 서 있는 다이유를 향해 껴안을 듯 두 팔
을 벌리고 다가오는 남자. 아, 어디선가 본 얼굴. 그래, 맞았어. 카
페에서 만난 콧수염의 사나이……. 그리고 바로 그의 뒤로 보이는
자연경관을 방불케 하는 울긋불긋한 단풍의 행렬.

"이봐요, 우에노 씨. 어서 이리로 와요."

빠글빠글 볶은 퍼머 머리에 빨간 헤어밴드를 동여맨 젊은 여자가
맹맹한 콧소리와 함께 서툰 일어로 그를 부르고 있었다.

"야, 너 제법 지껄인다. 웃긴다, 정말."

퍼머 머리를 둘러싼 한 동아리의 여자들이 까르르 웃음을 터뜨리
며 요란스레 한국어를 토해내었다. 그리고 그들의 곁에는 번들거리
는 얼굴을 한 상스럽기 이를 데 없는 중년의 사내들이 암호처럼 생

략된 일어로 무어라 키들거리며 경박한 눈짓들을 주고받았다.

"곱슬머리, 자, 그럼 우리부터 먼저 올라가자구."

유난히 그 악센트가 튀어오르는 저속한 일어와 함께 배뚱뚱이 사내가 덥석 곁에 섰던 여자의 허리를 나꿔채었다.

"어머머 깜짝이야. 정말 왜 이러세요. 제발 이거 좀 놓고 말씀하세요, 네?"

온통 몸을 비틀며 질러대는 여자의 간드러질 듯한 괴성과 잇달아 왁자그르 터져나오는 시끄러운 웃음소리들. 아하, 이제야 그 모든 것의 의미를 알겠군. 순간 확 불이 붙듯 온몸을 타고 흐르는 수치감과 자괴심에 그녀는 그만 그 자리를 벗어나 정신없이 주차장을 향해 뛰었다.

"미즈 윤, 잠깐! 잠깐만 기다려요. 윤하경 씨, 하경 씨!"

숨가쁘게 쫓아오며 다이유가 그녀의 이름을 불러대고 있었다. 아슬아슬 다이유를 따돌린 채 그녀는 힘껏 액셀러레이터를 밟으며 앞으로 나아갔다. 쏴아, 밀려오는 허탈감에 핸들을 잡은 그녀의 손에서 자꾸만 힘이 빠져나갔다. 강한 햇살 탓인지 갑자기 메슥한 구토기가 치밀어오름을 느끼며 그녀는 문득 혜수를 생각했다. 아줌마, 저도 올림픽에 무언가를 한 거죠? 어제 호텔 화장실에서 한참을 토하고 난 후 눈물까지 글썽해진 혜수는 느닷없이 그녀에게 그렇게 물어왔었다. 그럼, 그렇고말고. 하경은 자신의 어깨에 둘렀던 Y신문사 통역요원의 갈색 스카프를 벗어 혜수에게 걸쳐주며 그렇듯 흔쾌히 답해주지 않았던가. 혜수야, 그럼 이러한 나의 역할이란 올림픽에서 과연 그 무엇이니? 그리고 난 또 거기서 무엇을 얻은 거지?

모르겠구나. 정말 나도 모르겠어. 혼자말을 하듯 난데없이 그녀는 그렇게 웅얼거리고 있었다. 달리는 차창 너머로 '화합', '전진', '도약' 따위의 낯익은 글귀들이 휙휙 그녀의 어깨를 스치며 까마득한 벼랑 저 아래로 하나씩 스러져감을 느끼며 그녀는 순간 번쩍 정신을 차렸다. 차선을 벗어나면 추락하지. 똑바로 앞을 응시하며 그녀는 핸들을 꼭 움켜잡았다.

-《한국문학》1990년 3 · 4월 합병호

삼베 팬티

봉당까지 찰랑이며 밀려온 봄햇살이 눈앞을 가득 찔러오는 오전
이었다. 채르르 책책 채르르… 이제 막 외출 준비를 마치고 마루 끝
에 나와 선 익수의 귀에 반기듯 새소리가 날아든다. 자지러질 듯 맑
고 청정한 음향이었다. 신통한 놈들! 새삼스런 경이감으로 제비 둥
지를 올려다보며 익수는 그렇게 중얼거렸다. 지난해와는 달리 지붕
을 새로 이어 허름한 슬레이트에서 산뜻한 기와로 감쪽같이 바뀌었
건만 어찌 알고는 용케도 다시 찾아든 것일까. 먹이의 쟁탈을 위해
치열하게 입을 벌려대는 새끼 제비들의 샛노란 주둥이를 지켜보며
익수는 짜릿 온몸에 전율이 스쳐감을 느꼈다. 기를 쓰듯 내미는 일
곱 개의 주둥이들 가운데 그 어느 것에도 결코 편중해서 먹이를 주
는 법이 없는 어미새 나름의 철저한 공급법칙이라니. 미물의 세계

도 저러하거늘 자신을 향한 노모의 마음이야 오죽할 것인가. 이 빠진 구둣솔 하나를 찾아들고 헌 구두에 들러붙은 찰진 흙덩이를 툭툭 털어내며 불현듯 익수는 안방에 있는 노모의 마음을 헤아리기 시작했다.

여그 땅이 징허니 질어갖꼬설랑 옛적부텀 사람덜 허는 말이 있어야. 각시 없인 살아도 장화 없인 못 산다는 동네가 바로 이 동네랑께. 헌디 그것이사 사람덜 허는 소리고 인자는 참말로 익수 너 싸게 장개가는 꼴 좀 봤으면 쓰겄는디 폭폭혀서 죽겄어야. 요즘 와서 노모는 곧잘 그러한 푸념을 늘어놓곤 했다. 그간 이루어진 몇 차례의 맞선을 통해서도 아직 이렇다 할 마땅한 며느릿감이 나타나질 않자 노모는 이즈음 적이 실망하고 있음이 틀림없었다. 장롱 정리를 한답시고 아침부터 방 안 가득 옷가지들을 늘어놓은 노모의 스산한 낯빛이 숨길 수 없이 그것을 말해주고 있다.

익수야, 야아 거시기 이 삼베 팬티를 언지나 또 입겄냐. 인자는 그만 내쏴도 쓰겄제잉? 좀전 안방 거울 앞에서 서툰 솜씨로 넥타이를 고쳐매는 익수를 향해 뜬금없이 그렇게 물어오던 노모의 몹시도 허전해보이던 얼굴. 노모의 손끝에는 반닫이 깊은 곳으로부터 졸지에 막 그 모습을 드러내고 만 허름한 삼베 팬티 한 벌이 들려 있었다. 세월의 흐름을 말해주듯 깔깔하고 질기던 올이 하들하들 닳아지고 이제는 빛도 많이 바래어진 그것. 그것은 바로 익수 나이 열대여섯 살쯤 되었을 무렵 가물가물 약해진 시력으로 노모가 손수 바느질하여 만들어준 것이었다. 그 삼베 팬티를 처음 입기 시작하던 해 여름 익수는 난생 처음으로 마을 친구들과 함께 소위 해수욕장이라 이름하는 곳엘 놀러 간 적이 있었다. 그리고 그곳에서 그는 평생 그의 뇌리에서 지워지지 않을 선명한 삽화 한 토막을 간직하게 되었다. 언제라도 그 일만 떠올리면 얼굴이 확 달아오르며 입가에 쓸쓸한 미소가 배어나고 마는 웃지 못할 기억의 파편들… 어쩌면 그것은 그에게 최초의 문화적 충격이었을 것이다.

다 자라도록 오직 검은 무명 팬티 한 벌로 마을 저수지에서 멱감는 일이 고작이었을 뿐, 이른바 수영복이라고는 구경조차 한 일이 없는 시골 소년의 눈엔 가히 장관이라 할밖엔 없던 눈부신 원색 수영복의 물결. 백사장을 가득 메운 현란한 물결 앞에서 우두망찰 그저 초라하고 막막하기만 하던 설명 못 할 참담함이란 긴긴 세월이 흐른 지금까지도 결코 잊을 수가 없는 생생한 충격이었던 것이다. 어머머, 애 저 남자애 좀 봐. 촌에서 왔나봐. 수영복이 뭐 저러니. 호호호… 자신을 향한 것임이 분명한 조약돌처럼 뽀얗고 매끈한 대처 계집아이들의 조롱기 섞인 드높은 웃음소리. 그에 연해 화끈 달아오르는 수치감을 견딜 수가 없어 풍덩 물 속으로 몸을 던져 수없이 자맥질을 하고 또 하여도 좀체 가셔지질 않던 내장까지도 홧홧하던 뼈저린 모멸감. 차라리 여느 친구들처럼 해수욕객을 위한 임대용 나일론 팬티라도 하나 빌려 입었었다면 최소한 그러한 수모만은 면할 수가 있었으련만 왠지 결코 그러고 싶지가 않았음은 어인 고집이었을까. 아마도 어딘가 잔뜩 불결한 느낌을 주는 알록달록 빛바랜 나일론 팬티보다는 고실고실 촉감 좋은 청결한 자신의 삼베 팬티 쪽이 훨씬 더 맘 편했기 때문이리라.

그러나 그날 이후 한동안 익수는 한사코 삼베 팬티를 입으려 하지 않아 노모의 마음을 아프게 만들곤 했었다. 대관절 익수 너 뭐 땀시 그냐. 까탈도 부릴 것을 부리야제. 속옷이사 워디 별것이 있간디 그냐. 암시렁 않혀. 어여 입도록 혀. 엄니도, 차암! 요즘 시상에 넘 부끄럽게 누가 이런 걸 입는다요. 앞으론 절대 안 입을 것잉께 언능 갖다 내쐈버리시오.

막무가내로 마다하는 익수를 달래다 못한 노모는 어느 날 작심한 듯 장에 나가 흰 바탕에 줄무늬 새파란 화학섬유의 팬티 몇 벌을 사다주었다. 쇠스랑처럼 거칠어진 손으로 아무도 몰래 남의 집 논일 밭일을 거들어준 대가로 익수를 위해 어렵게 어렵게 마련한 것임이 틀림없었다. 하지만 얼마 안 가 그는 곧 내 몰라라 그 줄무늬 새 팬티들을 장롱 속에 처박아버리고는 다시는 그것들을 입지 않았다. 미끈미끈하고 무언가 고약스런 느낌은 차치하고라도 농사철, 한창 일에 몰두할 때면 온통 땀투성이가 된 아랫도리 사타구니께에 철썩 들러붙어 도무지 떨어질 줄을 모르는 그 팬티란 물건이 여간 거북살스럽고 갑갑하게 느껴지질 않았던 것이다. 그려도 울 엄니가 맹글어주신 삼베 팬티가 제일인개비여. 그러한 깨달음과 함께 언제부터인가 슬그머니 다시 입기 시작하고 말았던 삼베 팬티에 얽힌 웃지 못할 사연들. 돌이켜보면 격세지감이 느껴지리만큼 빈곤하기만 했던 '60년대의 신산했던 삶, 바로 그것의 단면이었달까. 그리고 그후 '70년대를 거치며 급격한 산업화의 물결로 농촌도 확실히 어느 정도 살만해졌음은 인정해야만 하리라. 그러나 마침내 '80년대를 넘어서며 도회지를 중심하여 넘치도록 향유하게 된 물질적 풍요는 과연 이 땅의 농촌에 무엇을 가져다주었는가. 사람과 사람 사이에

푹 삶긴 보리쌀의 내음 같은 구수한 체취가 사라진 지 오래인 농촌. 아니 아예 사람 구경조차 하기가 어려워진 황량한 농촌 풍경은 무엇을 말해주는 것일까. 익수는 마치 혈육의 땀냄새를 그리듯 빈곤했던 삼베 팬티의 지난날들을 그리워하고 있는 자신을 깨달았다.

엄니, 다녀오겄어요. 심심허시면 옆집에 마실이라도 가시든가 허셔요.

요란하던 제비 소리는 그 새 잠시 멈춰 있었고 익수의 구두엔 어느새 흙이 말끔히 닦여져 있었다.

그려. 내 걱정일랑 말고 어여 다녀오도록 혀어. 그라고 뭐시냐 이번 참엔 엔간허면 일이 꼭 좀 성사되도록 혀봐라잉. 알겄쟈?

언제 방에서 나왔는지 익수의 하는 양을 물끄러미 지켜보고 섰던 노모는 기어이 마당 끝까지 배웅을 나오며 몇 마디 속 싶은 당부의 말을 잊지 않았다.

잘 되겄지요, 뭐. 어젯밤 꿈이 쌈박했응께요. 어째 쪼깐 기대해보실 만도 한 것 같아요.

뭐시? 고것이 참말이다야? 이번 참엔 참말로 참헌 큰애기럴 만날란갑다. 에고, 되았다, 되았어.

실없이 던진 자신의 말에 그렇듯 화들짝 반기며 좋아라 하는 노모의 모습이 마치 어린아이처럼 무구하게 느껴져와 익수는 그만 피식 웃음을 흘리고 말았다.

그라고 참 너 이따 집에 올 적에 형식이네 쪼깐 들렀다 와야 쓰겄다. 한 열흘이나 보름쯤 되았는가. 그 집 엄니가 전화를 혔어. 보일러가 터졌는지 워쩐지 가스가 새는 것 같대여. 아무리 기술자럴 불러도 통 소식이 읖어갖꼬설랑 폭폭혀서 죽을 판이대여. 너라도 한 번 가봐야 안 쓰겄냐.

덤으로 형식이네 걱정까지 얹어가며 노모는 좀체 배웅의 발길을 거두려 하지 않았다. 그만 들어가셔요, 엄니. 읍내 나가서 전화 드릴게요. 마침내 익수는 뛰듯이 걸음의 속도를 빨리하며 노모로부터 멀찍이 떨어져나오고 말았다. 그러지 않는다면 노모는 아마도 고샅길 끝까지라도 그를 바래다줄 작정이었으리라. 지난 가을 토담을 사이에 두고 한집 식구처럼 지내던 형식이네가 새로 지은 개량주택을 찾아 저수지 너머 건넛마을로 훌쩍 이사를 해버리고 난 후 노모의 외로움은 더욱더 커진 것만 같았다. 가장 친밀한 이웃을 잃어버린 허전함 때문이리라.

개량주택이 다 뭐시다냐. 맘 따순 것이 젤이제잉. 이삿날 아침 형식 어머니는 서운한 마음을 감추지 못한 채 계속 그 말만을 되풀이할 뿐이었다. 연로한 부모를 좀더 개선된 주거환경에서 모시고 싶다는 자식들의 뜻에 따라 어쩔 수 없이 내키지 않는 이사를 하는 노부부의 표정은 결코 밝지가 못했던 것이다. 걸어서 한 30분 정도의 거리니만치 젊은 사람들 판단으로는 여전히 지척이라 여겨질 만한 이웃일는지도 몰랐다.

그러나 십 수년 간을 앞뒷집에서 나란히 지내온 양쪽 노인들의 처지로선 그 거리가 사실 까마득 멀게만 느껴질 것임은 당연한 일이었다. 이사 직후엔 그래도 꽤 빈번하게 오고 가던 왕래가 추수 끝나고 한차례 가을비가 내린 후 갑자기 기온이 뚝 떨어지면서부터는 도리없이 그 횟수가 줄어만 갔던 것이다. 찬바람만 불면 어김없이 도지곤 하는 형식 어머니의 관절염과 노모의 요통이 때를 맞추듯 왕래에 속수무책 제동을 걸어온 때문이었다. 그러고 보면 형식의 집을 방문한 것이 정말 언제였던가. 지난 정초 모처럼 양가 식구가 떠들썩하니 세배를 오고 간 것이 아마도 가장 최근의 만남이었으리라. 익수야, 내 대신 아들 노릇 좀 톡톡히 혀라잉. 너만 믿는다. 너만 믿는당께.

지난번 만났을 때 형식은 왠지 그답지 않은 소심함으로 몇 번이고 그렇듯 집 걱정을 하며 석연찮은 낯빛을 드러내었었다. 절친했던 불알 친구들이 모두 다 도시로 떠나고 끝까지 고향을 지키자 약속했던 형식마저도 어느 날 돌연 서울로 올라가버리고 만 후 마을에 혼자만 남게 된 익수의 외로움은 말할 수 없이 컸다. 아니 어쩌면 그것은 외로움이라기보다는 앞으로 견뎌가야 할 자신의 삶에 대한 짙은 비애의 감정이라 함이 훨씬 더 적절한 표현일 터였다. 다른 친구들은 모두 다 전망이 훤한 새로운 길을 모색하고 있는 터에 오로지 자신만은 퇴비처럼 마냥 곰삭아가고 있는 듯한 자조의 감정에서 도무지 헤어날 길이 없었던 것이다. 그러나 열심히 제화 기술을 익혀 도시 변두리에 조그만 구두 수선집이라도 하나 차려보겠다는 다부진 꿈을 안고 서울로 올라간 형식은 너무도 기대에 어긋난 행동을 보여 익수를 실망시키고 말았다.

야아, 양화점에서 일허다봉께로 오장육부가 뒤틀리는 일덜을 많이 겪는당께. 허구한 날 사람덜 발만 만지다보믄 참말로 징혀야. 겁나게 비싼 신발덜을 모다덜 겁도 읎이 사신는디 뭔 지랄덜이 났다고 발에다가 고렇코럼 치장덜을 헌디야. 기가 찰 일이여.

급한 김에 우선 양화점 점원일을 보게 되었다는 형식은 시종 그렇듯 불만만을 토로하며 자신의 일에 진저리를 쳐댔던 것이다. 그런데 한 가지 더욱더 이상한 것은 그러한 태도에도 불구하고 형식 그에게는 하향할 의사란 전혀 없는 듯한 바로 그 점이었다. 익수야, 최근에 미국에서 칼날인가 칼라 힐스인가 허는 여자가 한국에 왜 온 줄 아냐? 인자는 즈덜 나라의 쌀까정 우리헌티다가 맘대로 팔겄다 이런 뱃심이랑께. 거시기 뭐냐, 우루과이 라운든가 우라질 라운든가 허는 것 말여. 조만간 고것이 타결되얐다 하는 날엔 농사짓는 일도 인자는 말짱 헛짓이다 이것이여. 알아듣겄냐?

형식은 많이도 바뀌어져 있었다. 상경 전까지만 해도 어딘가 좀 싱겁고 헐렁한 구석이 남아 있는 듯하던 특유의 낙천적 면모는 간곳이 없이 번뜩이는 눈빛하며 거칠어진 언행이 영락없는 도시인을 느끼게 했던 것이다. 개같이 벌어 정승같이 쓰라는 말이 있잖여. 그란디 서울이란 디는 고것이 아니드랑께. 거 뭐시냐, 3D 현상이라든가 왜 신문에도 매일 나잖여. 자고로 더러운 일, 힘든 일, 위험한 일 같은 긍께 뭐시냐 영어 단어의 그 디 자로 시작되는 그런 종류의 일덜은 너나 헐 것 읎이 죽어도 마다덜 허드라고오. 아, 사돈 넘 말할 것 읎이 우선 나부텀도 그려. 훤한 디서 넥타이 차림으로 죙일 왔다갔다만 혀도 어둔 디서 뼈빠지게 기술 배우는 것보담 월급이 배로 많은디 그 노릇을 대체 워찌겄냐. 서울이란 디가 바로 그런 곳이드랑께, 그곳이.

형식의 이야기를 들으며 익수는 참을 수 없이 속이 뒤틀려왔다. 분명코 형식 그에게서 풍겨오는 그 어떤 냄새 때문이었으리라. 고향 떠난 지 십수 년이 넘은 형들에게서도 지겹도록 맡고 또 맡아와 어언 코에 배고 만 듯한 익숙한 체취. 뭐랄까 몹시도 강파르고 성마른 성정이라 요약할 수가 있을 것인가. 옌장, 서울이란 디는 사람을 그만 콱 베려놓는 곳인개비여. 발에 채이는 돌멩이 하나를 힘껏 걸어차며 익수는 구멍가게 앞 버스정류장 표지판을 향해 부지런히 걸음을 옮겨갔다.

벌써 하교시간인 것일가. 정류소 맞은편 학교 건물로부터 재깔재깔 꼬마동이들이 몰려나오고 있었다. 길에서도 운동장이 훤히 들여다보이는 나지막한 담벼락이 둘러쳐진 초라한 학교 건물. 그가 졸업한, 그리고 형들과 누님 또한 누이동생 순임 그 모두가 다 거쳐간 잊지 못할 모교였다. 그러나 늘어만 가는 이농 인구로 이젠 폐교 직전의 위기에까지 이르고 말았다던가. 다들 그렇게 떠나기만 해서 대체 어쩌자는 것일까. 금방이라도 뻥 터져버릴 듯 과포화로 끓어오르는 서울이 그렇게도 좋은가. 악머구리 끓듯 혼잡하고 무질서한 교통 최악의 도시, 서울.

옘병헐, 언젠가 형의 집을 방문하러 그곳에 갔을 때의 끔찍함이라니. 어찌 된 영문인지 고속버스 터미널 앞 시내버스 정류장에서 근 한 시간 씩이나 기다려도 오질 않던 미친 버스. 확실히 그건 미친 버스임이 분명했다. 그곳에서 토큰 파는 아주머니의 말에 의하면 그 버스의 배차시간은 근 40여 분이며 그나마 한 대가 펑크를 내고 나면 거의 시간 반씩이나 기다려야만 겨우겨우 다음 차가 오곤 한다니 말이다. 아무튼 그 미친 버스를 기다리는 데 이어 다시 또 택시 잡기에 안간힘을 기울이기 무려 두어 시간. 마침내 쏟아지기 시작한 폭우 속에서 그는 완전히 쥐어 짜놓은 물걸레의 몰골일 수밖에 없었다. 그러나 간신히 기어들어간 형의 아파트는 어찌 그리도 휘황하기만 하던가. 마치 별세계에 온 듯 거실의 샹들리에가 눈부시고 또 눈부시게만 느껴지던 그 밤. 대관절 이렇게 징헌 도시서 워찌 산다요. 참말로 사람 살 곳이 못 되는 것 같어요. 용케도 잘들 견뎌내느만요. 질린 듯 뱉아내는 익수의 말에 아무런 반응 없이 형과 가만히 눈을 맞추며 묘하게 웃어 보이던 형수의 얄궂은 표정. 도착할 때부터 엉망으로 구겨진 기분 때문이었을까. 그 모든 것이 다 마음에 걸려 도망치듯 다음날 새벽으로 다시 빠져나오고 말았던 질식할 듯한 공간. 아무래도 서울이란 데는 자신과는 도무지 연때가 안 맞는 곳임이 틀림없었다.

구장 아저씨, 워딜 가셔요? 얼라아, 신사복 입으셨네요오.

파아란 보리밭을 뒤로 하고 책가방을 둘러멘 채 탈랑탈랑 걸어오던 예닐곱 살쯤 되어 보이는 계집아이 두 명이 그를 향해 볼이 터질 듯 반가운 웃음을 보내오고 있었다. 어이, 언년이 언순이구나. 그새 학교 댕겨오냐? 상고로 깎아올린 아이들의 도톰한 뒤꼭지를 한차례 다정히 쓸어주며 그는 환하게 피어오르는 미소를 어쩌지 못한 채 한참이나 그들을 바라보고 또 바라보았다. 이젠 정말 몇 안 남은 마을의 취학 아동인 그들. 보기도 아까우리만큼 귀한 존재들이었다. 폐농을 선언하고 도시로 떠나버리는 세대가 부쩍 더 늘어만가는 이즈음 언년이네 역시 언제 또 훌쩍 떠나고 말지는 아무도 장담할 수가 없는 일이었던 것이다.

　지난 가을 일 년 내내 피 말려 지은 농사가 폭증하는 농산물 수입에 밀려 예상 외로 가격이 폭락, 품삯조차도 제대로 건질 수가 없는 지경에 이르고 말자 언년 아버지는 어느 날 소리없이 트랙터를 몰고 나가 미친 듯 무밭을 갈아엎어버리고 말았다. 그 사건 이후 익수는 왠지 언년이네의 떠남은 아무도 예측할 수가 없으리라는 생각이 자주 들곤 했다. 돌이켜보면 언년 아버지의 그러한 과격한 행동이란 지난 여름 하나뿐인 아들 언돌이를 잃고 난 후 더욱더 심화되었음이 사실이었다. 들일 나간 식구들을 기다리며 도랑가에 앉아 종일 혼자 종이배를 띄우고 놀던 언돌이가 어느 날 갑자기 익사체로 발견되던 순간 언년 아버지는 그 자리에서 그만 담빡 졸도를 하고 말았었다. 끝내 언돌이를 앗아가고 만 농촌의 적막한 한낮. 소름끼치도록 무서운 고요. 익수는 마을의 그러한 변모가 더없이 두렵고도 한스럽기만 했다. 불알을 드러낸 채 마을을 짜박짜박 걸어다니던 언돌이의 모습을 더 이상 볼 수가 없다는 사실은 너무도 그를 절망케 했던 것이다. 오매, 이쁜고잉. 익수 너 여그서 뭣 허고 있냐. 아지매 따라올쳐? 맛난 누룽지 줄 팅께. 어여.

　30여 년 전 자신의 어린 시절. 그때는 정말 그렇듯 사람 사는 재미가 마을 곳곳 도처에서 넘쳐났었다. 그 아름답던 시절은 어디로 사라지고 말았는가. 별안간 가슴 한쪽이 뻐근하게 저며옴을 느끼며 익수는 그제야 마악 도착한 읍내행 버스에 몸을 실었다. 뿌옇게 먼지 낀 차창을 통해 들판 여기저기에 벌겋게 버려져 있는 휴경지들이 눈에 들어왔다. 마치 기계총을 앓고 난 두피처럼 흉한 몰골로 드러누워 있는 벌거숭이 땅들. 익수는 자신도 모르게 그만 반쯤 피우

다 만 담배꽁초를 창 밖으로 휙 집어던지고 말았다. 이 땅의 농업정
책은 이제 완전히 실종되고 만 것인가. 이렇듯 농촌 도처에서 농산
물 포기상태가 빈발하고 있는 이때에 저 높은 곳에 있는 농업정책
수립자들은 어디서 무얼 하고 있는 것일까. 해마다 휴경지가 28퍼
센트씩 늘어만 가는 이 기현상을 그렇듯 수수방관만 해서 어쩔 것
인가. 이러다간 자칫 주곡인 쌀마저도 생산량이 부족해져, 어쩔 수
없이 외국 쌀에 의존해야만 할 위기가 닥쳐올지도 모른다. 외압에
의한 개방보다 훨씬 더 낭패스러울 그러한 사태가 한낱 가상으로만
그칠 일이라면 얼마나 다행한 일일까. 그러나 익수는 이상스레 가
슴을 파고드는 알 수 없는 불안으로 어느새 또 슬그머니 담배 한 개
비를 꺼내 입에 물어 불을 댕기고 있는 자신을 발견했다. 최근 들어
유독 더 늘어만 가는 끽연의 양. 그건 어쩌면 점점 더 깊어만 가는
외로움 때문이기도 하리라. 제아무리 강철 같은 의지를 가졌다 해
도 누군가 곁에 머물러줄 따뜻한 숨결이 없다는 느낌이란 참으로
견뎌내기가 힘든 감정이었던 것이다.

익수야, 이번 참엔 꼭 좀 국수 먹게코롬 혀라잉. 두말 헐 것도 읎
이 참헌 아가씨께 말여. 우리 형네 장갑공장에서 일허는 아가씬데
말여 생김새도 깔끔하니 천상 여자 같으고 맘씨도 똑바르더라 이것
이여. 마침 고향도 우리랑 같은 디고 혀서 슬그머니 얘길 한번 혀봤
지. 반응이 상당히 좋드라고오. 죽어도 도시선 못 산다는 아가씨여.
긍께 너랑은 워째 궁합이 짝짝 맞아떨어지는 것도 같은디 암튼 잘
좀 추진해보도록 혀라잉. 알겄냐?

이번의 만남을 주선한 형식은 며칠 전 시외전화를 통해 그렇듯

신나게 떠벌려댔지만 녀석의 허풍을 전면 다 믿을 수야 없는 일이
고 최소한 누이동생 순임이만큼만 얌전한 됨됨이라면 더 이상 바랄
것이 없을 것만 같았다. 다만 한 가지 이상스레 마음에 걸리는 점이
있다면 그건 이미 도시물을 먹을 만큼 다 먹은 아가씨가 어째서 굳
이 도시를 마다하고 농촌으로 시집올 생각을 했는가 하는 의문점이
었다. 여자의 뜻을 혼자서 아무리 미화시키고 또 미화시켜보아도
그로선 그 점이 도무지 현실감이 없고 납득이 안 가는 부분이었던
것이다. 그것은 그간에 있어온 몇 차례의 맞선 경험을 통해서 은연
중 그가 터득하게 된 일종의 선입관 같은 것인지도 모를 일이었다.

　농사짓는 일 외에 뭐 다른 기술은 없으세요? 일테면 운전 같은
거래도 말예요. 요즘 서울엔 기술자가 부족해서 난리거든요. 일찌
감치 도시에서 자리잡으시는 게 어떠세요? 상대의 기분 따윈 전혀
안중에도 없다는 듯 쉴새없이 그렇게 지껄여대던 첫 번째 맞선의
그 서울 아가씨. 그리고 그 후로 이어진 여타 모든 만남들도 모두
다 그와 엇비슷한 상황의 연속이었음은 말할 필요도 없으리라. 이
번엔 또 어떤 유형의 여자일까. 읍내의 찻집 '길목'의 계단을 오르
는 익수의 마음은 어쩔 수 없이 또 두근거리기 시작했다.

　저어 실례혀요. 김익수 씨가 긴가 모르겠네요.
　웅웅거리는 텔레비전 소리에 섞여 꿈결처럼 들려오는 젊은 여자
의 음성. 예에? 아, 마, 맞어요. 지가 바로 김익수여요. 여그로 앉으
시지요. 봄철 프로야구 중계가 한창인 텔레비전 화면에 깜빡 정신
을 팔았던 탓일까. 익수는 기척도 없이 여자가 찻집에 들어와 자기

에게 먼저 알은 체를 해올 때까지도 전혀 주위를 의식지 못하고 있
었던 것이다. 때문에 꽤나 당황한 모습으로 그는 잠시 허둥거릴밖
에 없었다.

　처음 뵙겠어요. 한희순이라고 혀요. 그러나 여자는 줄곧 차분한
자세를 잃지 않은 채 그를 향해 예를 다해오고 있었다. 그는 왠지
목이 바짝 타올라오는 느낌에 연거푸 엽차물을 꿀꺽꿀꺽 마셔대며
마음을 가라앉히려 애를 썼다. 처녀의 모습은 첫눈에도 그닥 예쁘
다 단정지을 만한 외모는 아니었다. 그러나 어딘가 몸 전체에서 느
껴지는 밝음과 겸양 그리고 수줍은 듯 따스한 미소는 적잖이 그의
마음을 잡아끄는 데가 있었다. 마침내 그는 자신의 가슴속에서 서
서히 모닥불이 지펴오름을 느꼈다. 얼마간의 대화가 오간 후 비로
소 그는 용기를 내어 자신이 가장 궁금해하던 사항을 속시원히 입
밖에 내어 물을 수가 있었다. 요즘 큰애기덜은 시골을 아주 싫어한
담서요? 헌디 희순 씨는 워쩌서 시골로 시집올 생각을 혔습니까?
퍽이나 직설적인 익수의 질문에 소리 없이 차를 마시고 있던 희순
이 살며시 눈을 치뜨며 잠시 그를 바라보았다. 저도 원캉 시골사람
이어요. 즈이 부모님께서는 안죽도 여그서 사시고요. 몇 년간 도시
가서 생활해봉께 전 그곳에 영 마음이 붙덜 안 했어요. 조용히 사는
것이 젤로 좋아요.

　상대의 마음을 포근히 쓰다듬듯 나긋나긋하게 전해져오는 희순
의 음성. 그라고 어디서나 예배당에만 댕길 수 있다면 더 이상 바랄
것이 없을 것 같아요. 그러나 유난히 힘이 주어지는 듯이 느껴지는
희순의 그 끝말을 듣는 순간 익수는 번쩍 정신이 든 듯 경직된 표정

을 보이고 말았다. 긍께 교, 교회럴 다니시는 갑소잉. 예에. 그려요. 솔찮히 오래되얐어요. 놀라서 묻는 익수의 말에 비해 희순의 대답은 너무도 천역덕스럽기만 했다. 순간 속아도 뭔가 크게 속았다는 생각에 익수는 갑자기 견딜 수 없이 화가 치밀어오름을 느꼈다.

하느님을 원캉 좋아허시는개비요잉. 몰라뵈었구만요.

제어할 길 없이 꼬여만 가는 마음에 익수의 입에선 결코 좋은 말이 나올 리가 없었다. 형식아 야, 이자슥아, 너 허는 짓이 다 뻔혀. 워쩐지 수상쩍다 혔드니만 함정이 있었다 이것이여. 아 누가 언지 널더러 예배당에 댕기는 아가씨 소개해달랬냐. 자고로 우리 집안은 옛적부텀 조상 대대로 예배당이라면 두드러기가 날 만치 질색헌다는 것 너도 잘 알잖여. 예라이 순 나아쁜 놈! 이어서 그는 또한 괜스레 죄없는 형식을 향해 한바탕 화풀이를 해대고 말았다. 뻗쳐오르던 희망 같은 것이 일시에 폭삭 사그라들고 마는 듯한 기분이 들었던 것이다. 그러나 조심스레 건네온 희순의 다음 애기는 그의 화를 누그러뜨리는 데 상당히 큰 효과를 가져다주었다. 농사일 징허니에로우시죠? 저도 혀봐서 잘 알아요. 그렇긴 혀도 또 사람이 허는 일 중에 젤로 떳떳하고 깨끗한 일 같기도 혀요… 허어 이 아가씨 말솜씨 좀 보시요잉. 참말로 미워할 수가 없다니께.

길게길게 담배연기를 뿜어내며 익수는 새삼 희순의 모습을 찬찬히 뜯어보았다. 유순한 말씨하며 선선한 눈매가 무척이나 눈에 익은 모습만 같았다. 어딘가 안겨오는 맛이 있는 여자라 할까. 아무튼 상당히 귀여운 데가 많은 여자라는 생각이 들었다. 비록 농촌 현실에 대한 그녀의 시각이 한낱 종교적 환상에서 비롯된 설익은 이상에 지나지 않는다 해도 이미 그 자체만으로도 얼마나 갸륵하다 칭찬해야 마땅할 일인가. 허황된 꿈을 찾아 부나비처럼 헤매는 골빈 여자들하곤 애시당초 비교조차 할 일이 못 되리라. 조금만 더 좋은 환경에서 태어났더라면 눈부시게 더 돋보일 듯한 야릇한 품격 같은 것이 느껴지는 여자. 사람이란 어쩌면 학식이나 교양, 그런 것들과는 전혀 무관하게 태어날 때부터 이미 자신의 존재에 일정한 격 같은 것을 지니고 태어나는 것은 아닐까 하는 엉뚱한 생각이 들기도 했다. 그러나 아무래도 하느님에 대한 그녀의 유별난 사랑만은 결코 용납이 될 것 같지가 않았다. 여자가 시집가서 남편 사랑이나 듬뿍 받고 사는 것이 젤이제잉. 하느님은 뭔 새똥빠진 하느님이다냐. 심술 같기도 하고 질투 같기도 한 그러한 묘한 심사는 좀처럼 누그러들 듯싶지가 않았던 것이다.

댁으로 전화혀도 괜찮겠지요?

예에. 그러셔요.

함께 점심이라도 들며 좀더 이야길 나눠보자는 익수의 청을 끝내 다음으로 미루며 희순은 상냥한 미소와 함께 사뿐히 그의 앞에서 몸을 감추고 말았다. 가슴이 텅 비어오듯 허전한 느낌임은 어인 일일까. 참으로 예사롭지 않은 조짐임이 틀림없었다. 익수는 그러한 자신의 변화에 놀라움을 금할 수가 없었다. 노모에게 전화를 하기 위해 아지랑이 가물가물한 넓은 신작로를 다 건널 때까지도 그러한 그의 기분은 좀체 가실 줄을 몰랐던 것이다.

엄니 저예요. 여그는 시방 읍낸디요, 선본 아가씨랑 방금 헤졌어요.

글안혀도 시방 궁금혀서 눈이 빠질 참이다. 대체 워찌 되얐냐? 애타게 기다리고 있었던 듯 전화선을 타고 들려오는 노모의 음성이 박꽃송이처럼 환히 벙글어오르고 있었다. 비로소 그도 겨우 제정신이 돌아오는 느낌이었다.

아가씨가 솔찮히 참헌 편이어요. 언뜻 보면 우리 순임이럴 닮은 것도 같고 누님덜도 죄다 쪼깐씩 닮은 것 같고 그러라우.

되도록 담담한 어조로 가능한 한 그는 말을 줄이려고 애를 쓰고 있었다. 불같이 열정적인 노모의 성품을 익히 잘 알고 있는 때문이었다.

뭐시 어째? 아 그라믄 딱 맞춘 드키 우리 식구가 아니다냐. 헌디 몸은 실팍허졌제잉?

쪼깐 약해보이는 편이긴 헌디 그려도 깡단은 있는 것 같아요. 참 그란디 말이요잉, 엄니이… 그 대목에서 그는 짐짓 아랫배에 힘을 꽉 주며 잠시 좀 뜸을 들였다. 그 아가씨가 말이요잉, 예, 예배당에 럴 댕긴다는디 워째야 쓰께라우?

집에 들어간 후에나 의논할까 싶던 중대한 문제를 얼결에 그만 불쑥 내뱉고 만 익수는 순간 아차 싶은 생각이 들었으나 때는 이미 늦어 있었다. 아니나다를까 금방이라도 일이 곧 성사될 듯 부풀어 만 가던 노모의 음성이 잘린 듯 뚝 끊기면서 전화선 저쪽으로부턴 들릴 듯 말 듯 잦아드는 가녀린 숨소리만 전해져올 따름이었던 것이다. 예배당이란 말이 노모에겐 역시 대단한 충격이었음이 틀림없었다. 그는 곧 자신의 성급한 발언이 더없는 실수였음을 깨달았다.

엄니, 그 아가씨랑은 아무려도 안 되겠지요. 엄니가 굳이 마다시

면 저도 결코 우길 생각은 없어라우. 연분이 읎다 마음먹고 깨끗
이… 연극대사를 외우듯 마음에도 없는 소리를 한참이나 늘어놓았
을 때였다. 익수야, 야 이 넋빠진 놈아. 너 시방 정신이 있는 것이냐
읎는 것이냐. 순간 호통치듯 드높아진 노모의 음성이 전화통을 째
앵 울려왔다. 참말로 폭폭혀당께. 열 가지가 다 니 맘에 쏘옥 드는
그런 큰애기가 시상에 워디 있다냐. 고렇큼 만사가 다 좋을 순 읎
는 것이다. 까탈도 엔간혀야지 너무 허다가는 평생 총각 신세 못 면
혀. 시방 예배당이 문제간디? 너 당장 장개만 간다면 예배당이 아니
라 그보다 훨씬 더한 디도 마다 않겠어야.

이게 대체 어이 된 일일까. 예배당이란 말에 펄쩍 뛰리라 생각했
던 예상과는 달리 노모는 너무도 수굿한 태도로 되레 익수 그를 나
무라고 있었던 것이다. 그러나 높고 힘있는 어조의 뒤에는 왠지 지
푸라기에라도 매달리듯 절박한 심정이 묻어 있는 것만 같아 익수는
순간 가슴이 꽉 메어오고 말았다. 예, 엄니 잘 알겠어요. 이따 집에
들어가서 다시 얘기허기로 혀요. 형식이네 집에 쪼깐 들렀다 갈 것
잉께요.

암믄 그려. 그려야제. 거 뭐시냐 술 한 병허고 괴기 사가는 것 잊
어선 안 되어.

알겠어요. 아 참, 엄니 깜빡 잊을 뻔혔구만이라우. 거 뭐시냐, 아
침절에 엄니가 내놓으셨던 그 삼베 팬티 말이요잉. 그것 절대 내쏘
지 말고 그냥 두셔요. 낼부텀 다시 입을랑게요. 아시겠지요?

끊을까 하다간 다시 생각난 듯 몇 번이고 노모에게 그 말을 되풀
이해 당부하고 난 후에야 비로소 그는 전화기 앞에서 몸을 돌렸다.

속이 좀 후련해지는 기분이었다. 아침부터 무언가 짐짐하던 집착의 정체가 바로 삼베 팬티 그것이었음을 깨달은 데서 오는 안도감이 분명한 것 같았다. 야가 시방 숭허게 뭔 빤스 타령이다냐. 내쏟긴 누가 내쏟다고 그려. 당최 걱정하덜 말고 싸게 댕겨오기나 혀어, 어여. 어이가 없다는 듯 노모는 그렇게 면박을 주었으나 그는 그제야 적이 마음이 놓임을 어쩔 수가 없었던 것이다.

정육점과 슈퍼에 들러 고기와 술을 산 후 익수는 곧 형식의 마을로 가는 버스에 몸을 실었다. 담을 나란히 하고 앞뒷집에 살던 때에 비하면 얼마나 격조한 사이가 되고 말았는가. 한번 방문한다는 일이 정말 맘같이 그리 수월하지가 않았던 것이다. 엄니 아버지 저 장가들게 되았어요. 그렇듯 선선히 오늘의 맞선 본 얘기를 털어놓는다면 노부부의 표정은 얼마나 밝게 확 피어오를 것인가. 형식을 대하듯 그를 늘 친자식처럼 아껴주며 푸근한 정을 쏟아주곤 하던 그들 노부부.

그가 예닐곱 살쯤 되던 해의 어느 여름이던가. 밥을 먹다 목에 가시가 걸려 맘놓고 울지도 못하는 익수를 들쳐업고 집에 없는 아버지 대신 뙤약볕 시오리 길을 달리고 또 달려 병원으로 데려다준 형식 아버지. 그리고 사춘기의 한때 친구들에 휩쓸려 돌연 가출해버린 익수를 찾아 수소문에 수소문을 거듭 초주검이 다 된 어머니와 함께 끝내 서울까지 쫓아와 그를 찾아내고야 말았던 형식 어머니. 다정도 병이라 할까. 사람을 너무도 좋아하여 늘 사람 속에서 부대끼며 사는 것을 최상의 낙으로 여기던 그들. 그러나 이젠 6남매의 자식들마저 다들 도시로 떠나보내 가까이 두고 볼 수가 없는 외로움이 얼마나 클 것인가.

지난 설밑 익수는 형식의 형제들이 모두 모인 자리에서 평소 자신이 늘 딱하게 여겨오던 문제를 넌지시 한번 거론해본 적이 있었다. 다름 아닌 바로 그들 노부모의 거취에 관한 자신의 의견이었다. 엄니 아버지 두 분만 달랑 여그 남아 사시는 것 봉께 위째 지 맴이 참말로 안 좋을 때가 많어요. 원캉 사람얼 좋아허시는 양반덜 아닌감요. 형님덜 생각은 워떠신지 궁금혀서 말이어요. 어찌 보면 월권임이 분명할 익수의 그러한 발언에 형식의 식구들은 일순 몹시도 당황해하는 기색이 역력했었다. 그러나 곧이어 튀어나온 형식 큰형님의 답변은 너무도 속이 훤히 들여다보이는 데가 있어 되레 익수를 놀라게 만들고 말았다.

들어봉께 익수 자네 말이 여간 고마운 얘기가 아니네잉. 헌디 고것이 그리 간단헌 문제가 아니란 말시. 노인양반덜헌티는 도시란디가 순전 감옥이나 한가진 것이여. 생각해보드라고오. 워디 마실을 갈 디가 있겄는가. 놀 디가 있겄는가. 영락읎넌 절간이랑께. 맞는 얘기여. 형님 말씸이 맞는 소리랑께.

술맛 탓인지 연신 이맛살을 찌푸리며 주거니받거니 말을 맞추던 형식의 두 형님들. 그리고 그 곁에 둘러앉아 줄곧 따가운 눈초리로 익수를 쏘아보던 그 집 며느리들의 얼음장같이 싸늘하던 표정. 불덩이처럼 치밀어오르는 울화를 참아내느라 익수는 그날 아주 혼이 났었다. 하긴 자신의 친형님들 역시 그들과 무엇이 다를 것인가. 점차 시간이 흘러갈수록 은연중 익수 그에게 노모를 은근히 떠맡기려 하는 듯한 형들의 묘한 태도엔 벌써 몇 번썩이나 실망을 느껴오곤 하던 터가 아닌가. 그 때문에 그는 이즈음 들어 부쩍 더 다짐을 하듯 자신의 마음을 노모에게 못박아놓곤 하는지도 모를 일이었다.

엄니는 절대 도시에 가서 사시믄 안 되어요잉. 노인덜이 무신 퇴물처럼 푸대접받는 디가 바로 그곳이랑께요. 아시겄어요?

넋빠진 놈, 가긴 내가 워딜 간다고 그려. 내 꽃가마넌 꼭 이 집이서 나가야 쓴다고 안혔냐? 암믄 그려야지. 그려야 허다마다.

노모는 그러나 다행히도 그럴 적마다 늘 한결같은 반응을 보여 익수를 안심케 만들곤 했다. 익수, 쟈가 내게다는 젤로 효자여. 아모리 자석덜이 많아도 다 무신 소용이다요. 쟈 잘사는 꼴을 내 눈으로 꼭 봐야 혀요.

암믄 그려야지. 뭐시라도 혀서 익수는 꼭 성공혈 것이네. 자네가 복이 많은 사램이라 익수 같은 아덜얼 둔 것이여. 얼매나 든든혀.

언젠가 우연히 엿들은 노모와 형식 어머니의 대화를 통해 보더라도 고향에 호젓이 남겨진 노인들의 소외감이 무엇인지는 충분히 전달되고도 남음이 있었던 것이다. 어쨌든 익수로서는 상당한 충격이 아닐 수 없었다.

어어? 이 양반덜이 초저녁부텀 워쩐 불을 다 켜놓았디야?

어스름 땅거미가 미처 채 깔리기도 전인 시각이건만 집 안채로부터 푸르스름 빛을 발하며 새어나오는 형광등의 불빛에 익수는 연신 고개를 갸웃거리며 대문을 열고 성큼 한 발 안으로 들어섰다. 유난히도 전기를 아껴 쓰는 사람들인지라 삼동네가 온통 훤히 다 불을 밝히는 저녁 무렵까지도 늘 잿빛의 엷은 어둠 속에서 묵묵히 자신의 일에 여념이 없곤 하던 분들인데 어쩐 일인가. 어휴, 답답혀. 말이 개량주택이지 이건 원 사방팔방이 꽉 막힌 꼴이 흡사 창고 같지 무언가. 엄니 아버지 저 왔어요. 익수요오. 목까지 가득 차올라온 질식감을 털어내기라도 하듯 그는 한껏 목청을 돋우며 현관문을 와락 열어젖혔다. 발 밑에서 무언가가 물컹 밟혀오는 느낌이 들었다. 허억. 구, 구더기… 전신에 덮쳐오듯 후욱, 끼쳐오는 악취와 하얗게 바닥을 기는 엄청난 구더기떼. 이게 대체 뭔 사단인가. 순간 익수의 몸이 참을 길 없이 떨려오기 시작했다. 쨍그랑, 갑자기 그의 손에서 술병 떨어져나가는 소리가 들려왔다. 그러나 그는 이미 제정신을 차릴 수가 없었다. 등골이 선뜻 내려앉는 듯한 불길함에 죽어라 안방 쪽만 노려보고 있었을 뿐 감히 미동조차도 할 수가 없었던 것이다. 물결치듯 파르르한 떨림을 일으키며 안방 쪽으로부터 마루까지를 자오록이 뒤덮은 새하얀 구더기판. 누군가가 이제 마악 백미 한 가마니를 바닥에 그대로 쏟아부은 것과 흡사한 광경이었다. 바보 풍신! 언제까지 이대로 서 있기만 할 것인가. 어느 순간 마침내 그는 주먹을 불끈 쥔 채 달려들 듯 안방을 향해 뛰어들었다. 그러나 튕기듯 곧바로 방을 튀어나온 그는 혼비백산 그만 마룻바닥에 머리를 박으며 꺼억 꺽, 울음을 토해내고 말았다. 텅 빈 집 안을 컹컹 울리는 괴성과도 같은 그의 울음. 그러나 주위는 무서우리만큼 조용하기만 했다. 순 개백정 같은 놈덜. 여그가 워디 사람 사는 동네여? 사람 사는… 후들거리는 다리를 가누며 잠시 후 그는 다시금 안방 쪽으로 걸음을 떼어놓을 수밖에 없었다. 너무도 참혹하여 차마 눈을 뜨고 지켜볼 수가 없는, 이미 반 이상이나 육탈되고 만 노부부의 시신. 한쪽 벽에 의지하여 겨우겨우 버티고 섰던 익수의 몸이 무너지듯 바닥으로 떨어져내리고 말았다.

형식아, 야 이 죽일 놈아. 넌 시방 워디서 뭘 허고 있냐, 이놈아! 입술 사이로 비어져나오는 욕설이 금세 또 울음으로 바뀌려는 순간 어디선가 돌연 난데없는 우렁이의 향을 맡은 듯한 느낌에 그는 퍼뜩 고개를 돌려 사방을 둘러보았다. 눈에 띄는 것이란 아무것도 없었다. 그곳엔 다만 제 속은 새끼에게 다 파먹히고 오직 껍질로만 오롯이 남겨진 어미 우렁이인 양 허물어질 대로 허물어진 노부부의 시신만이 어깨를 나란히 누워 있을 따름이었다. 육신이 마지막 남기고 가는 인체 향인 것일까. 무엇일까. 온몸 구석구석까지 스며드는 듯한 기이한 향에 쫓기듯 익수는 그만 비척비척 방에서 몸을 빠져나오고 말았다. 이럴 수가! 이웃과의 사이에 이렇듯 감쪽 같은 눈속임이 가능할 수 있었다니. 헛간에서 간신히 녹슨 자전거 한 대를 찾아 밖으로 끌어내던 익수는 못내 놀란 눈길을 거둘 수가 없었다. 막 어둠이 내리기 시작한 마당 가운데서 훤하게 빛을 발하며 자리한 덩그런 집채. 노부부가 죽음을 맞는 순간 실내엔 분명히 불이 켜져 있었으리라. 때문에 낮엔 비끼는 햇살로 인한 자연소등 현상이, 그리고 또 밤은 밤대로 당연히 점등되었으리라 여겨졌을 이 기막힌 착시 현상. 어둠 속에서 그는 부르르 한차례 몸을 떨었다. 대체 몇 날째나 이대로 방치되어온 것일까. 그는 지서가 있는 큰길 쪽을 향해 있는 힘을 다해 자전거를 몰아갔다.

들판 저 너머 교회로부터 가느다란 저녁 종소리가 들려오고 있었다. 가슴을 저미듯 아련히 울려오는 잔잔한 차임벨 소리. 불현듯 희뿌연 그의 시야에 낮에 만났던 희순의 해맑고 따스한 눈빛이 떠올랐다. 걷잡을 길 없이 눈물이 흘러내렸다. 이 사실을 알고 나면 노모는 필경 몸져 누워버리시리라. 허지만 엄니, 전 절대 엄니 곁을 떠나지 않을 것잉께 안심허셔요잉. 훗날 훗날 오직 낡은 삼베 팬티 한 벌로만 달랑 남겨지는 초라한 사나이가 된다 혀도 전 결코 이 땅을 떠나지 못혀요. 아시겠지요? 정신없이 페달을 밟아가는 익수의 부릅뜬 눈에서는 쉼없이 눈물이 쏟아져내리고 있었다.

-《현대문학》1993년 8월

하얀 시계

솔솔 부는 봄바람 쌓인 눈 녹이고

잔디밭엔 새싹이 파릇파릇 나고요

시냇물은 졸졸졸 노래하며 흐르네…….

나지막이 노래 가사를 흥얼거리며 혜선은 자신이 치는 피아노 반주에 맞춰 동요 한 곡을 불러보았다. 거실 유리문을 통해 들어오는 투명한 봄햇살이 넘치듯 피아노 건반 위로 쏟아져내리는 한낮이었다. 매년 신학기만 되면 흥겹게 풍금을 치며 아이들과 함께 부르곤 했던 봄노래… 그러나 자오록이 떠오르는 먼지와 소음, 그리고 하얀 백묵가루가 없는 혼자만의 공간은 너무도 호젓하기만 했다. 페달을 밟을 때마다 흡사 먼 항구의 뱃고동과도 같이 붕붕 울려오던 는적한 풍금소리 대신 물방울인 양 또록또록 구르는 피아노의 선율

이 영 마음에 차질 않아 그녀는 그만 피아노의 뚜껑을 닫아버리고
는 자리를 털고 일어섰다.

　청소를 해야 할까, 빨래부터 해야 하나… 그러나 그것은 오직 뒤
엉켜 흐르는 마음속 생각일 뿐 아직도 그녀는 그 모든 일들이 다 자
신의 몫이 아닌 양 일상에 좀체 뿌리를 내리지 못한 채 부유하고만
있었다.

　아파트 창을 통해 바라보이는, 하얗게 벙글어오르는 목련 송이에
눈길을 주며 미동도 없이 그녀는 망연히 밖을 내려다보았다. 근 20
년 만에 찾아온 휴식이었다. 대학을 졸업하고 일정 과정을 거친 후
갓 발령을 받은 24세의 초임시절부터 만으로 꼭 20년째가 되는, 그
러니까 비로소 연금 혜택이 가능하게 된 올 봄, 그녀는 단호히 학교
에 사직서를 내고 마침내 직장으로부터 완전히 자유로운 몸이 된
것이었다. 혹간은 노년에 갈수록 교직이 그래도 가장 안정된 직업
이라며 그녀의 사직을 극구 만류하는 동료들도 있었으나 그녀는 끝
내 자신의 뜻을 굽히지 않았다. 20대, 30대의 젊은 시절과는 달리
사는 일에도 이제 그녀는 어지간히 지쳐 있었고 또한 가르친다는
일에도 점차 신선한 활력을 잃어만 가는 듯한 맥빠지는 기분이 더
이상 그녀를 교직에 머물게끔 만들지 않았던 것이다. 때마침 오십
평생을 허황히 헤매돌던 남편이 모처럼 안정된 직업을 갖게 되었고
여고 3학년이 되는 딸아이 예진의 바라지를 구실 삼는 그럴 듯한 명
분도 사직에 그 한몫을 담당했음이 사실이었다.

　어찌 되었건 이제 그녀는 오랜 세월 때로는 자신이 그토록 갈망
해왔던 혼자만의 오롯한 시간 속에 놓여 있었다. 하지만 어인 일일

까. 꼭 늪에 빠진 듯 한량없는 정체감만 느껴질 뿐, 갑자기 찾아든 그러한 생활은 생각보다 훨씬 더 그녀를 황당한 기분 속으로 몰아갔다. 취미 삼아 당장 무슨 일이라도 좀 시작해봄이 어떨까. 그러나 우선은 좀 쉬어야만 한다는, 아니 쉬고 싶다는 생각이 보다 더 절실했던 지난 3월 한 달, 그리고 이젠 어언 또 4월이었다.

사직서를 내고 오던 날 밤, 휘몰아치는 온갖 상념을 잠재우듯 그녀는 모처럼 캐나다의 현 선생에게 긴긴 편지를 보냈다. 20년간의 교직생활에 단단히 마침표를 찍듯 그렇게… 그녀로 인해 정년 퇴임을 불과 두어 해 앞둔 '80년 여름, 돌연 예기치 않은 사직을 해야만 했던 현 선생. 지금은 가까운 인척의 초청에 의해 캐나다로 이민 가 무척이나 안정된 삶을 살아가고 있는 현 선생과 연준 모(母), 그리고 제자, 연준이… 남편 유성조차 곁에 없던 외로운 시절, 그들은 꽁꽁 언 가슴을 녹여주는 모닥불인 양 따스한 체온을 함께 나눈 정다운 사람들이었다.

혜선이 시내 모 지역의 초등학교에 재직하고 있을 당시, 그러니까 10여 년 전 꼭 이맘때쯤의 일이었다. 그해 그녀는 3학년 담임을 맡고 있었고 연준은 그녀의 학급에 속한 학생이었다. 학교장의 방침에 따라 저학년인 3학년까지는 매일 하교 지도가 행해지던 때였다. 학교가 아파트 단지 내에 위치해 있기는 했으나 대로변이 가까웠고 전철역을 중심으로 하여 고층 아파트와 서민 아파트 단지가 상가, 노천시장과 함께 빽빽이 밀집되어 주변 환경은 몹시도 어수선한 편이었다.

아침부터 가늘게 실비가 내린 어느 하오였다. 대다수 아이들은 거의 다 우산을 지참한 상태였으나 미처 우산을 가져오지 못한 몇몇 아이들의 경우, 미상불 또한 저마다 그들의 부모가 들고 나온 오색 우산들로 교문 앞이 온통 알록달록 수놓아진 그런 하교길이었다.

"선생님, 안녕히 계세요."

"그래, 안녕! 조심해 가렴."

소리 높여 외쳐대는 아이들의 작별 인사에 일일이 응답하며 혜선이 차례차례 아이들을 해산시키고 있을 때였다.

"야, 한연준! 너 왜 자꾸만 그쪽으로 가냐? 니네 집은 이쪽이잖아……."

"아냐, 일루 가야 돼. 우리 집 이사갔어."

"그래? 그럼, 잘 가. 안녕!"

시끌벅적한 아이들의 헤어짐 속에서도 언뜻 귓가를 스치는 한 아이의 처연한 음성에 혜선은 재빨리 고개를 돌려 그곳을 바라보았다. 직업적인 직감 때문이었을까. 극히 짧은 순간이었으나 제 짝과 헤어져 우산도 없이 돌아가는 힘없는 뒷모습에서 몹시도 심상찮은 기운을 감지하며 혜선은 급히 아이를 불러 세웠다.

"잠깐… 연준아, 너 잠시 이리 좀 오련?"

자신의 다급한 부름에 돌아서 멈칫거리며 다가오는 아이의 표정이 꽤나 슬퍼만 보여 혜선은 담쑥 아이의 어깨를 껴안아 자신의 우산 속으로 끌어당겼다. 그새 꽤 젖어버린 얇은 면셔츠 속에서 아이의 작은 몸이 한기로 오르르 떨림을 느끼며 혜선은 아이의 어깨를 안은 채 총총히 교실로 되돌아왔다. 신학기라 아직은 반 아이들을 완전히 다 파악했다고 할 수는 없었으나 한연준이라는, 사내아이치고는 유독 눈이 크고 곱상한 모습을 한, 그리고 수업태도며 언행이 무언가 좀 호젓하다 할 자신만의 독특한 분위기가 있어 각별히 그 이름을 또렷이 기억하고 있는 아이였다.

"연준아, 이리 와서 좀 앉으렴. 너 오늘 아침 우산 가져오는 일을 깜빡 잊었구나, 그렇지?"

"네에."

"혹시 조금 기다려보면 어머니께서 가져오시지 않을까? 좀더 기다려보련?"

"아뇨. 그냥 갈래요."

세차게 도리질하는 아이의 두 눈에 남실남실 물기가 배어나고 있었다. 아이의 마음이 심히 평온찮은 상태임이 틀림없었다. 잠자코 그러한 모습을 지켜보던 혜선이 자신의 책상 위에 놓인 보온병에서 보리차 한 잔을 컵에 따라 아이의 앞에 내밀었다.

"이것 좀 마셔보렴. 몸이 한결 따뜻해질 거다."

그녀가 내미는 컵을 받아 호오호오 불어가며 보리차를 마시는, 젖은 머리털 몇 올이 이마 위로 축 늘어진 아이의 모습이 왠지 혜선의 마음에 아릿한 통증 같은 것을 몰고 왔다. 철컹… 가슴속 빗장을 열듯 혜선이 캐비닛의 문을 열어 깨끗하게 손질된 타월 한 장을 꺼내 연준의 젖은 머리털을 닦아주었다. 푹 숙인 아이의 머리가 점점 더 밑으로만 내려앉았다. 이럴 땔수록 아이에게 되도록 자극적인 말은 삼가는 것이 좋을 터… 오늘은 단지 이것으로 끝냄이 나으리라. 그녀는 다시 한 번 아이의 머리털을 포근히 쓸어주며 자리에서 몸을 일으켰다.

"오늘은 선생님 우산을 쓰고 가는 거다, 알았지? 마침 여분의 우산이 있었거든. 자아, 이젠 그만 일어나렴."

머뭇거리는 아이에게 끝내 자신의 우산을 들려보낸 후 혜선은 다시 제자리로 돌아왔다.

"선생님, 감사합니다."

잔뜩 풀이 죽은 모습이면서도 제법 또랑한 말투로 자신이 해야 할 인사말을 결코 잊지 않으며 교실을 나서는 연준의 모습에 엷은 미소를 떠올리며 혜선은 가만히 자신의 책상 앞으로 다가와 몸을 앉혔다. 초등학교 3학년이란 나이는 어떠한 것으로든 아직 상처받기는 이른 나이다. 어떤 종류의 불행이건 그건 아직 철저히 어른들의 몫이어야 할 그러한 나이… 아무런 근심없이 끊임없이 떠들고, 쉴새없이 먹고, 간단없이 몸을 움직여대는 그러한 모습이야말로 가장 자연스러운 그 나이 또래의 참모습이 아닌가. 한데 지금 연준의 가슴에 자리한 슬픔의 무게란 어느 만큼의 중량을 지닌 것일까.

살아가면서 혜선을 가장 맘 아프게 하는 것 중의 하나는 슬픔에 잠긴 아이들의 모습이었다. 바로 그러한 점이 그녀로 하여금 동화를 쓰지 않고는 배길 수 없게끔 만드는 근본 요인인지도 모르겠으나 어찌 되었건 슬퍼하는 아이들의 모습이란 혜선을 가장 견딜 수 없게 만듦이 사실이었다. 그녀에게 중요한 것은 아이들의 슬픔이 어느 만큼 큰 슬픔이냐 하는 것이 아니라 그들이 얼마만큼 깊이 슬퍼하느냐 하는 점에 있었다. 일테면 정든 강아지의 죽음을 슬퍼하는 아이들의 사무친 눈물이 어른들의 어떠한 불행보다도 더 크게 가슴을 뒤흔들곤 함은 참으로 까닭을 알 수가 없는 일이었다.

줄곧 눈앞을 가려오는 연준의 모습을 애써 지워버리며 그녀는 자신의 책상 위에 수북이 쌓인 아이들의 일기장을 읽어가기 시작했다. 조바심치듯 그녀의 손길을 기다리고 있는, 거짓없는 동심이 고스란히 드러나는 아이들의 마음을 들여다보는 일이란 언제나 그렇듯 참으로 흥미로운 일이 아닐 수 없었다. 서툴기 이를 데 없는 문장과 띄어쓰기, 맞춤법까지도 엉망인 내용이 대부분이었으나 그래도 그러한 아이들의 일기 어느 한 구절에서 뜻하지 않게도 아주 소중한 진실의 커다란 한 토막을 발견해내곤 함은 말할 수 없이 큰 기쁨이며 수확이었던 것이다. 때론 자신의 창작에 무척이나 요긴한 소재를 얻게 되는 전혀 예기치 않은 행운을 누릴 때도 많았던 까닭이었다. 몇해 전 우연히 모 일간지의 신춘문예에 응모, 동화부문에서 당선작을 낸 이래 그 후로도 일 년에 두어 번 틈나는 대로 짬짬이 동화를 써오고 있는 그녀였기에 특히나 아이들의 일기는 그녀에겐 늘 관심의 대상일 수밖에 없었다.

문학의 세계란 통상 독자와 작가와의 거리가 늘 어느 만큼의 일정 거리를 유지함이 상례임에도 그녀의 경우엔 그것이 결코 그렇지가 않았다. 적어도 그녀의 곁에 있는, 그녀가 가르치는 아이들은 가장 훌륭한 그녀의 독자들이라 할 수가 있었던 것이다. 아이들은 곧잘 그녀의 작품에 감동을 표했으며 때론 너무도 솔직하고 꾸밈없는 반응들을 보여주어 혜선을 놀라게도 했다. 대학시절 국문학을 전공한 혜선이 졸업 후 굳이 교원 결원의 보충을 위해 임시로 마련된 양성기관을 거쳐 초등 교육계로 뛰어들게 된 연유도 따지고 보면 다

그러한 곡절이 바탕된 것임이 분명할 터였다.

차례차례 아이들의 일기를 읽어가는 혜선의 표정은 더없이 진지하기만 했다.

'우리 동네는 참 싫다. 학교에서 나오기만 하면 전철역을 가운데로 하여 이쪽과 저쪽 동네가 갈라진다. 이쪽 동네는 부자이고 저쪽 동네는 가난하다. 난 가난한 우리 동네에 살기가 부끄럽다. 애들도 편을 갈라 따로따로 논다……'

무심코 읽어가던 혜선의 눈길이 멈칫, 움직임을 중단한 채 그곳에서 정지되었다. 영아라는, 발표력도 좋고 언행이 아주 똑떨어진 아이의 어느 날의 일기, 그 한 대목이었다. 아이는 혜선조차도 짐짓 간과해왔던 이 지역의 부인할 길 없는 특수성인 사실 그대로를 무섭도록 예리하게 짚어내고 있었다. 이쪽 동네의 학부모들까지도 공공연히 저쪽 동네로 인해 학교 발전이 저해된다며 눈살을 찌푸리곤 하는 웃지 못할 현실을 어찌할 것인가. 멍들어만 가는 동심… 숨을 크게 들이마시며 잠시 생각에 잠겨 있던 혜선이 급히 펜을 들어 영아의 일기에 무어라 몇 자를 적어넣기 시작했다.

'영아의 일기 아주 잘 읽었어요. 선생님은 영아의 숨김없는 마음이 참 좋군요. 그러나 영아는 아주 중요한 사실 한 가지를 아직 모르고 있어요. 사람이 남보다 재산을 덜 가졌다는 것은 결코 부끄러워할 일이 아니랍니다. 세상엔 물질보다 훨씬 더 중요한 것들이 얼마든지 많다는 사실을 영아도 이제 자라면서 곧 알게 될 거예요. 영아는 무척 건강하고 똑똑하고, 그리고 참으로 착한 마음씨를 갖고 있죠. 그것이야말로 영아의 가장 큰 재산인 거예요. 선생님은 그런 영아가 늘 자랑스럽답니다. 그리고 선생님 역시 영아와 똑같은 동네인 저쪽 동네에서 살고 있다는 사실을 늘 잊지 마세요.'

왜 이토록 허둥대고 있는 것일까. 일사천리로 자신의 느낌을 적어가던 혜선이 비로소 조금 마음을 놓으며 잠시 혼자 쓴웃음을 지었다. 정말 알 수가 없는 일이었다. 불현듯 밀려오는 외로움, 허전함 같은 것이 전신을 에워싸며 심장속 깊은 곳까지 서리서리 파고드는 느낌에 때아닌 서늘한 한기까지 느끼며 그녀는 오르르 한차례 몸을 떨고 있었던 것이다. 내일은 꼭 수업시간에 아이들에게 마크 트웨인의 〈왕자와 거지〉를 읽어주리라. 그리고 사람에겐 그 어떤 지위나 부보다도 진실된 삶이 가장 중요함을 깨우쳐주리라…….

다음 차례로 혜선의 손에 넘어온 일기는 마침 바로 조금 전 얼굴을 마주했던 연준의 일기였다. 지난 한 주 동안 오직 단 하루치의 일기만이 오롯이 적혀 있을 따름인 아주 짧은 일기였다.

'이제 내일이면 우린 이사를 한다. 엄마와 아빠가 헤어지는 날이기 때문이다. 그리고 난 엄마를 따라가 당분간 외할머니 댁에서 살아야 한다. 엄마는 조금만 참고 지내면 곧 좋은 날이 온다며 자꾸만 우셨다. 아빠가 밉기만 하다. 난 앞으로 어떻게 되나. 엄마가 참 불쌍하다. 자꾸자꾸 눈물이 난다.'

연준의 일기는 거기서 끝이 났다. 딱한 녀석… 그랬었구나… 어느새 혜선의 눈에선 울컥, 눈물이 배어나고 있었다. 걷잡을 길이 없이 솟구치곤 하는 속수무책의 눈물… 눈물이란 그녀에겐 늘 그렇게 너무도 가까운 곳에 있었다. 칠판 옆 장식 못에 걸린 두루마리 화장지를 떼어내며 마악 눈가로 가져가는 순간이었다.

"강 선생님, 커피 타임입니다. 좀 쉬었다 하십시오."

예의 큰 소리와 함께 옆반 담임인 민 선생이 커피가 담긴 보온병을 들고는 성큼성큼 교실 안을 들어서고 있었다.

"한 녀석을 선두로 시작하더니만 연일 경쟁적으로 커피를 날라오지 뭡니까. 이젠 그만 제동을 걸어야겠어요. 교육상 결코 바람직한 일이 아닌 것 같아요. 그래야만 또 강 선생님께서 손수 타주시는 커피 맛도 다시 즐길 수가 있죠. 이거야 원, 커피 장수도 아니고……."

익살기 다분한 민 선생의 말엔 혜선도 그만 따라 웃지 않을 수가 없었다. 단아한 윤곽에 활달하고도 예의바른 성격이 누구에게나 호감을 주는 미혼의 젊은 남선생이었다. 특히 혜선과는 바로 옆반인 까닭에 늘 차도 함께 나눠마시며 스스럼없이 지내오는 친숙한 사이였다. 언제 보아도 더불어 얘기 나누기가 즐거운 대상… 그러한 대상이 반드시 동성(同性)이어야 할 필요가 있을까. 혜선은 학교라는 자신의 직장이 아직도 보수성 짙은 집단임을 이미 잘 알고는 있었으나, 한창 살림 재미에만 여념이 없는 나머지 동료들과의 대화에서조차 의식주에 한정된 일상적 화제 외엔 도무지 더 할 얘기가 없는 듯한 고만고만한 나이의 여선생들보다 민 선생의 경우가 훨씬 더 허심하고 담백한 느낌을 줌이 사실이었다. 물 흐르듯 흐르는 동료간의 자연스런 감정을 굳이 막을 필요가 있을까. 남들의 시선이야 어떠하건 혜선은 늘 그렇게 생각해오고 있었던 것이 바로 문제라면 문제였을까. 딱하게도 그녀는 아주 중요한 점을 간과하고 있었던 것이다.

"세상 돌아가는 공기가 아무래도 좀 심상찮다 싶더니만 교육계에도 이제 한바탕 찬서리가 내릴 모양입니다."

보온병에서 두 잔의 커피를 따라 한 잔은 혜선에게 주고 나머지 한 잔은 자신의 앞으로 끌어당기며 민 선생이 문득 정색을 한 채 입을 열었다.

"글쎄요… 뭔가 좀 조짐이 이상하다 싶긴 해요. 하지만 제아무리 혹독한 된서리라 해도 그것이 진정 교육의 참된 정화를 위한 것이라면 무어 그리 두려워할 게 있나요. 우린 그저 묵묵히 아이들만 잘 가르치면 될 일이죠."

혜선이 담담한 어조로 커피잔을 기울이며 말을 받았다.

"각 학교당, 그것도 초등계만 무조건 몇 명씩의 인원이 할당됐다는 소문이 파다하고… 암튼 수수께끼 같은 시절이에요."

"할당이라뇨? 참으로 우습군요. 진정 교육계의 쇄신을 위한 조치라면 공명정대한 일대 원칙하에 엄정한 과정을 거쳐 그에 따른 일정 자격 미달자를 전원 색출해낸다든가 해야죠. 그렇지 않고야 십중팔구 주먹구구식의 형식적인 숫자 채우기로만 끝나고 말 것이 뻔해요."

처음관 달리 자신도 모르게 혜선은 점차 격해져만 갔다. 공직자 중에서도 가장 힘없고 무력한 계층이라 할 초등 교육계에 내려진 처사가 너무도 부당하고 어처구니없게만 여겨졌던 것이다. 민 선생 역시 못내 씁쓸한 낯빛을 감추지 못했다.

"글쎄 말입니다. 그러나 아무래도 문제는 좀 복잡해질 것 같습니다. 일단 하명이 떨어진 이상 무조건 실적 위주의 행정으로 몰아붙일 게 뻔하죠. 하지만 모두가 다 문제 교사로 지목된다 해도 강 선생님만은 끝내 예외일 겁니다. 전형적인 모범 교사가 아닙니까. 하하하……"

"어머, 무슨 말씀을 그렇게 하세요? 털어서 먼지 안 날 사람 있나요. 이제 모두 도마 위에 올려지긴 마찬가지예요. 끝가지 지켜볼밖엔요……"

혜선이 정색을 하며 민 선생의 말을 막아버렸다. 일순 교실 밖 복도 쪽으로부터 발걸음소리가 들린다 싶더니 잠시 후 탕탕, 누군가가 그녀의 교실문을 세차게 두들겨대었다.

"다섯시 정각, 비상 직원회가 있답니다. 어서들 준비하고 내려오십시오."

이어서 곧 복도 쪽 창을 통해 몇몇 동 학년 선생들이 그 모습을 드러냈다. 한데 어쩐 일일까. 쨍쨍히 톤을 높이며 사라져가는 동료 교사들의 눈빛이 왠지 예사롭지가 않았다. 혜선은 가슴이 철렁 내려앉았다. 쏴아, 바람을 일으키며 한 가슴 안겨오는 그 어떤 불길한 예감 때문이었을까. 그러한 느낌은 더위가 유난히도 맹위를 떨치던, 너무도 숨막히고 끔찍했던 그해 여름을 예고하듯 몹시도 고약한 느낌으로 다가왔다.

딩동댕…….

누구일까. 잔자누룩한 적요를 깨뜨리며 누군가가 아파트의 벨을 누르고 있었다.

"누구세요?"

거실 소파에 앉아 끝 모를 회상에 잠겨 있던 혜선이 급히 몸을 일으키며 현관문을 향해 다가갔다.

"가스 검침 왔습니다. 사용량 좀 불러주시죠."

맙소사… 고요를 뒤흔든 방문객치고는 너무도 맥빠지게 하는 방문객이 아닌가. 그러나 도리 없이 그녀는 가스 계량기의 눈금을 읽어준 후 다시 곧 혼자의 자리로 돌아왔다. 자신을 포함한 그 모든 것이 다 한 폭의 정물인 양 그림같이 조용한 거실… 이러고 앉아 있는 내가 과연 누구인가. 훤한 대낮에 가스 검침원에게 계량기의 숫자를 불러주고 하릴없이 봄햇살 너울대는 텅 빈 거실을 서성이며 고요에 겨워 어쩔 줄을 모르는 여자… 이것이 과연 나인가. 아직도 채 믿기질 않는 자신의 변모된 모습과 그 앞에 놓인 하얀 여백과도 같은 한량없는 시간의 흐름에 심히 당혹감을 느끼며 그녀는 다시금 피아노 앞으로 다가가 의자에 가만히 몸을 앉혔다.

산 산 산 산에는 나무들이 자라고

들 들 들 들에는 곡식들이 자란다.

대롱대롱 가지엔 과일들이 자란다

졸 졸 졸 비 맞고 잘도 자란다…….

아는 곡이 한낱 동요밖엔 없는 것일까. 결코 그렇진 않으리라. 하지만 아직도 그녀의 마음을 맴도는 소리는 오직 그러한 곡조들뿐이었다. 학급 전체가 참여하여 합주를 할 양이면 아이들이 연주하는 서투른 솜씨의 리코더와 멜로디언, 그녀가 치는 은은한 풍금소리가 한데 어우러져 꽤나 그럴듯한 화음을 빚어내곤 했었다. 혜선은 특히 음악수업을 가장 좋아했다. 천방지축 날뛰던 아이들도 음악시간만은 완전히 그 태도가 달라지곤 하던 일은 신기하기만 했다. 아이들과 함께 동요를 부를 때면 그녀는 세상 만사 모든 시름을 말끔히 다 잊곤 했다. 연준은 얼마나 노래를 잘 불렀던가. 타고난 미성에다가 음감이 뛰어나고 음악에 썩 재능을 보이던 연준… 여름이 한창이던 7월 초순의 어느 음악시간, 그날도 연준은 그녀의 지목에 따라 교실 앞으로 나와 노래를 불렀다.

맴 맴 맴 송아지 풀밭에서 자라고

꿀 꿀 꿀 꿀돼지 우리에서 자란다.

두 손을 가지런히 모으고 열심히 노래하는 연준의 모습에는 평소의 그 어떤 그늘 같은 것도 전혀 찾아볼 수가 없었다.

새근새근 아가는 엄마 품에 자란다.

쭐 쭐 쭐 젖 먹고 잘도 자란다…….

모두모두 자란다 쉬지 않고 자란다

모두모두 자란다 우리 살림이 자란다.

"네, 참 잘했어요. 음정, 박자, 목소리… 모든 것이 다 좋았어요. 자, 다 같이 연준이에게 박수…….."

풍금 치던 손을 멈추고 혜선은 연준을 향해 힘껏 박수를 보냈다. 일기를 통해 집안 사정을 알고 난 후론 더욱더 연준에게 마음이 가곤 함을 어쩔 수가 없었던 것이다. 음악수업이 거의 끝나갈 무렵이었다. 극히 짧은 순간이나마 복도 쪽 창 너머로 누군가가 살짝 들여다보는 기척이 느껴져왔다. 그러나 수업이 끝나고 복도로 나와보니 그곳엔 이미 아무도 없었다. 여름방학이 얼마 남질 않아 전학년에 걸쳐 단축수업이 실시되고 있던 터라 일찌감치 아이들이 다 떠나고 난 텅 빈 교실에 혜선은 혼자 남아 있었다. 자오록이 떠돌던 먼지와

소음 대신 무한한 정적만이 비끼는 햇살을 따라 요요히 가라앉아가
는 그러한 시각이었다. 한바탕의 아우성과 소용돌이치는 먼지 세례
를 흠뻑 받은 후에야 비로소 혼자가 되어 있는 더없이 한갓진 시
간… 그녀는 사실 수업 종료 후의 그 막막한 고요를 몹시도 아끼곤
했다. 넘치는 활력이 남기고 간 잔재를 되새기며 온전히 자신 속으
로만 안주해가는 기쁨… 나른한 피로감을 떨쳐버리듯 한 잔의 커피
를 위해 그녀가 막 커피포트의 선을 연결하고 있는 순간이었다. 똑
똑… 들릴 듯 말 듯 가녀린 노크 소리와 함께 조촐한 모습의 한 여
인이 조용히 교실문을 열고 들어왔다.

"실례합니다. 저어… 연준이 에미 되는 사람인데요……."

가늘가늘한 몸매에 파리한 낯빛을 한 단정한 매무새의 여인이었
다. 연준의 일기를 통해 대강의 사정은 이미 다 짐작을 하고 있었던
때문일까. 다소곳한 말씨에 되도록 밝은 얼굴을 보이려 애를 쓰고
있었으나, 왠지 그 점이 도리어 보는 이의 마음을 무척이나 안쓰럽
게 만드는 모습이었다.

"연준일 통해 선생님 말씀 많이 들었습니다. 너무도 잘해주신다
고요. 어떻게 다 감사를 드려야 할지……."

"무슨 말씀이십니까. 전혀 그렇질 않습니다. 단지 제 맡은 도리를
다할 뿐인걸요."

"그리 말씀하셔도 다 알고 있습니다. 진작에 인사드리고 싶었지
만 모든 것이 여의칠 않아 늦었습니다. 학기초 집안에 좀 좋지 않은
일이 있었어요. 그 후로 아이도 충격이 컸는지 기가 많이 죽고 점
점……."

가는 음성이 점점 떨려간다 싶더니만 연준 모는 마침내 하던 말을 다 잇지 못하고는 그만 고개를 푹 떨구고 말았다. 여자의 생에 있어 자식이란 존재는 무엇인가. 계속 아래를 향해 숙여지는 연준 모의 가냘픈 어깨를 지켜보며 혜선은 왠지 자꾸만 연준 모의 슬픈 모성과 자신의 존재가 일치되려 하는 야릇한 느낌을 받았다. 순간 남편, 유성의 모습이 눈앞을 덮쳐왔다.

"당신이나 내 자신을 위해서도 내가 잠시 떠나 있는 게 좋겠소. 자리가 잡히는 대로 우선 예진이 양육비라도 좀 보내줄 테니 그리 아오."

사업 실패에 따른 장기간의 실직으로 부부간 불화가 잦아지자 결국은 위장 취업을 위해 미국으로 떠나며 남편이 그녀에게 한 말이었다. 그러나 떠난 지 일 년이 넘도록 아이의 양육비는커녕 아이의 생일에도 장난감 하나 보낸 적이 없는 남편이었다. 한 장의 크리스마스 카드와 두어 통의 봉함엽서가 고작이었다. 희멀쑥한 외모를 지닌 남편은 현실성이나 생활력하곤 거리가 먼 남자였다.

남녀공학에 다니던 대학시절, 국문학이라는 전공 탓인지 대부분이 좀 딜레탕트의 분위기를 지닌 듯한 우중충한 문학 청년들과의 만남에 어지간히는 진력이 나 있을 즈음이던가. 그때 혜선의 앞에 나타난 사람이 바로 유성이었다. 눈에 콩깍지라도 씌었던 것일까. 번듯한 외모와 능숙한 언행, 그리고 추후 결정적 단점으로 드러나고 만 그의 우유부단함까지도 그때는 모든 것이 다 그렇게 좋게만 보였었다. 그러나 불성실함과 무절제로 인해 하는 사업마다 실패, 유성은 마침내 그녀에게 좌절과 빚더미만 잔뜩 안겨주고 말았다.

딸아이 예진만 없었다면 진작에 무슨 결단을 내고야 말았을 신산한 결혼생활이었다. 연준 모와 마주한 혜선의 입에선 자신도 모르게 가는 한숨이 새어나왔다.

"선생님, 죄송합니다. 이런 모습을 보이다니… 용서하세요. 그간 식사라도 한번 대접하고 싶었었는데 경황이 없었습니다. 작은 성의… 부끄럽습니다. 양해해주시기 바랍니다."

들고 온 가방에서 꽃무늬 손수건을 꺼내 살짝 눈물을 닦아내는가 싶던 연준 모의 힘없는 손길이 어느새 혜선의 책상 위로 와닿고 있었다. 겉표지에 포장을 한 얇은 책자. 그 갈피 속에서 보일 듯 말 듯 하얗게 끝자락을 드러내고 있는 반듯한 사각의 봉투… 아뜩한 현기증과 함께 그제서야 혜선은 번쩍 정신이 돌아왔다.

"연준 어머니, 성의는 감사하나 정말 이러시면 안 됩니다. 오해는 마세요. 이건 제 나름의 작은 방침입니다. 부디 이해해주시고 다시 거두어주셨으면 감사하겠습니다."

칼로 자르듯 단호히 얘기하며 책자를 도로 건네는 혜선의 태도에 연준 모는 순간 당황하여 얼굴이 발갛게 달아오른 채 어쩔 줄을 몰라했다. 그러나 곧 혜선의 진의를 깨달은 듯 금방 다시 평온한 원래의 모습으로 되돌아갔다.

"그렇잖아도 저희 어머니께서… 아, 아닙니다. 결례, 용서하시기 바랍니다."

어찌 된 셈인지 연준 모의 얼굴에 다시금 바알갛게 홍조가 떠올랐다.

"절대 섭섭히 생각진 마세요. 대신 이 다음 모든 것이 안정되시면 그땐 제게 꼭 차를 한잔 사주세요. 그러시면 되겠죠?"

혜선의 부언에 대답 대신 연준 모는 선량해 보이는 두 눈 가득 눈물을 담은 채 반은 웃고 반은 울었다.

흰 봉투가 의미하는 것… 초임시절 멋모르고 묵인했던 몇 년인가를 빼고 나면 언제부터인가 혜선은 그것에 대해 강렬한 거부반응을 일으켜오고 있었다. 그건 혜선에게 있어 하나의 신조라면 신조였고 방침이라면 방침이랄 수 있었다. 교직의 연륜이 쌓여갈수록 그녀는 더욱더 스스로에게 엄격할 수밖에 없는 자신을 깨달았다. 체험을 통해 터득한 바, 흰 봉투의 의미란 학부모와 교사 쌍방의 이기심을 만족시키기 위한 얄팍한 수단으로서 마침내는 그것이 그들 상호간 존경과 신뢰를 잃게끔 만드는 극단의 폐습을 낳을 뿐이라는 결론을 얻게 된 때문이었다. 그녀는 자신의 그러한 태도가 일부 동료들로부터 심히 경원시되고 있음을 모르는 바 아니었으나 그건 정말 어쩔 수가 없는 일이었다. 흰 봉투와 맞바꿔지는 교권… 근본적인 쟁점을 찾아 거슬러오른다면 학부모와 교사의 태도에 있어 결국은 닭이 먼저냐, 달걀이 먼저냐, 하는 식의 논란에 귀착되고야 마는 것이겠으나 그녀는 그러한 반교육적인 떳떳치 못한 행위가 가져다주는 불필요한 신경 소모가 혐오스러웠다.

"강 선생, 매사에 좀더 느긋함의 여백을 가져봐요. 그렇게 살면 언젠간 결국 외로울 수밖에 없어요."

나이 지긋한 선배 여교사 한 사람이 어느 날 넌지시 그렇게 그녀에게 충고를 한 적도 있었다. 상당히 냉소적인 데가 느껴지는 어조였다. 그러나 혜선은 몇몇 동료 교사들이 지적하는 그 느긋함의 의미를 잘 이해할 수가 없었다. 외로움의 의미도 마찬가지였다. 자신이 일시 남편과 별거 중인 사실에조차도 그러한 점과 연결을 시켜 필요 이상으로 예민한 촉수를 뻗쳐오곤 하는 그들의 태도가 그녀는 어처구니없기만 했다. 아직도 우리 사회에선 여자가 혼자 살아간다는 일이 그토록 구구한 억측과 많은 구설수를 감당해야만 하는 것인가 하는 점을 절감할 따름이었다. 그러나 일부 동료들의 그러한 반목과는 달리 항상 그녀에게 무조건적인 우호와 격려의 마음을 보내는 한 사람의 지지자가 있었다. 현 선생이라는 여교사였다. 정년 퇴임을 불과 2년 정도 앞둔 평교사로서 자리 따위에 연연해하질 않아 그 나이가 되도록 아직 평교사직에만 머물러 있을 뿐임에도 교사로서의 곧은 자세와 철학, 그리고 바른 언행은 늘 후배 교사들의 귀감이 되고 있었다. 연전 남편을 여의고 출가한 딸과 이웃하여 조그만 아파트에서 혼자 살아가고 있었으나 차림새나 몸가짐 또한 한점 흐트러짐 없이 정갈하기만 하여 늘 젊은 여교사들의 모범이 되기도 했다. 특히 혜선과는 아파트 단지가 같아 퇴근길에 주로 시장을 오가며 자주 얼굴을 마주하곤 하는 사이였다.

"강 선생, 무얼 그리 골똘히 생각하고 있어요? 여기 좀 와봐요. 이 아욱, 무척 연해 보이지 않아요?" 하며 야채상 앞에서 밝게 웃어 보이곤 하던 현 선생…….

할당이니, 뭐니 하며 한창 서슬 퍼런 하명으로 숙정 바람이 점차 거세어만 가던 7월 중순의 어느 하오였다. 그날도 혜선은 퇴근길 북적대는 시장을 한바퀴 돌아보며 축 처진 심신의 활력을 되찾고 있었다. 시장 가운데로만 들어서면 이상하게도 그녀는 하루의 쌓인 피로가 싹 가시듯 늘 기분이 다시 맑아지곤 했다. 밭에서 갓 뽑아온 싱싱한 푸성귀로부터 생필품에 이르기까지 만물상을 방불케 하리만큼 온갖 상품들이 좌판, 혹은 리어카에 즐비하게 널려 있는 노천시장… 그곳은 전철역을 중심으로 하여 뚜렷이 갈라진 이 동네 빈과 부의 완충지대이기도 했다. 고가선로 밑 서늘한 콘크리트 그늘을 따라 질펀하게 펼쳐지는 한낮의 장터는 저녁이 되면서 마침내 하나 둘 불이 켜지는 오색 포장마차의 행렬과 함께 야시장 진풍경의 극치를 이루는 도심의 저잣거리였다. 그곳에 서면 혜선은 샘솟듯 치솟는 삶에 대한 의욕과 함께 늘 남편, 유성을 생각하곤 했다. 밝고 건강한 생선장수 부부의 모습이나 아기를 등에 업고 함께 리어카를 끄는 젊은 과일상 부부의 모습에서도 그녀는 문득문득 남편, 유성을 떠올리곤 했던 것이다. 남편에게 그들의 십분의 일만큼의 성실성이라도 있었다면 자신의 결혼생활이 그토록 파국을 향해 치닫지만은 않았을 것을… 눈앞에 아른거리는 남편의 영상을 떨쳐버리듯 혜선이 장보기에 한창 여념이 없을 때였다. 아니나다를까 현 선생 또한 장 가운데서 어김없이 그 모습을 드러냈다.

"어디 편찮으세요? 안색이 좋아 뵈질 않네요."

꽤 묵직한 장바구니를 나눠들며 혜선이 먼저 말을 건넸다.

"네에, 몸살 기운이 좀 있나봐요. 요즘 우리 집에 식솔이 늘어 아무래도 좀더 맘을 쓰다보니 쉬이 피로하네요."

엷은 웃음기를 담은 현 선생의 얼굴이 전에 없이 까칠하게만 보였다.

"참, 강 선생님, 늘 고맙게 생각하고 있어요."

따뜻한 음성과 함께 어느새 현 선생의 포근한 손길이 혜선의 손을 꼬옥 쥐어왔다.

"네에? 무슨 말씀이세요?"

"아, 아무것도 아니에요. 그저 늙은 내게 늘 살갑게 해줘서 고맙단 얘기였어요. 자, 그럼 내일 또 봅시다. 잘 가요."

놀라서 반문하는 혜선의 말에 짐짓 그렇게 얼버무리며 도망치듯 현 선생은 그녀에게서 멀어지고 말았다. 결코 허튼 소릴 할 분도 아니거늘… 이상도 하지… 묘한 여운을 남기며 사라져가는 현 선생의 뒷모습과 함께 무언가 잔잔한 의혹이 마음에서 쉽게 떠나질 않던 여름이었다.

딩동댕… 다시 또 현관으로부터 벨 소리가 들려오고 있었다. 가스 검침원이 다녀간 이래 두 번째의 벨 소리였다.

"누구세요?"

"강혜선 씨 계십니까? 소포 왔습니다. 속히 도장 가지고 나오십시오."

아, 우편물이었구나. 왠지 반가운 마음이 들어 급히 현관문을 열어젖히며 그녀는 와락 우편물을 받아안았다. 캐나다에서 날아온 소포였다. 발신인의 주소를 들여다보는 혜선의 얼굴이 기쁨으로 환하게 피어올랐다. 같은 주소에 발신인의 이름에 세 명씩이나 되는 희한한 소포였다. 낯익은 이름들을 차례로 들여다보고 또 들여다보면서도 어인 일로 그녀는 쉽게 소포를 뜯어볼 마음이 나질 않았다. 돌이켜보면 너무도 묘하기만 했던 그들 세 사람과의 만남… 그녀의

눈앞엔 다시 또 '80년 여름의 그 지글거리며 끓어오르던 나날들이
어제인 양 훤하게 펼쳐지고 있었다.

"정 대책이 없음 제비뽑기라도 해야지 별수 있습니까. 이거야 원,
숨이 막혀서 살 수가 있나."

"글쎄 말입니다. 하루 이틀도 아니고 이게 대체 뭡니까. 가공할
노릇입니다, 정말."

입에서 입으로만 떠돌던 숙정 인원의 할당이 마침내 사실로 드러
나며 이렇다 할 강력한 조치도 없이 오직 교사들의 자발적인 용퇴
만이 능사인 양 팽팽한 긴장 속의 나날이 흘러가자 교사들은 점차
너 나 할 것 없이 더 이상은 모두 견딜 수가 없는 상태가 되어갔다.
행운권 당첨도 아니거늘 이 무슨 해괴한 넌센스인가. 혜선 역시 터
져나오려는 분노를 참을 길이 없었다. 상부로부터 이미 각 학교당 2
명씩의 숙정 인원이 할당된 지는 오래였다. 그러나 학교측으로서는
아무런 조치도 내리지 못한 채 오직 교사들의 자의만 기다리고 있
는 숨막히는 신경전이 지속되고 있을 따름이었다. 찌는 듯한 폭염
속에서도 연일 비상 직원회를 소집하며 교사들의 정신교육에만 열
을 올리고 있는 관리자들 역시 별다른 묘책이 없기는 매한가지인
딱한 상황이었다.

어언 1학기가 완료되어 여름방학을 앞두고 성적 사정회가 열리던
날의 일이었다.

"지금부터 제1학기 성적 사정안을 말씀드리겠습니다."

차례가 되어 자리에서 일어난 혜선이 차분한 음성으로 자신이 담

당한 학급의 성적 사정안을 읽어내려가고 있었다. 한데 어인 일일까. 혜선은 교무실 안의 모든 시선이 벌떼처럼 자신을 향해 따갑게 모아지고 있는 듯한 느낌을 받았던 것이다. 특히나 안경 너머로 쏘아보는 교장의 눈빛이 섬뜩하도록 차갑기만 함은 알 수가 없는 일이었다. 어쩐 일일까. 평소 워낙에 인사성이 없어 윗사람에게 잘 보인다는 건 애초 기대조차 않고 있는 그녀이긴 했으나 그렇듯 쏘아보는 교장의 시선엔 적이 놀라지 않을 수가 없었다. 그녀의 학급엔 아무런 하자도 없었으며 성적 또한 대단히 양호한 편이었기에 그녀의 놀라움은 더더욱 클 수밖에 없었다. 하지만 그러한 의문은 오래 가지 않았다. 사정회가 끝난 후 곧 교장실로부터 그녀를 부르는 호출신호가 울려왔던 것이다. 대체 무슨 일인가. 머리를 스치는 좋지 않은 예감에 잔뜩 긴장한 마음으로 그녀는 조심스레 교장실 문을 두드렸다.

"좀 앉으시오. 고약한 일이 터졌소."

맞은편 소파에 기대 앉아 급히 물 한 모금을 들이켜는 교장의 얼굴에 싸늘한 냉기가 감돌았다.

"교육청으로 강 선생에 관한 투서가 들어갔소. 익명의 투서이긴 하지만 시국이 시국이니만큼 보통 일이 아니라고 생각되어 불렀소."

아예 거두절미하기로 작정을 한 양 교장은 단도직입적으로 말을 시작하고 있었다. 굳이 충격요법을 쓰자면 모를까 그 도가 좀 지나치다 싶을 만큼 직언을 서슴지 않는 교장의 냉혹한 태도에 충격에 앞서 혜선은 먼저 질리지 않을 수가 없었다. 그 때문인지 정작 교장의 말이 던지는 충격은 그녀 스스로가 생각하기에도 이상하리만큼 그 파장이 가슴에 크게 와닿질 않았다. 익명의 투서라면 기실 문제 될 일이 무엇인가. 기껏해야 사실 무근의 일을 허위 조작했거나 혹은 모함을 위한 모함에 그치고 말 비열한 짓거리임이 분명할 터…….

"어떤 내용의 투서입니까?"

때문에 더없이 착 가라앉은 그녀의 음성엔 은연중 강한 반감 같은 것이 묻어났다.

"자세한 내용은 본인이 직접 교육청으로 찾아가 알아보도록 하시오. 말하자면 교사들의 도덕성, 윤리성에 관한 일들인 것 같소. 보다 구체적으로 얘기하자면 교사간 풍기에 해당되는 문제라 할까……."

"네에……?"

그제서야 혜선은 눈앞이 핑글 돌아가는 느낌이었다. 다른 것이라면 몰라도 그런 문제라면 그건 좀 너무 심하지 않은가. 화끈 달아오르는 모멸감에 가슴이 화르르 타올랐다. 몸과 마음이 동시에 부르르 떨리는 격한 순간이 지나자 잠시 좀 진정되는 마음과 함께 비로소 그녀는 교장의 얼굴을 똑바로 정시했다.

"물의를 일으킨 점 죄송합니다. 그러나 이 자리에서 감히 제 인격의 전부를 걸고 말씀드립니다. 투서의 내용은 허위입니다. 믿어주십시오."

"글쎄, 믿고 안 믿고 하는 문제를 떠나 지금 때가 때이니만큼 매우 좋지 않은 일이란 말이오. 이 일이 상부에까지 알려지면 사실의 여부를 떠나 결국은 진상조사반이 내려오겠고 그렇게 되면 일이 참 복잡해지기 십상이다 이 말이오."

교장의 음성이 짜증으로 인해 깔깔히 갈라져나가고 있었다. 분노에 앞서 이제 그녀는 차라리 어이가 없는 심정이 되어갔다. 동시에 또한 눈앞이 캄캄해오는 단절감에 그녀는 교장의 얼굴을 마주하고 싶은 기분이 아니었다. 교직원의 총책임을 맡은 관리자라면 적어도 투서의 내용을 전하기에 앞서 당사자들을 통해 사전에 우선 사실의 진위 여부를 충분히 확인하고 넘어감이 순서 아닌가. 하거늘 너무도 일방적인 통보 형식으로 아예 대화의 통로를 미리 차단해버리려는 교장의 태도에 그녀는 실로 낙담하지 않을 수가 없었다.

"죄송합니다. 그리고 추후 일어나는 모든 일은 제가 다 알아서 감당하겠습니다."

그 말을 끝으로 혜선은 그만 교장실에서 몸을 빠져나오고 말았다. 마음 같아선 당장 교육청으로 달려가 투서의 내용이 허위임을 낱낱이 밝혀내고만 싶었으나 일의 성질로 보아 그렇듯 서둘러서만 될 일이 아님을 그녀는 깨달았다. 더구나 익명의 투서자라면 어쩜 영구히 그 정체를 밝혀내기가 불가능할지도 모를 일임을… 하얗게 굳어진 얼굴로 교장실을 나온 그녀가 곰곰이 생각에 잠겨 교무실 앞 복도를 걸어오고 있을 때였다.

"강 선생님, 정말 죄송하게 됐습니다. 저 때문에 공연히 폐를 입으신 것 같아서 면목이 없습니다. 빠른 시일 안에 사실을 규명하고 모든 일을 제가 다 알아서 해결하겠습니다. 아무 염려 마십시오."

눈앞을 막아서며 난데없이 말을 걸어오는 사람이 있었다. 민 선생이었다. 투서에 거론된 소위 그 풍기문제에 해당된다는 상대의 남선생이 바로 민 선생이었던가. 그리고 민 선생은 이미 그 사실을 다 알고 있었다는 얘기인가. 의아함 가득한 눈빛으로 혜선은 잠시 민 선생의 얼굴을 바라만 볼 뿐이었다.

"저도 어제서야 알았습니다. 어제 교감 선생님께서 조용히 부르시더니 미리 귀띔을 해주시더군요. 아마 오늘쯤은 본인들에게도 통보가 갈 거라고요… 저도 지금 마악 교장실로 호출되어 가는 중입니다. 그럼, 다녀와서 다시 말씀드리겠습니다. 너무 염려 마십시오."

무척이나 침착한 태도로 혜선을 그렇게 안심시킨 후 민 선생은 급히 가던 걸음을 재촉하여 교장실 쪽으로 몸을 옮겨갔다. 사전에 미리 일의 돌아가는 형편을 대강 알았던 때문인지 자신보다 훨씬 당당하고 의연하기만 한 민 선생의 태도에 혜선은 적이 마음이 놓이는 기분이었다. 곧장 교무실로 들어갈까 망설이던 그녀의 발길은 어느새 3학년 3반, 자신의 학급이 있는 3층 계단을 밟고 있었다. 무언가 잔뜩 껄끄럽고도 거북살스럽기만 한 동료들의 시선을 피해 차분히 마음을 가라앉히고 생각을 정리하기에는 그보다 더 좋은 장소가 없었다. 학교 뒷숲 상수리나무 숲으로부터 찌익, 매미가 울어대고 물씬 녹음이 묻어오듯 시원한 나무그늘 한 자락이 드리워진 자신의 교실문을 열고 안으로 들어서며 비로소 그녀는 가슴을 활짝 펴며 숨을 크게 들이마셨다. 아무리 쓸고 닦고 말끔히 청소를 해도 늘 어딘가에 남아 있는 은은한 백묵의 향도 늘 그래왔듯 더없이 정겹게만 느껴져왔다. 거론할 여지가 없는 천직인 것일까. 백묵가루가 질색이라며 되도록 그것을 멀리하려는 동료들도 많았으나 어쩐 일로 그녀는 백묵만 손에 들라 치면 절로 신명이 나곤 하는 자신을 이해할 수가 없었다.

물뿌리개 가득 물을 따라 창가에 가지런히 놓인 화초들에 흠뻑 물을 주며 비로소 그녀는 자신의 마음이 조금씩 가라앉아감을 느꼈다. 가장 앞쪽 창가에 놓인, 너울너울 무척이나 탐스럽게 자라난 고구마 순과 자연학습을 위해 학년 초에 마련한 조그만 콩나물 시루에도 물을 듬뿍 주며 그녀는 새삼 민 선생의 모습을 떠올렸다.

"강 선생님, 제발 환경미화 좀 같이 합시다. 옆반하고 똑같이 해놓자고 우리 반 애들 무지하게 샘내요. 실은 저도 무척 샘나요. 야아, 이 콩나물 좀 봐! 햐아, 너무너무 잘 자란다. 당장 우리 반도 하나 해줘요, 빨리요……."

진정 샘을 부리는 아이처럼 때론 막무가내로 그렇듯 떼를 쓰기도 했던 민 선생… 어느 날은 또 느닷없이 교실로 들어와, "와아, 이 냄새… 진짜 산소 같은 여잡니다, 강 선생님은…" 하면서 불쑥, 뜻도 모를 소리를 던지곤 했던가. 아무리 옆반의 동료 교사라고는 하지만 조금쯤은 좀 경계를 했어야 했던 것일까. 왜냐하면 그는 그녀와는 다른 성을 가졌고 아직도 우리 사회는 매우 보수적이며, 그리고 또한 그녀는 어쨌든 혼자 사는 여자였으므로…….

결코 쉽게 인정하고 싶지 않은, 그러나 투서의 내용을 가능케 했을 법한 몇 가지 요인들을 머릿속으로 나열해보며 그녀는 보송하니 자란 콩나물을 솎아내어 봉지에 담았다. 사정회 관계로 바빴던 까닭에 오늘 차례의 아이에게 미처 콩나물을 들려보내지 못했음을 떠올리며, 이걸 과연 누구에게 줄 것인가, 하고 궁리하고 있는 그녀의 등 뒤로 드르륵, 교실문 열리는 소리와 함께 너무도 귀에 익은 음성이 들려왔다.

"노크 소리도 못 들으시고… 무얼 그리 깊이 생각하고 계세요?"

뜻밖에도 조용한 자태의 현 선생이었다.

"어머나, 깜빡했나봐요. 기껏해야 이 콩나물을 누구에게 드리나, 그걸 연구하고 있었는걸요."

"하하하……."

두 사람은 유쾌하게 얼굴을 마주보며 웃었다. 투서사건 따윈 까맣게 잊은 양 해맑은 표정의 혜선과 무언가 꽤 진지한 얘깃거리를 안고 있는 듯한 현 선생… 그러나 그들은 노오랗게 자라난 콩나물을 들여다보며 잠시 모든 생각을 잊고 있었다.

"강 선생님, 차 한잔 줄래요?"

"네에, 마침 잘 됐네요. 그렇잖아도 저 혼자 한잔 마실까 하던 중이었어요. 참, 그리고 오늘의 콩나물 당번은 도리없이 현 선생님께서 맡아주셔야겠어요."

혜선이 웃음 띤 얼굴로 그렇게 말하며 재빨리 커피 두 잔을 마련하여 현 선생과 마주앉았다.

"교장실엘 들렀다가 민 선생과 마주쳤어요. 그분은 마침 일을 끝내고 나오는 중이었고 난 막 들어가는 길이었고… 낯빛이 상기된 걸 보니 젊은 혈기에 한바탕 한 것 같았어요. 교장도 잔뜩 심기가 불편한 얼굴을 하고 있었어요. 아무튼 투서사건은 참으로 가증스런 일이에요. 교직생활 40여 년간 이런 일은 처음이에요. 시국이 아무리 험하고 뒤숭숭하다지만 어째 이런 일이… 투서사건일랑 잊어버리세요. 잊는 게 상책이에요. 일의 성질상 본인이 나서서 해명하고 돌아다니고 해봐야 얘기만 점점 더 불어날 뿐 득될 게 하나도 없어요. 그저 가만히 시간을 보내다보면 언젠간 다 밝혀지게 되어 있어요. 누가 뭐래도 난 강 선생을 잘 알고 있으니까요. 그리고 또한 굳게 믿고 있어요."

혜선이 타준 커피를 마시며 스며들 듯 잔잔히 조언을 해주는 현 선생의 모습엔 진정이 가득했다.

"생각해보면 제 부주의와 불찰도 컸어요. 대인관계에서 덕이 좀 부족했었나봐요. 좀더 열려 있어야 할 곳은 닫혀 있었고 보다 닫혔어야 할 곳은 자칫 방심한 듯한 그런 느낌이 들어요."

현 선생 앞이었기에 그렇듯 가능할 수가 있는 솔직한 반응이었다. 자신의 그 모든 허물까지도 다 이해해줄 듯싶은 현 선생의 따뜻함이 그토록 그녀를 편안한 상태로 이끌고 있는지도 모를 일이었다.

"살다보면 그런 반성도 따르게 마련이죠. 완벽한 인간이 어딨겠어요… 이제 막 교장실에 들러 사직서를 내고 왔어요. 뭔가 아주 홀가분한 기분이네요."

마치 스치는 말처럼 담담하게 흘리는 현 선생의 얘기에, 그러나 혜선은 들고 있던 찻잔이 출렁 내려앉으리만큼 너무도 놀라지 않을 수가 없었다.

"무슨 말슴이세요? 현 선생님께서 사직을 하시다뇨? 무어 그럴 만한 연유라도……."

충격으로 혜선의 음성이 점차 높아만 갔다.

"놀라게 해드렸다면 미안해요. 하지만 사실 꽤 오래 전부터 혼자 숙고해오던 일이었어요."

불과 몇분 전 그렇듯 대단한 일을 치르고 온 사람이라기엔 너무도 심상하기만 한 태도였다.

"하지만 아직 정년도 채 안 되셨는데 무슨 긴한 사정이라도 있으셨는지요?"

"하긴 일이 좀 있었지요. 요즘 우리 딸애가 남편과 헤어진 후 우리 집엘 와 있어요. 새로이 자신의 삶을 찾으려는 그애에게 도움도 좀 주고 싶고 또 하나밖에 없는 외손자를 데려다가 맘껏 잘 보살펴 주고 싶기도 하고요. 그간 마음 쓸 일이 꽤 많았어요."

애써 감추려는 현 선생의 눈가가 어쩔 수 없이 조금씩 붉게 물들어감을 혜선은 놓치지 않았다.

"네에, 그랬었군요. 마음 고생이 많으셨겠어요… 한데… 왠지 그것만으론 이유가 좀 충분치 않은 듯한 생각이 드네요. 혹여라도 이즈음의 학교 분위기 때문은 아닌지…….".

행여 마음에 어떤 자극이라도 될세라 극히 조심스런 어조로 혜선이 다시 물었다.

"꼭 그렇진 않았어요. 하지만 마른 하늘에 날벼락도 유분수지 이러다간 괜스레 젊고 아까운 교사들만 다치겠습디다. 차라리 나이든 내가 물러나는 게 백 번 옳다고는 생각했어요."

"역시 제 염려가 맞았군요. 선생님께선 우리 모두를 대신하여 스스로가 희생양이 되시고자 하신 거예요. 특히 투서의 대상에 올라 여론의 화살을 맞은 절 대신하여…….".

혜선의 음성이 점점 더 낮게 잦아만 들었다.

"강 선생님, 절대 그런 식으로 오해하시진 마세요. 이건 어디까지나 제 자의에 의한 선택일 뿐이에요. 다시 말해서 자진 사퇴인 거죠, 자진 사퇴……."

현 선생은 유독 더 그 자진 사퇴란 말을 힘주어 강조하고 있었으나 혜선의 마음은 결코 편할 수가 없었다. 끝내 불복하면서 두 눈을 똑바로 뜨고 되어가는 형국을 지켜보고 싶었거늘… 그 누구도 이렇듯 쉽게 포기해선 안 될 일인 것을… 그리고 하필이면 왜 그 희생양이 현 선생이란 말인가. 걷잡을 길 없는 분노로 가슴이 화르륵 타오르는 것만 같아 입술을 꼬옥 깨물며 혜선은 푸르름 가득한 창 밖으로 시선을 던지고 말았다.

"세상 만사, 다 좋은 게 좋습디다. 일이 그래도 가장 모양 좋게 매듭지어졌다고만 생각해줘요. 차암, 그리고 중요한 고백을 할 게 있어요. 여태껏 말할 기회가 없었는데 오늘 비로소 털어놓네요. 한연준, 그 연준이 녀석이 바로 제 외손자랍니다."

"네에…? 맙소사… 선생님 정말 너무하시군요."

잇달은 충격에 혜선은 도무지 할 말을 잃고 말았다. 연준이가 현 선생의 외손자라면 그러면 연준 모는 바로 현 선생의 딸이란 얘기가 아닌가. 혜선은 참으로 어안이벙벙할 따름이었다.

"무어 일부러 숨겨왔던 건 아니었어요. 사실이 밝혀지면 괜스레 강 선생님께 심적 부담만 드리는 게 아닐까 그 점이 염려스러웠을 뿐이에요. 그간 우리 애 많이 사랑해주셔서 정말 고맙게 생각하고 있었어요. 다시 한 번 감사드려요."

"뭘요. 전 다만 제 할 일을 했을 뿐인걸요."

째앵… 순간 귀가 먹먹하리만큼 학교 뒷숲을 뒤흔들며 요란스레 매미가 울어대었다. 더불어 또한 그 매미소리만큼이나 먹먹하기만 했던 그녀의 마음… 모든 것이 뒤죽박죽, 몹시도 혼란스럽기만 하던 여름이었다. 그 후 얼마 안 있어 연준이네는 곧 캐나다로 이민을 갔다. 현 선생도 함께 갔음은 물론이었다. 그리고 그 여름 내내 명예훼손과 무고죄로 사실 규명을 위해 학교 당국과 팽팽히 맞서온 민 선생은 마침내 학교측으로부터 투서의 내용이 완전히 허위임을 인정받자 정작 그때는 마치 스스로가 숫자놀음의 또 한 사람의 희생양이라도 되려는 듯 그 또한 훌훌이 교직을 떠나고 말았다. 학교 사회에 환멸을 느꼈으며 더 높은 공부를 위해 대학원에 진학하고 싶다는 것이 사직 이유의 전부라고만 했다. 바람결에 전해들은 소식에 의하면 그 후 대학원을 졸업, 좋은 직장을 얻어 예전보다 훨씬 더 나은 삶을 살아가고 있다는 민 선생… 그리고 또 얼마나 많은 시간이 흘러갔던가. 그러나 손에 감아쥐면 한줌에 잡혀올 듯 가깝게만 느껴지는 세월이었다.

따르릉… 따르릉…….

줄곧 '80년 여름을 오락가락하는 그녀의 회상이 끝나기를 기다리기라도 한 것일까. 무언가 저녁거리를 위해 막 소파에서 몸을 일으키려는 순간 신호이듯 때맞춰 전화벨이 울리고 있었던 것이다. 남편, 유성의 전화임이 분명했다. 그녀의 사직 이후 특별한 용건 없이도 남편은 매일 이 시간쯤이면 예외없이 전화를 걸어오곤 했다.

"별일 없소? 예진인 아직 안 오고……?"

2년간의 미국 체류 중 갖은 고생을 다 겪고 온 남편은 완연히 변해 있었다. '처자식을 위해서라면 이젠 불섶이라도 짊어질 용의가 있소.' 귀국 직후 혜선의 묵묵한 인내를 치하하며 남편은 그렇게 자신의 각오를 밝혔었다. 거대한 자본주의 국가인 미국이 유일하게 그에게 안겨준 것이 있다면 그것은 바로 그러한 변모였다. 유성은 재빨리 이곳 풍토에 적응해갔다. 미국에서 벌어온 소규모 자본으로 조그만 용역회사를 차려 순전히 자신의 몸 하나로 때우며 밤낮으로 뛴 결과 회사도 이젠 안정된 기반을 잡아갔다. 그러나 유성은 예전보다 많이도 늙어 있었다. 그녀는 남편의 그러한 쇠로가 마음 아팠다. 미움만이 전부라 생각해온 남편을 향한 그러한 연민이 묘하게도 그들 부부의 애정을 되살려주었음은 기이한 일이었다.

"해물탕 끓여놓을 테니 일찍 들어오세요."

남편, 유성과의 통화를 끝낸 후 비로소 혜선은 캐나다에서 온 소포를 뜯어볼 생각을 했다. 왠지 좀 뜸을 들이고 싶은 마음이 그렇듯 시간을 끌게끔 했던 것일까. 상자의 뚜껑을 여는 그녀의 가슴이 기쁨으로 마구 파닥거렸다. 하얀 시계와 현 선생, 연준 모, 그리고 연준의 이름으로 보내온 각기 다른 다정한 사연들… 그녀의 앞으로 다가올 무궁한 자유인의 시간이 오직 행운과 축복만으로 가득 채워지길 바란다는, 세 사람의 뜻이 모아진 앙증맞은 시계와 각각의 그리움과 애정이 담뿍 담겨 있는 세 통의 편지… 그 중에서도 특히 사랑하는 제자 연준의 편지는 그녀를 가장 감동케 했다. 그간 꾸준히 음악을 공부하여 마침내 그곳 토론토 시, 시향의 첼리스트가 된 연준… 음미하듯 천천히 그녀는 연준의 편지를 읽어가기 시작했다.

지난 주말엔 모처럼 온 식구가 시내로 쇼핑을 나갔습니다. 선생님의 사직을 축하하는 의미에서 할머니와 어머니, 그리고 저, 세 사람이 마음을 모아 예쁜 시계 하나를 샀습니다. 오랜 세월 몸담으신 직장을 떠나 이제 호젓한 자유인의 삶을 살게 되신 선생님의 앞날이 더욱더 밝고 희망차길 바라는 뜻에서입니다. 그리고 또한 저 혼자만의 특별한 또 하나의 선물을 마련했습니다. 노오란 빛의 포근한 털 스웨터가 그것입니다. 몸과 마음이 으슬으슬 늘 춥기만 하던 3학년 봄 신학기, 학교 담장을 뺑 둘러싸고 피어나던 눈부신 개나리더미인 양 늘 노오란 빛의 털 스웨터를 즐겨 입으시던 선생님… 이 봄, 그 노오란 털빛만큼이나 포근하고도 따스했던 선생님의 사랑이 생각나 한 벌 골라봤습니다. 마음에 드실지 모르겠습니다. 오는 가을 고국, S시향과의 협연 때 그때 꼭 잊지 않고 가지고 가겠습니다.

어린 시절 선생님께서 들려주셨던 특별히 아름다웠던 풍금소리, 또한 주옥과도 같은 동화의 구절구절들은 아직도 제 안에 남아 영원히 마르지 않는 샘처럼 제 음악의 원천이 되고 있음을 느낍니다. 이제 고3이 된 예진이는 열심히 공부하고 있겠죠. 캐나다에서 연준 오빠가 늘 성원하고 있다고 안부 전해주십시오. 그리고 예진이가 대학생이 되는 내년엔 선생님 가족이 꼭 한번 캐나다를 방문해주시리라 믿습니다. 할머니, 어머니 두 분 모두 그때를 고대하며 제법 거창한 계획까지 마련해놓고 있습니다. 자세한 내용은 올 가을 귀국 연주 때 직접 뵙고 말씀드리겠습니다.

혜선은 몇 번이고 연준의 편지를 읽고 또 읽었다. 연준의 첼로 연주를 들을 수가 있게 될 올 가을은 무척이나 행복하리라. 그리고 하얀 시계와 함께할 자신의 내일 또한 결코 외로운 날들이 아니리…
불현듯 그녀는 하얗게 비어 있는 자신의 습작 노트를 꺼내 급히 그
여백을 메워가기 시작했다. '80년 여름이었다…' 로 시작되는 첫문
장을 단숨에 써내려갔다. 오랜 세월 가슴속에 뭉쳐 있던 체기와도
같은 응어리가 일시에 쏴아 쓸려내려가는 기분이었다. 무언가 어제
보단 좀더 나을 듯한 내일이 봄햇살인 양 환히 펼쳐지는 느낌에 펜
을 잡은 그녀의 손끝엔 점점 더 힘이 가해지고 있었다. 봄, 봄… 봄
이었다.

-《현대문학》1995년 5월

괴목을 찾아서

체조실은 마치 축제의 한마당 같다. 폭죽이 터지듯 팡팡 잇따르는 풍선 터져나가는 소리에 이어 따르륵 쏟아지는 여자들의 달뜬 웃음, 바람을 가득 안고 너울너울 춤을 추는 한아름의 풍선다발과 에어로빅 강사를 중심으로 커다랗게 원을 그리며 돌아가는 현란한 헬스복의 물결……

워킹 스텝… 워킹 스텝……

여자들은 빙글빙글 춤을 추며 돌아가다 이따금씩 발을 멈추고는 풍선 하나씩을 골라잡아 터뜨리며 웃어댄다. 여자들은 또한 각자 터뜨린 풍선 속에서 조그만 쪽지 하나씩을 꺼내어 읽어본다.

'3개월 – 12만 원', '6개월 – 25만 원', '12개월 – 45만 원'

저마다 쪽지를 꺼내 읽어보는 여자들의 얼굴에 환한 웃음이 번진

다. 그러나 그 한켠에 조용히 서 있는 규혜의 표정은 너무도 설기만
하다. 요란스런 와중에서 단 하나의 풍선도 골라잡지 못한 채 우두
망찰, 망연히 서 있을 뿐인 것이다. 진작부터 그녀의 눈길을 잡아끄
는 노란 빛깔의 풍선 하나가 있기는 하나 그 빛 자체에서 전해오는
강렬함 때문인지 어쩐지 아직은 선뜻 그것을 골라잡을 기분이 아니
다. 어제 단희가 입고 온 눈부시게 투명한 노란 빛깔의 티셔츠가 떠
오른 때문일까. 아님 겹치듯 덮쳐오는 태형의 진지한 눈빛 때문일
까. 한 쌍의 비둘기처럼 너무도 잘 어울리던 태형과 단희의 모습을
떠올리며 그녀는 잠시 무리로부터 빠져나와 조용히 호흡을 가다듬
는다.

열어놓은 아파트 창을 통해 쌉싸하니 잔디 마르는 냄새가 날아오
던 일요일인 어제 오후였다. 전혀 예고도 없이 남동생 태형이 그녀
의 집을 방문했다. 단희라고 부르는 영민한 모습의 여자친구와 함
께였다. 그녀는 때마침 저녁이면 거나하게 취해 골프장에서 돌아올
남편, 상영을 위해 무공해 야채 주스를 만들고 있는 중이었다. 위
잉… 최고의 성능을 자랑하듯 요란스런 모터 소릴 내며 생즙기가
돌아가고 있었다. 1초, 2초, 3초… 치커리 · 셀러리 · 당근 · 신선
초 · 방울토마토 · 브로콜리 · 무 순… 전날 농장으로부터 실려온 싱
싱한 무공해의 야채들이 급속도로 휘말리며 하나의 혼합물로 뒤섞
여갔다. 상영이 통상 V-8 주스라고 일컫는 생채즙이었다. 건강식,
영양식이라면 눈에 불을 켜고 달려드는 상영은 몇 년 전부터인가
교외에 작은 농장 하나를 사들여 그곳에 관리인을 두고는 온갖 종
류의 청정채 재배를 위탁, 그것들을 상식하며 즐겨오고 있었다. 자

신의 건강과 보신을 위해서라면 그는 그보다 훨씬 더한 투자나 모험도 개의치 않을 것이었다.

"매형은 오늘도 골프행? 휴우, 누난 대체 무슨 재미로 살우?"

생즙기의 작동이 멈추고 잠시 조용해진 틈을 타 태형이 불퉁 볼멘 소릴 내며 그렇게 물었다. 짙은 다갈색의 야채 혼합액이 담긴 파일렉스 통을 노려보는 태형의 눈빛엔 우려의 빛이 가득했다. 집안이 다 알고 있는 상영의 소문난 입 사치, 그리고 도를 넘는 잡다한 그의 여성편력까지 그 모든 것을 익히 잘 알고 있는 태형의 그러한 반응은 어쩌면 당연한 것일까. 태형은 상영에 대해 늘 요지부동의 짙은 혐오와 거부의 감정을 갖고 있었다.

"재미…? 꼭 두 사람이 함께 있어야만……."

태형의 말에 무심코 응수하던 규혜는 주춤 그만 말꼬리를 흐리고 말았다. 그들 곁엔 단희가 함께 있었다. 초면인 그녀에게까지 평온하지 못한 자신의 속마음을 들춰낼 필요가 있을까. 규혜는 잠잠히 세 개의 잔에 V-8 주스를 따라 태형과 단희의 앞으로 가져갔다.

"좀 들어봐요. 입에 맞을지 모르겠네요."

"감사합니다."

그녀가 권하는 주스 잔을 받아드는 단희의 얼굴에 밝은 웃음이 피어올랐다. 살짝 드러나는 덧니와 얄브스름한 눈까풀에서 풋사과처럼 싱그러운 젊음이 전해져왔다. 예쁘구나, 예뻐… 어쩜 저렇게 고울 수가… 이른 아침 풀잎에 내린 이슬을 바라보듯 그녀는 한참이나 단희의 청아한 모습을 바라보았다. 그러나 그러한 느낌도 잠시뿐 다시 또 이어지는 태형의 성난 음성은 잔잔히 스며오는 그 모든 것을 여지없이 깨뜨리고 말았다.

"꼭 이런 걸 마시고 살아야 합니까? 힘든 재배과정에서부터 운반, 손질, 그리고 이렇듯 공들여 만들기까지, 그토록 여러 사람의 수고를 거쳐야만 하거늘 누군 손가락 하나 까딱 않고 앉아서만 그 맛을 즐기고……"

단희의 존재를 의식하여 점차 하얗게 질려가는 규혜의 낯빛을 어느 한순간 읽어낸 것일까. 거기까지 말한 후엔 태형도 그만 입을 다물고 말았다. 대신 묵묵히 V-8 주스를 마시는 태형의 얼굴은 단단히 굳어 있었다. 어쩌다 한번씩 있는 친정 나들이에도 아무도 몰래 상영에겐 매 끼 없어서는 안 될 몇 가지의 밑반찬이며 건강식 등을 꼭꼭 챙겨다녀야만 하는 그녀의 딱한 처지를 태형이 모를 리 없었다. 자신이 즐기는 기호품에까지도 저렇듯 질색을 해대는 태형의 반응을 본다면 상영은 과연 무어라 할 것인가.

"내 돈 들여 내 즐기는데 누가 감히 뭐라 카노… 억울하면 돈 벌라 캐라. 남 돈 벌 때 지는 뭐 했드노……"

상영은 필시 그렇게 응수할 것임이 틀림없다. 전혀 자신의 힘으로 번 돈이 아니면서도 상영은 늘 그렇게 말하길 좋아했으니까. 하지만 V-8 주스를 둘러싸고 태형이 제기하는 모든 논란과 시비에도 불구하고 단지 그녀에게 분담된 몫만을 생각한다면 가족이란 이름으로, 아니 아내란 이름으로 기실 그보다 더한 봉사인들 대수일까. 문제가 있다면 애정없이 반복되는 단순행위에 따른 그녀 스스로의 자멸감과 지겨움, 환멸… 그것이 바로 문제일 것이다. 그들 부부 사이를 가로막은 단절과 부조화… 그것이 바로 문제인 것… 너희 두 사람은 어떠니…? 일시에 덮쳐오는 씁쓸한 기운을 떨쳐내듯 그녀는 태형과 단희를 건너다보며 눈으로 묻고 있었다. 태형이 자원봉사로 아이들을 가르치고 있는 가톨릭 재단의 D직업학교에서 역시 같은 봉사자로서 영어와 국어를 담당하고 있다는 국문과생… 다소곳한 자태로 주스 잔에 입을 대고 있는 모습이 자신의 손에 들린 크리스털 잔보다 더 영롱한 반짝임을 내뿜고 있음을 신기해하며 까마아득 잃어버린 자신의 소중한 그 무엇을 찾듯 그녀는 다시 한 번 단희의 모습을 바라보고 또 바라보았다. 난생 처음 느껴보는, 쉽게 설명할 수 없는 어떤 아픔이 가슴을 아릿하게 파고들었다. 이상한 일이었다. 세 사람 다 말이 없었다. 침묵의 갑갑함을 지우듯 규혜가 곁에 있는 리모컨을 집어들어 TV를 켰다.

거실 한 면을 거의 다 메우다시피 한 대형 화면 가득 뉴스 특보가 터져나오고 있었다. 이미 보름을 넘도록 수없이 방영되어온 흡사 만화영화의 한 장면인 양 거대한 핑크빛 건물이 성냥개비처럼 붕괴되어 사라지는, 이젠 애초의 그 가공할 만한 충격조차 감소되고 만 끔찍한 초대형 사건이 다시금 또 재현되고 있었다.

"어어? 또 한 명 구했어? 또 여자래… 어려운 환경에서 여상을 졸업한 19세의 젊은 여성… 강인한 신세대… 흥! 말이 좋아 신세대지, 희생자 대다수가 거의 불쌍한 사람들 아녜요. 에잇……."

"맞아요. 엊그제 구출된 청소 미화원들도 그렇고… 참 안됐어요."

속보를 접한 태형과 단희의 논평이 이어졌다. 평소에도 왠지 늘 무언가 불길한 기운에 싸여 있는 듯 느껴지던 핑크빛 5층 백화점 건물이 눈 깜빡할 사이에 와르르 무너져 무(無)로 화해가는 과정이 여과 없이 펼쳐지고 있었다. 거대한 흙바람이 일듯 순식간에 함몰되어가는 돈더미… 요 며칠 사이 세상을 온통 뒤집어놓고 만 이미 수십 번도 더 보고 또 보아 이젠 아예 뇌리에 각인된 장면이건만 그 장면만 보고 있노라면 번번이 그녀는 억장이 무너지듯 자신의 가슴속 알 수 없는 무언가가 종작없이 무너져내림을 느꼈다. 손가락 마디마디, 손톱 끝까지 저릿하게 저며오는 까닭 모를 불안과 위기감에 질식할 듯 가슴이 옥죄어왔다. 그 때문일까. 하릴없이 비누를 깎아내고 또 깎아내고 하는 밑도 끝도 없는 작업에 몰두하게 된 것도 바로 그 즈음이었다. 근원 모를 불안과 위기감을 떨쳐내듯, 밑으로 밑으로 가라앉아가는 삶의 의지를 되찾듯 그렇게 그녀는 한동안 정신없이 조각일에 매달리기 시작했다.

"누나, 요즘도 조각일 계속하세요? 이거… 누나 맘에 들 것 같아 가져와봤는데… 어때요?"

홀린 듯 TV 화면에 눈길을 박고 백화점 붕괴 속보에 정신을 팔고 있던 태형이 어느 한순간 슬그머니 들고온 보퉁이를 내밀며 그녀를 향해 그렇게 운을 떼었다. 매우 조심스런 태형의 손길에 의해 드러난 것은, 뜻밖에도 고운 한지에 싸인 커다란 나무덩이였다. 나무덩이… 그러했다. 확실히 나무덩이라고밖에는 표현할 길이 없을 괴이쩍은 물건이었다. 그러나 태형으로부터 그것을 받아드는 순간 고압전류에라도 닿은 듯 그녀는 온몸이 짜릿해오는 충격을 받았다. 일견 두루뭉실해만 보이는 그것은, 그러나 더 이상 단순한 나무덩이가 아니었다. 더없이 온아하고 청결한 모습의 여인이 강보에 싸인 아기를 가슴에 꼬옥 끌어안고 있는 모습… 마리아… 얼핏 보아서는 그저 둔중하고 무자비한 도끼날에 찍힌 천연의 나무 둥치 같은 형상이나 조금만 더 자세히 보고 있노라면 극히 범상한 자연스러움 속에서 깎아내고 다듬은 이의 숨겨진 마음이 보일 듯 말 듯 애틋하게 전해오는 기이한 느낌의 목상이었다.

"아… 좋구나."

나직한 감탄사를 발하며 그녀는 단지 그렇게 말할밖에 없었다.

"제가 가르치러 다니는 학교에 괴목 공예를 하시는 신부님이 한 분 계셔요. 재능이 아주 뛰어난 분이시죠. 특별활동으로 학생들에게 괴목 공예를 가르치시는 외에 외부인들을 위해 특강도 하셔요. 매주 월·목, 양일간 하루에 두 시간씩 초심자들을 위해 무료로 봉사를 하시는 거죠. 단희도 그분으로부터 괴목 공예를 익혔는데 이젠 제법 아마추어 수준은 되나봐요. 이 마리아 상이 바로 신부님 작품이에요. 마음에 드세요? 뭣하면 누나도 한번 시작해보시죠."

태형의 설명엔 거침이 없었다.

"괴목… 괴목이라면……."

무언가 바짝 타오르는 갈증과도 같은 이끌림을 느끼며 규혜는 태형의 입술을 주시했다.

"괴목이란 여느 목각과는 달리 자연 그대로의 것을 바탕으로 만들어지는 거래요. 이를테면 죽은 나무라든가 뿌리가 뽑혀 버려진 나무 같은 등속, 그러니까 자연 그대로에 묻혀 오랜 세월의 풍화작용을 거친 끝에 나름대로의 독특한 형태를 이룬 원목 따위가 그에 속하겠죠. 그리고 거기에 작가 나름의 독창성, 예술성이 가미되어 재창조되는 작품들이 곧 괴목조각이라 할까요. 때문에 괴목을 접하는 일은 작업에 앞서 그것을 찾고 구하며 자연 속을 헤매고 다니는 과정 자체가 더욱 큰 묘미라고들 해요."

태형의 애기를 듣는 그녀의 가슴에 모락모락 불길이 지펴올랐다. 급히 뛰노는 심장의 박동을 느끼며 그녀는 자신의 두 팔에 안긴 괴목상을 가만히 내려다보았다. 매일 밤 그녀 자신이 깎고 다듬어온 온갖 형상의 비누 조형과는 또 그 느낌이 다른, 뭐랄까 괴목이 지닌 자연 그대로의 원형과 재질 그 자체에서 전해오는 마치 살아 숨쉬는 듯한 따스한 숨결이 가슴에, 피부에 생생히 전해져오고 있었다. 언제부터일까. 극히 혐오스런 상영과의 억지 정사가 끝난 밤이면 그녀는 홀연히 거실로 몸을 빠져나와 말없이 혼자 비누를 다듬곤 했다. 언젠간 꼭 요긴한 쓰임새가 있을세라 여고 시절부터 고이 간직해온 조각칼 세트가 비로소 빛을 보게 된 나날이었다.

"니 대체 밤마다 뭐하는 기고? 애꿎은 비누는 와 작살을 내고 카노?"

어쩌다 잠에서 깨어나 그녀의 작업 장면을 목격할 때면 상영은 늘 그런 식으로 면박을 줌이 고작이었다. 비누 아까운 줄은 알고 함께 사는 여자 속 닳아지는 것은 모르는 남자… 상영은 그런 남자였다.

"염려 마세요. 비누 부스러기 절대 버리지 않아요. 망사자루에 담아 두고두고 쓸 거예요."

그럴 때면 그녀는 나름대로의 따끔한 응수로써 상영의 입을 막아 버리곤 했다. 여고 시절부터 어쩌다 간혹 미술시간을 통해 접해본 조소나 조각 따위에 유독 관심이 있어온 그녀이긴 했으나 이즈음에와 새삼 그러한 것들에 몰두하게 된 까닭은 무엇일까. 아마도 어느 날 밤이었을 것이다. 늘 그렇듯 그날 밤 역시 죽고 싶으리만큼 혐오스런 상영과의 정사가 끝난 후 무너질 듯한 자괴심과 모멸감을 안고 그녀는 목욕 가운을 걸친 채 욕실 안으로 들어섰다. 왜 사는가… 왜 사나… 미라처럼 창백한 모습을 하고 그녀는 거울 속 자신의 모습을 멍하니 들여다보며 서 있었다. 바로 그때 욕실 장식장 위 바구니에 차곡차곡 쌓아둔 온갖 빛깔의 비누더미가 그녀의 눈에 들어왔다. 하양·노랑·파랑·주황·녹색·분홍… 각기 나름대로의 모양과 향도 즐길 겸 알록달록 욕실 장식도 할 겸 포장을 벗겨낸 알비누만을 소복이 모아놓은 비누 바구니… 무심코 그것에 시선이 가닿는 순간 자신도 모르게 그녀는 그 중 가장 탐스러운 비누 하나를 손에 꽉 움켜쥐고는 샤워도 생략한 채 그대로 욕실을 빠져나왔다.

흡사 무언가 알 수 없는 힘에 떠밀리듯 그렇게 해서 그녀의 비누깎기 작업은 시작되었다. 오디오에 자신이 즐겨듣는 CD 음반을 걸어놓고 음악에 따라 마음 가는 대로 손 가는 대로 취한 듯 정신 없이 갈고 다듬은 온갖 형상의 비누덩이들… 구름, 달, 별… 여자 그리고 남자… 그녀의 비누 바구니엔 형형색색의 비누조각품들이 늘어만 갔다. 이상하게도 상영은 그러한 비누조각들 중 유독 남자 두상만을 골라 가장 먼저 써버리며 툴툴거림이 예사였다.

"임마 이놈은 대체 누구 얼굴이고? 예라잇……."

언젠가 등을 좀 밀어달라며 욕실로 그녀를 불러들인 상영은 예의 아그리파 상을 닮은 남자 두상의 비누 하나를 집어들어 맹렬히 자신의 하초를 문질러대며 그녀를 향해 그렇게 눈을 부라렸었다.

"누나도 집에서 비누만 갖고 그러실 게 아니라 지금부터라도 본격적인 조각 공불 좀 해보시지 그래요."

빨려들 듯 괴목상에서 눈길을 떼지 못하는 그녀의 모습이 딱해
보였던 것일까. 태형이 한껏 진지해진 음성으로 그렇게 조언을 해
왔다.

"공부는 새삼 무슨… 그냥 한번 혼자서만 그래볼 뿐이지……."

"왜요? 결코 늦지 않아요. 기억컨대 누난 원래 그 방면에 소질이
많았잖어요. 미대를 가셨어야 하는 건데… 사회학 전공을 택함이
이해가 안 갔어요. 하지만 이제부터라도 여한없이 재능을 한번 발
휘해보시는 거예요."

"저어… 제 생각엔 우선 괴목을 좀 접해보심 어떨까 싶네요. 신부
님께 직접 사사받으시면 놀랍도록 발전하실 거예요."

태형의 설득에 이어 어느 결에 곁에 있던 단희까지 합세하여 그
녀의 마음을 잔잔히 흔들어왔다.

"누나, 그리고 기왕에 괴목 배우러 나오실 때 우리 학교 애들을
위해 영어와 사회과의 봉사도 좀 해주신다면 더욱 금상첨화겠죠.
참, 이 괴목상, 마음에 드세요? 맘에 드심 지체없이 구입하세요. 신
부님 말씀이, 꼭 마음에 들어하시는 분이 있다면 작품값은 그분의
마음값에 따라 얼마인들 좋다 하셨어요. 아무래도 누나가 가장 적
임자일 것 같은데요."

퍽이나 선선한 느낌으로 다가오는 태형의 말은, 그러나 곰곰이
생각해보면 상당히 수월찮은 조건임이 분명했다. 작품값이 원하는
사람 마음값에 달렸다니… 게다가 자칫하다간 태형이 늘 그녀에게
권해오던 그가 가르치러 다니는 학교의 강의까지 떠맡게 될지도 모

를 꽤나 조심스런 조건이 아닐 수 없었다. 그러나 그녀는 괴목상이 너무도 마음에 드는 나머지 말없는 미소로써 잠자코 그것을 받아놓았을 뿐이었다.

뻥… 이윽고 그녀가 선택한 노란 풍선이 터져나간다. 짜글짜글 오그라든 풍선 껍질을 비집고 그녀는 그 속에서 조그맣게 접힌 쪽지 하나를 꺼내어 읽어본다.

'10개월분-33만 원.'

그녀의 입가에 슬몃, 웃음이 스친다. 흡사 무슨 암호와도 같은 그 말을 풀이해본다면, 풍선 속의 이 쪽지를 발견한 사람은 월 5만 5천 원인 에어로빅 수강료 10개월분 55만 원 대신 단지 33만 원이라는, 다시 말해 종래의 수강료에서 무려 12만 원의 혜택이 주어진다는 말이다. 꽤나 기발한 상술이 아닐 수 없다.

"회원 여러분, 이번 풍선 세일은 정말 파격적이라 할 수가 있겠어요. 아까운 기회 놓치지 마시고 모쪼록 많은 분들이 참가해주셨으면 합니다."

평소완 달리 사뭇 간드러지는 에어로빅 강사의 낭랑한 음성이 왁자한 웃음 사이로 그녀의 귓가를 간지럽힌다.

'33만 원… 33만 원……'

몇 번이고 혼자 되뇌어보는 그녀의 눈빛에 점차 생기가 감돌기 시작한다.

"에어로빅 댄스란 원래 공기를 많이 들이마실 수 있게끔 고안된 춤이에요. 그 때문에 에어로빅이라 하는 거죠. 모두들 그 점 유의하

시고 폐활량이 최대가 되도록 동작을 최대한 크게, 크게 하시는 겁
니다. 네에, 그렇죠. 아주 좋았어요."

　백학처럼 미끈하고도 날렵한 몸매의 젊은 강사가 터질 듯 활기찬
동작으로 벽 전면을 가득 메운 대형 거울 앞에서 시범을 보이고 있
었다. 엿가락처럼 휙휙 휘어지는 여자들의 동작 또한 봇물이 터지
듯 거침이 없다. 가히 서구의 여성을 방불케 하리만큼 역동적인 몸
짓이다. 그러나 왠지 좀 굳어 있는 듯한 그녀의 동작만은 유독 겉돌
뿐이다. 단희, 태형, 괴목상… 마리아… 차례로 그들의 모습을 떠올
려보는 그녀의 동작은 점점 더 건성일 뿐 좀체 신명이 붙질 않는다.
느슨한 동작 사이사이로 언뜻 희번드르르한 상영의 얼굴이 떠올랐
다간 사라진다.

　"니 요새 장딴지가 제법 딴딴해졌대이. 만지기 딱 좋네. 에어로빅
인가 뭔가 카는 거, 그거는 고마 계속해도 괜찮겠다. 댓길이대이."

　몸과 맘이 동시에 다 마비되어가는 듯한 극심한 무력감에서 벗어
나려 그녀가 집 부근의 헬스클럽에 나가기 시작한 지 두어 달쯤 되
어갈 때던가. 어느 날 밤 정신없이 그녀의 몸을 탐하며 취한 듯 몽
롱한 음성으로 상영은 그렇게 웅얼거렸었다. 에어로빅만은 배워도
된다. 에어로빅만은… 그의 입에서 떨어진 그 말은 참으로 예외적
인 것이라 할밖엔 없었다. 여자하고 그릇은 밖으로 내돌리면 깨지
기 십상이라는, 요지부동의 고집스런 시각에서 한치의 물러섬이 없
는 그는 숨막히도록 그녀의 일상을 규제해왔다. 골프, 여자, 각종
레저… 정작 자신은 세속적 온갖 즐거움을 넘치도록 향유하면서도
유독 그녀에게만은 주부라는 일상적 삶의 테두리에서 한발짝도 벗

어남을 허용치 않았다. 그러하거늘 에어로빅만은 계속해도 무방하
다니… 의뭉스런 그의 의중이 너무도 훤히 꿰뚫어져 그녀는 실로
고소를 금할 수가 없었다. 상영과의 결혼생활 올해로 근 6년째… 요
즘 들어 그녀는 참으로 그 자제가 어려운 매우 위험스럽고도 돌발
적인 충동에 시달려오고 있었다.

　어슴푸레 동이 터오는 아침이면 차를 몰고 무작정 강변으로 달려
나가 아파트 빌딩 숲을 따라 가없이 뻗어나간 안개 자욱한 가드레
일을 들이받고 강심으로 풍덩, 사라지고만 싶은 충동에 어찌할 바
를 몰랐던 것이다. 그러나 집을 나오기 전 숨죽이며 들여다본 아들
아이, 민우의 잠든 모습은 그녀의 그러한 충동에 번번이 급제동을
걸어오곤 했다. 몸을 뒤척이며 내뿜는 가녀린 숨소리, 봉긋하니 입
을 벌리고 간혹 무어라 내지르는 잠꼬대… 세상 모르고 잠든 아이
의 모습은 더할 바 없이 애처로워만 보였다. 상영과의 삶이 제아무
리 혐오스럽고 또 혐오스럽다 하여도 어두운 방에 홀로 잠든 어린
민우를 남겨놓고는 차마 그대로 훌훌이 집을 나설 수가 없었다. 그
런 새벽이면 그녀는 희붐한 거실 창을 통해 유유히 흐르는 검은 강
물 위로 자신의 온갖 상심, 우울, 슬픔 등을 훌훌 날려보냄이 최상
의 선택이었다.

　진단컨대 치유키 어려운 그러한 증상은 상영의 무절제한 외도가
급기야는 그녀에게까지 폐해를 끼쳐 그 후유증으로 장기간 병원엘
드나들며 치욕적인 부인과의 치료를 받아야만 했던 지난 봄 이래
일층 더 심해졌음이 사실이었다. 자신의 결혼이 실패라는 것을 깨
달음은, 아니 애초부터 아예 그 선택이 잘못된 것이었음을 인정해

야만 하는 외롭고도 참담한 느낌은 그 무엇으로도 대체할 수가 없는, 헤어날 길 없는 수렁과도 같은 깊디깊은 절망, 그것이었다. 더구나 그 모든 것이 다 온전히 자신의 선택이었음을 깨달아야만 함은 견디기 힘든 고통이었다.

대학을 졸업한 직후 그녀는 참으로 막막하기만 한 한때를 보내야만 했었다. 하늘에 닿을 듯 높기만 한 취업문과 우리 사회에 만연된 여성에 대한 깊은 차별의식, 편모 슬하의 그녀를 위해 많은 것을 희생해온 노모의 쇠락한 모습… 그 모든 것을 감당하기엔 자신의 능력이 너무도 역부족임을 자각하지 않을 수 없는 좌절의 나날이었다. 바로 그즈음 우연히도 가까이 지내는 친척 아주머니 한 분을 통해 그녀에게 소위 청혼이란 것이 들어왔다. 상대는 다름아닌 상영, 그였다. 부동산 매매업을 하는 부모로부터 상당한 재산을 물려받은, 학벌 좋고 잘생긴 젊은 재산가… 적어도 단지 외형적인 조건으로만 본다면 누가 봐도 탐을 낼 만한 준수한 신랑감이었다. 살다보면 평소에 지닌 인지력, 분별력 같은 평상심은 어디론가 완전히 증발되어버리고 무언가 마(魔)가 낀 듯 자신의 생각과는 달리 일이 아주 이상한 방향으로 꼬이고 마는 그러한 날도 있는 법… 난생 처음으로 그녀가 어머니, 언니들에 이끌려 상영을 처음 만나러 나간 날이 바로 그러한 날이었다.

"교육자 집안이라 카믄 얌전히는 자랐겠네요."

시내 중심가에 있는 별 네 개짜리 호텔 커피숍에서 양가 식구들이 마주한 순간 상영의 세 누이들이 그녀를 향해 던진 첫말은 그러했었다. 순간 그녀는 그 '얌전히는'이라는 말이 주는 무언가 좀 애매하고도 모호한 뉘앙스에 왠지 얼굴이 확 붉어지고 말았었다. 신부감 후보인 자신의 다른 면모는 다 접어두고 적어도 얌전히는 자랐겠다는 의미의 그 말이 묘하게 가슴을 긁어내리며 야릇한 자괴심과 모멸감을 안겨주었던 까닭이었다. 또한 은근히 교육자 집안을 폄훼하는 듯한 느낌을 받았음도 사실이었다.

"우리 동생은예, 7남매 막내라서예, 철도 없고 마 완전 허릅숭이라예. 색시감이락두 쪼매 야물고 참한 여자를 만나야 할 낀데 큰일이라예."

"상영이, 니 마 이번엔 우야든지 일을 잘 쫌 성사시켜보그래이. 총각 신세쯤 면해야 안 되겠나."

"그래. 맞대이. 제발 쫌 그래도고."

형형색색 각기 다른 빛깔의 밍크 코트를 입은 상영의 세 누이들은 다투듯 높은 소리로 그렇게 수선들을 피워댔었다. 반면 그들 가운데 앉아 말없이 웃어대기만 하는 상영은 왠지 지나치리만큼 경직되어 있었다. 무척이나 어색하고도 부자연스러운 몸짓, 그리고 부유한 환경, 과보호의 그늘에서 자라난 사람 특유의 단순함과 오만함이 엿보이는 귀공자풍의 모습이었다. 쉽게 설명할 수 없는 무언가 서늘한 간격 같은 것을 느끼게 하는 낯선 세계의 사람들… 상영을 비롯한 그의 세 누이들로부터 그녀는 그러한 느낌을 받았다.

"술 한잔 하실랍니까?"

양가 식구들이 모두 자리를 뜨고 상영과 그녀, 두 사람만 남게 되자 당황한 기색이 역력한 얼굴로 빈 물컵만 빙빙 돌리고 있던 상영은 한참의 시간이 흐른 후 가까스로 입을 열어 겨우 그렇게 말했다.

초면인 여성 앞에서의, 더구나 맞선 자리에서의 첫 일성이라기엔 너무도 예의에 벗어나고 뜬금없다 할 그런 태도였다. 어처구니가 없는 나머지 그녀의 입가엔 절로 웃음이 배어났다.

"고마 나가입시더."

그녀의 웃음을 나름대로는 승낙의 뜻으로 받아들였던 것일까. 상영은 곧 자리를 털고 일어나 호텔 주차장으로 그녀를 안내했다. 그곳엔 매끄러운 감색 외제 승용차 한 대가 주인을 기다리고 있었다. 안락한 승차감, 쾌적한 공간… 능숙한 솜씨로 운전대를 잡은 상영의 옆모습이 처음의 어설픈 인상과는 달리 한결 듬직하고도 유연해 보임은 이상한 일이었다. 얼마 후 두 사람은 도심에서 좀 떨어진 곳, 놀랍도록 야경이 빼어난 강변의 어느 카페에 마주앉았다. 답답하리만큼 말이 없던 상영도 술이 한 잔 들어가자 제법 눈길이 대담해지고 언행에도 짐짓 여유를 되찾아갔다. 속수무책의 지독한 눌변이나 결례도 때론 감쪽같이 과묵과 소탈로 둔갑될 수 있음을 실감한 날이었다 할까. 상영을 처음 만난 날이 바로 그러한 경우였다.

"얘, 그 사람, 생전 책 한 권도 안 읽은 얼굴이드라. 넌 어땠어?"

"우리 집안과는 분위기가 많이 다르던데… 괜찮겠니?"

"첨부터 익숙한 사람이 어딨어. 그리고 언니, 책벌레가 얼마나 사람을 피곤하게 하는지 알아? 그 남자, 그런대로 담백한 면도 있고 봐줄 만했어."

맞선을 보고 돌아오던 날 이미 출가한 두 언니들이 심히 조심스런 낯빛으로 상영에 대해 그렇게 논평할 때에도 얼결에 그만 그같이 응하고 만 그녀였다. 그래도 무언가 실제의 상영을 한껏 미화시켜보려 한 의도에서였다. 실상은 비록 짧은 시간의 만남이었으나 그녀는 이미 상영이 지닌 몇 가지 면면이 심히 불안스럽고도 미흡했음을 감지 못한 바 아니었다. 예컨대 나이와 학벌에 비해 대화의 내용이 의외로 빈약했던 점, 또한 경영학이라는 그의 전공에 비해 그가 하는 일, 빌딩 관리인이라는 그의 직업이 전혀 전문성이 없고 비진취적인 업무라는 점 등등… 하지만 그에겐 그 나이가 쉽게 소유 못 할 굳건한 부가 있었고 또한 그로 인해 지닐 수 있을 무한한 가능성과 자유로움이 있었다. 굳건한 부와 자유로움, 그리고 가능성… 돌이켜보면 그러한 것에 대한 믿음이란 얼마나 어리석고도 무모한 것인가… 그것의 일면이 지닌 부도덕, 헛됨, 가변성 등과 같은 요소는 전혀 고려하지 못한 미망, 흔히들 청홍 각시가 씌었다고 하는 망령과도 같은 미망이 문제였음을 그땐 미처 깨닫질 못했었다.

스트레치… 자아, 이번엔 스트레치 동작입니다.

힘껏 뻗고 둘 둘 셋 넷, 힘껏 뻗고 둘 둘 셋 넷…….

다리와 팔이 사선으로 맞닿게끔 활활 뻗어보이며 젊은 강사가 한껏 목청을 돋우고 있었다. 격렬하다 못해 금방이라도 곧 터져나갈 듯 폭발적인 몸짓이다. 쿵 쿵 쿵… 신나게 울려오는 음악에 따라 자신도 모르게 그녀는 한참이나 몸을 움직여댔음을 느낀다. 등줄기에 땀이 흥건히 배어난다. 다리가 후들거린다. 생각은 전혀 다른 곳을 헤매고 있었건만 몸만은 열심히 음악을 따라가고 있었나… 앞면 거울에 비친, 땀으로 흠뻑 젖은 자신의 은빛 스판 헬스복이 스스로 보기에도 더없이 선정적인 느낌으로 다가든다. 상영이 만일 이 모습을 본다면 그는 과연 무어라 할 것인가.

"에어로빅 선생이 여자인가, 남자인가, 그기이 중요한 기라. 확실히 쫌 말해보그래이. 여자 맞나? 틀림없제?"

그녀가 헬스클럽에 나가겠노라 그 뜻을 밝혔을 때 상영은 맨 처음 그 점을 가장 궁금해하며 그렇듯 하릴없이 꼬투리를 잡고 늘어졌었다.

"분명히 여자예요. 여기 사진이 있어요. 이봐요. 여자 맞잖아요."

그녀가 신문 광고 전단에 실린 에어로빅 강사의 사진과 약력을 들이대며 몇 번이고 여자임을 강조하자 그때서야 그는 겨우 입을 다물며 가타부타 더 이상 말이 없었다. 병적이다 싶은 그의 그러한 기이한 징후는 그들의 신혼여행지인 남태평양의 작은 섬 피지, 그곳에서부터 이미 그 조짐을 드러내기 시작했었다.

태고적 시원(始原)의 자취가 고스란히 남아 있는 코발트 빛 해변에서의 허니문… 그러나 그녀에게 있어 그건 결코 밀월의 시간이 아니었다. 아니, 악몽과도 같은 곤욕의 사흘간이었다. 도착 당일 잠시 섬 일대를 관광한 짧은 일정을 제외하고는 사흘 내내 밤낮을 호텔 내에서만 먹고, 자고, 마시고, 나뒹굴고 하는 참으로 이해할 수 없는 시간을 보내야만 했던 것이다. 거의 편집광적 습성으로 메워져간 피지에서의 끔찍했던 시간들… 상영은 밤낮없이 규혜의 몸을 탐하고 또 탐했다. 그리고 일이 끝난 후면 세상 모르게 잠에 빠져들었고 잠에서 깨어나면 다시 또 곧바로 새로운 욕구를 채우고는 또 잠에 떨어지곤 하기를 수차례… 이윽고 야자수 우거진 작은 섬에 고즈넉이 노을이 내리는 사흘째 되던 날 저녁 무렵, 코를 골며 잠든 상영을 호텔에 남겨둔 채 그녀는 홀로 해변을 향해 몸을 빠져나왔다. 섬에 도착한 이래 처음으로 시도해보는 산책이었다. 그러나 산호섬에 에워싸인 은은한 노을빛 해변을 걸어가며 그녀는 소리없이 그만 울고 말았다. 외롭다는⋯ 너무도 외롭다는 생각에 열대의 무덥고 후끈한 기후에도 얼어붙은 듯 가슴이 시리다는 느낌 외엔 아무것도 생각할 수가 없었다. 무언가 따뜻한 존재가 그리웠다. 무엇이든 낯설지 않은 대상이 곁에 함께 있어준다면⋯ 가족들, 어머니, 언니들⋯ 그들의 모습이 차례로 생각났고 또한 대학 시절 내내 같은 동아리 멤버로 허물없이 지내왔던 복학생, 규석의 얼굴이 떠올랐다. 어느 해 공주 갑사의 계룡산에서 있었던 과 단합 모임 때의 일이 눈앞을 가려왔다.

비 내리는 하산길, 더듬더듬 비에 젖은 바윗길을 내려오다 잔솔가지에 걸려 발목을 다친 그녀를 등에 들쳐업고 산양처럼 날렵한 몸짓으로 산을 내려오던 규석의 듬직한 어깨⋯ 자신을 향한 그의 감정이 무언가 남다름을 알고는 있었으나 왜 도망치듯 그렇게 상영과의 결혼을 서둘렀던 것일까. 가난한 운동권 투사인 그와의 만남이 앞날을 예측할 수 없이 불안하기만 했던 것일까.

"규혜, 너 이렇게 빨리 시집갈진 몰랐다. 완전히 한 대 먹은 기분인 거, 너 아냐? 하지만 아무튼 축하한다. 부디 잘 먹고 잘 살아라."

결혼식날 동아리의 패거리들과 함께 신부 대기실에 찾아와 농담인 듯 진담인 듯 그렇게 말하던 그의 애연한 눈동자⋯ 늘 함께 있을 땐 모른 척 외면했던 그의 마음이 먼 곳 남태평양의 작은 섬 이곳에 와서야 비로소 깨달아지다니⋯ 신부의 상심한 마음 따윈 내 몰라라 호텔 침대 속에서 정신없이 꿈나라를 헤매고 있을 낯선 남자, 상영을 떠올리며 진저리치듯 그녀는 방울방울 눈물을 떨구었다. 막 어둠이 내리려는 해변을 뒤로 하고 암담한 마음을 달래며 가까스로 그녀는 상영이 잠들어 있는 호텔 방으로 되돌아왔다.

"대체 어딜 싸댕기다 오는 기고? 정신이 있나, 없나. 옷차림은 또 그기이 뭐고? 팔때기를 허옇게 드러내놓고⋯ 돌았나?"

그러나 정작 호텔 방에서 그녀를 기다리고 있는 것은 더욱더 큰 절망이었다. 금방 잠에서 깨어난 상영은 덜커덩 호텔 창문이 흔들릴 만큼 벽력같이 소릴 내지르며 방으로 들어서는 그녀를 향해 무섭게 뺨을 후려쳤다.

병이구나⋯ 병⋯ 도를 넘어선 중증⋯ 놀라움과 충격에 그녀는 말을 잃었다. 금방이라도 민소매 위로 걸쳐입은 그녀의 얇은 투명 재킷을 와락 찢어놓고야 말 듯 광기로 번뜩이는 두 눈이 집어삼킬 듯 그녀를 쏘아보고 있었다.

서울에 도착하는 즉시 헤어지자. 더 이상 희망이라곤 없어. ⋯ 결혼식이 끝나고 서울을 떠나오기 전 그들의 환송을 위해 공항까지 따라나온 여고 동창 연희 부부에게까지 시종 이해할 수 없는 경계의 시선을 늦추지 않던 괴이한 태도라니⋯ 피가 나도록 입술을 깨물며 그녀는 상영의 눈을 피해 서울로 올라갈 그녀 혼자만의 짐을 싸기 시작했다.

"와 이라노? 니이 대체 뭐하는 기고? 내 잘못했다. 고마 화 풀그래이."

뒤늦게야 사태의 심각성을 깨달은 상영은 그제서야 허겁지겁 사과를 하며 화해를 청해왔다. 그러나 일단 떠나기로 마음먹은 그녀의 결심은 끝내 흔들리질 않았다. 그 결과 당초 계획했던 7일간의 허니문 일정은 단 3일로 축소될 수밖에 없었다. 뜻하지 않던 불상사였다. 그러나 서울로 돌아온 즉시 이혼하리라 작심했던 그녀의 마음은 여지없이 무너지고 말았다.

새로 꾸민 그녀의 신혼 아파트에서 요모조모 새 살림을 돌보며 행여 무슨 불상사라도 있을세라 염려스레 딸의 돌아옴을 기다리고 있는 친정어머니의 노쇠한 모습은 굳게 먹은 그녀의 모진 마음을 산산이 깨부수고 말았던 것이다. 태형의 대입 삼수 바라지로 인해 급격히 늘어난 백발과 구부정 휘어진 허리… 그런 모습에도 아랑곳없이 귀공자 사위의 까다로운 입맛을 위해 동분서주, 음식 장만에 여념이 없는 가엾은 어머니… 아, 어머니… 그녀는, 적어도 어머니 앞에서만은 세상에서 가장 행복한 딸의 모습을 해보이는 수밖에 없었다. 언니들로부터 자문을 구해보기도 했으나 사정은 크게 달라지질 않았다.

"결혼을 무슨 일과성 해프닝쯤 여겼었니? 겨우 신혼여행을 다녀와서 헤어진다니… 50퍼센트의 책임과 50퍼센트의 인내로 이루어진 일생 일대의 모험이 바로 결혼인 거야. 거기엔 인간이 겪을 수 있는 온갖 것이 다 들어 있다. 어디 좋은 일만 있을 줄 알았니? 네게도 선택의 책임은 있어. 좀더 노력해봐."

"컴퓨터 합성에 의해 네 맘에 쏘옥 드는 남잘 만들어내지 않는 한 이상적인 결혼이란 없어. 그만하면 정상 판정이야. 온달을 출세시킨 평강 공주도 있잖니."

언니들은 우선 그렇게 그녀를 설득하려들었다. 그녀 자신에게도 일말 선택의 책임이 있음은 인정하지 않을 수가 없었다. 하지만 바보 온달과 상영은 애초부터 비교가 안 되는, 근본적으로 그 부류가 다른 인간임을, 언니들은 그 점을 모르고 있었다. 상영에게 온달만큼의 정직성과 진정성만 있다면… 그렇다면 그녀는 나머지 그 모든 것은 다 참아낼 수가 있었을지 모른다.

예컨대 상영에겐 보통 사람이 갖춰야 할 가장 기본적인 덕목이 결여된 것이다. 그녀의 언니들은 그 점을 알 리 없었다. 비록 단 며칠간의 부부일지언정 그간 상영과의 사이에 발생한 온갖 치부, 그 면면을 겪은 바 그대로 다 설명하기란 불가능했다. 제아무리 가까운 언니들이라 해도 그건 결코 가능한 일이 아니었다. 때문에 그녀는 차라리 침묵 쪽을 택할 수밖에 없었다. 그렇게 참고, 그렇게 인내하고, 그렇게 견뎌온 6년 세월이었다.

그리고 그 사이 민우가 태어나 자랐다. 혹여라도 아이 아버지가 되고 나면 무언가 좀 변화될까 싶던 상영의 태도는, 그러나 조금도 달라지질 않았다. 상영은 민우에게도 더없이 냉담했다. 매사가 오직 자기 본위, 자기 중심일 뿐 그는 자신 외엔 그 누구에게도 지속적인 애정이나 관심 따윌 쏟는 법이 없었다. 민우에게도 그건 결코 예외가 아니었다. 때로 아이가 까닭없이 칭얼대거나 투정이라도 할라치면 버럭 소릴 내질러 아이를 쫓아버리거나 뺨을 후려치곤 했다. 심지어는 자신에게보다 아이에게 더 정성을 쏟는 그녀의 태도가 못마땅한 나머지 아이와 그녀에게 광적인 행패를 부리며 가차없이 폭력을 휘두르곤 했다. 악몽과도 같은 곤욕의 나날이었다.

일찍부터 그러한 부성의 결핍을 감지한 때문일까. 자라나면서 민우는 눈에 띄게 아빠의 존재를 멀리했다. 아니 너무도 낯설어만 했다. 그러한 민우의 모습이 가여워 그녀의 모성은 날로 더 견고해질 수밖에 없었던 것일까. 적어도 민우를 키우는 동안만은 그녀는 모든 것을 잊을 수가 있었다. 극심한 외로움도, 고통도, 상영으로 인해 생겨나는 온갖 모멸감까지도… 하지만 언제부터인가, 정확히 말해 아마도 민우가 유치원엘 다니기 시작한 그 무렵부터였을 것이다. 꼭꼭 묻어두어 어디론가 완전히 소멸된 줄만 알았던 끝모를 그녀의 가슴앓이가 다시금 서서히 조짐을 드러내기 시작했다. 눈을 뜨는 아침이면 거센 조류인 양 끝도 없이 밀려갔다 밀려오는 아득한 외로움에 질식할 것만 같은 나날이 이어져갔다. 겨우 스물아홉이라는 나이에 너울인 양 외로움을 둘러쓰고 앓고 있는 여자… 연규혜… 귀청을 때리듯 크게 울려오는 음악에 따라 맥없이 움직이는 그녀의 몸이 해파리처럼 자꾸 처져만갔다.

오므렸다, 펴고… 오므렸다, 펴고… 복근운동, 복근운동입니다. 콘트랙션 릴랙스, 콘트랙션 릴랙스…….

강사의 음성은 도시 지칠 줄을 모른다. 콘트랙션 릴랙스라니… 완전히 영어 일색 아닌가. 영어 모르는 사람은 에어로빅이나 제대로 배우겠나… "대한민국 여자들 참 한심해요. 학교 다닐 때 죽으라고 영어 배워갖고는, 로션, 크린싱, 어쩌구 하면서 겨우 화장품 구입할 때나 그걸 써먹다뇨…" 자신을 겨냥한 태형의 독설이 생각나 그녀의 입가엔 언뜻 고소가 어린다. 연전 어머니가 돌아가신 후 형제 중 하나 남은 막내로서 맘 고생을 많이 한 탓일까. 태형은 점점 더 가족들로부터 멀어져만 갔다. 대학에 들어가 사회 여러 계층에 눈을 돌리며 봉사활동에 참여하면서부터, 또한 그에 따라 매형인 상영과의 반목이 깊어질수록 바로 손윗누이인 그녀와도 이미 어느만큼은 훌쩍 소원해져버렸음이 사실이었다.

"괴목값은 원하는 사람의 마음값이라 하셨어요… 그리고 신부님 특강은 월요일과 목요일, 양일간에 있어요. 월요일과 목요일… 잊지 마세요."

괴목을 안고 방문한 어제 오후, 여운처럼 그 말을 남기고 단희와 함께 그는 돌아갔다. 월·목이라 했나… 월… 목… 아, 오늘, 오늘이… 조용히 되뇌이는 그녀의 얼굴에 초조감이 일렁인다. 한층 고조되어가는 음악에 따라 여자들의 동작 또한 터질 듯 격렬해진다. 마치 승마하는 듯한 자세를 취한 채 일제히 하반신의 굴절운동을 시작한다. 움츠렸다 펴고… 움츠렸다 펴고… 그러나 그녀의 몸은 이제 더 이상 음악을 받아들일 기분이 아니다. 곧장 여길 나가 서두르기만 한다면… 목까지 차오르는 조급증에 기어이 그녀는 동작을 멈추고는 소리없이 혼자 체조실을 빠져나간다. 샤워도 생략한 채 총총걸음으로 집을 향하는 그녀의 얼굴은, 그러나 그리 밝아 보이질 않는다. 훤한 대낮부터 위스키를 입에 대며 벌겋게 가슴을 드러낸 가운 차림으로 눈 빠지게 그녀를 기다리고 있을 상영을 떠올린 때문일까. 걸음의 속도가 완연히 줄어든다.

"어델 간다꼬…? 미쳤대이. 니이 바람났나?"

필경 그는 그녀의 외출을 막으며 그렇듯 질색을 할 것이 틀림없다. 대신 괴물같이 덮쳐오며 그녀의 한낮을 엉망으로 망쳐놓을 것이다. 괴물… 괴물이란 단어가 서슴없이 떠오르며 조금쯤은 가슴이 후련해진다. 상영을 아끼는 시누이들이 들으면 어인 망발이냐 펄쩍 뛸 소리겠으나 그녀에게 있어선 상영을 가리키는 그 말 이상의 적절한 어휘는 없을 듯싶다.

"야꼬나. 민우, 야아도 방울꼬추 맞네. 부전자전이라 카더니만 희한하네. 올케는 마 돈 벌었대이. 그기이 소위 백만 불짜리라 카는 거 아니가… 알기나 하나?"

언젠가 그녀의 집에서 가족 모임을 가졌을 때 짜박짜박 걸으며 혼자 놀고 있는 민우를 담싹 끌어당겨 느닷없이 아이의 사타구니께를 들여다보던 큰시누이는 그렇듯 호들갑을 떨며 한바탕 좌중을 웃겼었다. 집안 여자들이 함께 모일 때면 늘 질펀한 농담을 즐기는 시누이들은 으레 자신의 남동생들을 가리키는 말인 365일 초성능, 백만 불짜리, 에브리 나잇, 운운하며 은근히 집안의 내림이라는 소위 그 방울고추를 자랑하기에 여념이 없었다.

"올케들은 좋겠대이. 그기이 얼매나 좋은 기라꼬. 복도 참 억수로 많대이."

그러나 올케들이라 불리는 규혜의 네 동서들은 한결같이 매우 곤혹스럽고도 신산한 반응으로 일관할 뿐이었다.

"형님, 방울고추, 방울고추 하시는데 그거 혹 가짜 아녜요? 제가 보기엔 꼭 가짜만 같아요……"

언젠가 한번은 엉뚱한 소릴 잘하기로 유명한 그녀의 큰동서가 뜬금없이 그렇게 말해 포복절도, 모두들 눈물이 나도록 웃어댄 적도 있었다. 맏며느리인 까닭에 결혼 직후부터 엄하기로 소문난 층층시

하에서 말할 수 없이 고된 시집살이를 했다는 큰동서는 간혹 아주 경미한 정서 장애라 할 만한 기이한 언행을 보여 주변을 긴장시키곤 했다. 예컨대 펄펄 끓는 기름 냄비에 자신이 깎고 있던 사과를 풍덩 던져넣는다든가, 곁에 있는 사람은 전혀 의식 않고 혼자서 흰소릴 웅얼웅얼 늘어놓는다든가 하는 식의 증상이 그에 속했다. 주로 수면이 부족할 때나 정신적으로 피로할 때면 그러한 증세는 더욱 두드러졌다.

"가짜, 가짜야… 모든 게 다 가짜야. 이 집엔 진짜라곤 하나도 없어."

때론 아주 비밀스런 고백을 하듯 최대한 음성을 낮춰 그렇게 속삭일 때도 있었다. 큰동서의 그러한 독백은 어쩔 수 없이 규혜, 그녀에게 또한 묘한 공감과 쾌감을 불러일으키는 바 없지 않았다. 결혼 후 상영과 관계된 상당 부분이 거의 다 허위였음을 깨닫게 된 동병상련과도 같은 유대감 때문이었을까.

신혼 초 우연히도 그녀는 상영과 같은 대학 출신인 연희의 오빠를 통해, 그리고 그 후 몇 가지의 확인과정을 통해 상영이 그 대학의 정식 학생이 아닌 청강생이었음을 알게 되었다. 그리고 얼마 후 시집으로부터 물려받은 자신의 결혼예물이, 또한 시누이들을 통해 구입한 고가의 가구, 장식류 등속이 모조리 가짜였음을 알게 되었다. 그때의 당혹감과 낭패감은 이루 다 말할 수가 없었다. 정직과 진실이 결여된, 오직 금전만으로 도포된 허위로 가득 찬 삶… 모래 위의 집… 그녀는 어언 그 집 앞에 다다라 있었다. 두근거리는 가슴을 누르며 그녀는 한차례 훅, 가쁜 숨을 몰아쉰다. 제발 어디론가 외출하여 부재중이라면… 아님 술을 먹고 깊은 잠에 빠져 있든가…
소리 안 나게 아파트 출입문을 여는 그녀의 손길이 매우 조심스럽
다. 살금살금… 한껏 발짝소리를 죽이며 그녀는 안으로 겨우 몇 걸
음인가를 떼어놓는다.

"오늘은 우째 되게 빨리 왔대이. 온몸이 촉촉하네. 목욕도 몬 했
드나?"

아니나다를까, 악령인 양 소리나는 그곳엔 섬뜩한 형상의 상영이
그녀를 지켜보며 서 있다. 엷은 가운 속에 전라의 몸을 감추고 반쯤
마신 위스키 잔을 들고 있는 모습엔 그녀의 이른 귀가를 반기는 기
색이 역력하다.

"가봐야 할 데가 있어서 좀 일찍 왔어요."

되도록 목소리에 감정을 싣지 않으려고 애를 쓰며 마지못한 듯
그녀는 그렇게 대답한다.

"뭐라꼬? 나갈 일이 있다꼬? 말도 아이다. 낭군님이 집에 있는데
가기는 어델 간다꼬… 이리 쫌 온나, 보자."

예의 숨가쁘고도 들큰한 목소릴 내며 상영이 그녀의 곁으로 다가
온다.

"안 돼요. 빨리 나가봐야 해요."

그러나 헬스복을 빨아 널기 위해 빠른 걸음으로 세탁실을 향하는
그녀의 의지는 단호하기만 하다.

"잔소리 말고 이리 오라카이. 가기는 어델 간다고… 내 말 안 들
리나."

이윽고 버럭 소릴 지르며 곁으로 다가온 상영이 와락 그녀의 팔

을 나꿔챈다. 터질 듯 거친 숨을 몰아쉬며 다급해진 상영은 그녀를 그대로 거실 소파에 눕혀버린다.

"곧 민우가 올 시간이에요. 이러지 말아요, 제발⋯⋯."

"시끄럽다 마. 여자가 와 이리 뻗세고 난리고."

힘껏 도리질하며 그녀는 남자의 품을 벗어나려 기를 쓴다. 그러나 상영의 사나운 손길은 여지없이 그녀의 옷을 벗겨내린다. 훅훅 뜨거운 숨을 내뿜으며 마침내 상영이 소파 위에서 요동치기 시작한다.

"딩동 딩동⋯ 엄마아, 엄마아, 민우 왔어요."

순간 밖으로부터 자신의 돌아옴을 알리는 민우의 힘찬 음성이 들려온다.

"엄마아, 엄마아⋯ 빨리 문 열어요, 엄마아⋯⋯."

시간이 지날수록 아이의 음성은 울듯이 다급해만 간다.

"민우가 왔어요. 그만 해요, 그만⋯⋯."

"지⋯쪼⋯ 쪼매만 기다리라 캐라. 헉헉⋯⋯."

"아, 안 돼요. 제발⋯⋯."

질식할 듯 밀착되어오는 상영을 안간힘을 다해 밀쳐버리며 그녀는 화드득 몸을 일으켜 옷을 걸쳐입고는 현관으로 달려나간다. 벌컥 문을 열어젖힌다.

"으앙⋯ 엄마. 왜 이제 나와. 으아앙⋯⋯."

참다 못한 민우가 와락 울음을 터뜨리며 그녀의 품에 안겨온다.

"그래, 그래. 미안하다, 미안해. 착하지. 울지 마."

얼결에 아이의 몸을 번쩍 안아올리는 그녀의 손바닥에 따끈한 열기가 전해온다. 뚝뚝⋯ 금세 흥건한 물기가 그녀의 손을 타고 사정

없이 바닥으로 떨어져내린다.

"아, 이런… 괜찮다. 괜찮아. 자, 어서 가서 씻자."

그녀는 급히 타월 한 장을 가져와 물기로 축축한 아이의 아랫도리를 감싼다.

"바보 같은 자슥! 뚝 몬 그치나, 엉?……."

어느새 다가왔는지 상영이 다가와 철썩 아이의 뺨을 후려갈기며 악을 쓴다. 겨우 팬티만 걸치고 씩씩대는 양이 참으로 가관이다. 겁에 질린 아이는 더욱더 큰 소리로 울어댄다.

"아이 잘못이 아니잖아요. 이제 더 이상의 폭력, 결코 용서 못해요. 비켜요!"

분노로 부르르 떨려오는 몸을 가까스로 가누며 그녀는 아이를 보듬어 안고 욕실로 들어선다.

가리라. 떠나리라. 이제 더 이상은 참을 수가 없어…! 뽀독뽀독 소리나게 아이의 몸을 씻기는 그녀의 모습에 결연한 빛이 감돈다. 이즈음 들어 그녀는 가뭇없이 자신의 존재가 증발되기만을 바라며 하루하루를 축내왔었다. 다음 단계로 그녀를 사로잡은 가공할 소망은 상영, 그의 사라짐이었다. 추악한 그의 여성 행각이 그녀의 심신에 극도의 혐오와 황폐를 가져온 이래 언제부터인가 그녀의 마음에 자리잡기 시작한 극단의 감정이었다. 비록 그것이 단지 무의식적이고도 잠재적인 형태의 것이라고는 해도 그녀는 자신의 내부에 자리한 그러한 감정에 경악을 금할 수가 없었다. 최악의 상황… 바야흐로 그 한계가 극에 달하고 만 최악의 상황이 아닐 수 없었다.

"엄마, 어디 가아?"

　말없이 새옷을 갈아입히는 그녀를 향해 민우가 그렇게 묻는다.
단지 고개만을 끄덕여 아이의 말이 사실임을 알린 후 그녀는 조용
히 장롱 속에 넣어둔 돈을 꺼내어 자신의 지갑에 옮겨넣는다. 삼십
삼만 원… 비록 마음값에 미치지는 못하여도… 문득 에어로빅 수강
료와 괴목값을 번갈아 떠올려보며 그녀는 급히 외출 준비를 마치고
는 민우의 손을 잡고 방을 나선다.
　"어델 갈라꼬? 니이 참말로 갈라 카나. 몬 간다."
　마악 거실을 통과하려는 민우와 그녀를 막아서며 예의 주먹을 불
끈 쥔 상영이 성난 짐승처럼 으르렁거리며 달려든다. 우습게도 팬
티 바람인 차림새만은 여전하다.
　"갈 데가 있다고 했잖아요. 죽어도 가야 해요. 비켜요."
　전에 없이 완강한 그녀의 태도에 멈칫 숨을 들이켜며 상영이 잠시
주춤한 기색을 보인다. 그 틈을 타 그녀는 재빨리 민우의 손을 잡고
아파트를 빠져나와 뜨겁게 달구어진 자신의 차에 오른다. 차내의 후
끈한 열기는 찜통을 방불케 했으나 등골을 타고 흐르는 짜릿한 기운
에 그녀는 오싹 한차례 몸을 떤다. 차창을 활짝 열어젖힌다. 싱그러
운 여름냄새가 뭉클, 코끝을 간지럽힌다. 딱딱하게 죽어 있는 삶이
아닌, 뜨겁게 가슴이 살아 숨쉬는 그런 삶을 찾아… 하나, 둘, 셋…
크게 심호흡을 하며 유연한 출발을 위해 그녀는 가볍게 가속기의 페
달을 밟는다. 핸들을 잡은 그녀의 손에 흥건히 땀이 고인다.
　"엄마, 어딜 가는 거야?"
　옆좌석에 앉은 민우가 말갛게 올려다보며 묻는다.
　"으응… 무언가 진짜 진짜인 것을 찾아 떠나는 거야. 진짜를……"

커다랗게 눈앞을 가려오는 괴목을 떠올리며 힘주어 그녀는 그렇게 말한다.

"와아, 진짜?… 진짜로 가는 거야?"

좋아라 엉덩방아를 찧는 민우의 얼굴이 환하게 피어난다. 매일 아침 어디론가의 탈출을 꿈꾸며 오직 한 개 점이 되어 멀리멀리 사라지고만 싶었던, 다시는 아니 돌아올지도 모를 허공에 매달린 105동 501호 자신의 방… 그곳을 올려다보는 그녀의 눈동자에 반짝 물기가 어린다. 습관적인 동작인 양 카 스트레오의 스위치를 눌러본다.

"… 방금 들어온 뉴스, 뉴스 속보를 알려드립니다. 아, 이제 막 또 한 명의 생존자가 구조되었음을 알려드립니다. 기록적 매몰 생환, 제3의 생존자가 구출되었습니다. 물 한 모금 먹지 않고 장장 15일 17시간을 견디어낸, 무려 3백 77시간이라는 기적의 생존 기록을 이룬 또 한 사람의 생존자… 이번에도 역시 젊은 여성입니다. 끈질긴 생명에의 의지로 인간 생존의 한계를 뛰어넘은, 도저히 믿을 수 없는… 아직도 붕괴현장 곳곳에는 이러한 기적적 생명공간이 좀더 남아 있을 것으로……."

부르릉… 이윽고 그녀의 진홍빛 승용차가 움직이기 시작한다. 아파트의 녹지대를 가르며 유유히 달려나간다. 차체의 흔적을 따라 녹음의 짙은 향취가 너울거린다. 뜨겁게 달아오른 한여름의 대기… 한 개의 빨간 점이 부신 햇살 속으로 깜빡, 그 자취를 감춘다. 작열하는 여름… 여름 한낮이다.

-《현대문학》1996년 9월

피서지

밤바다는 무섭도록 아득하고 적막하다. 태고의 절대 암묵과 신비를 재현하듯 가없이 펼쳐진 어둠과 겹겹의 검은 물결… 그 검은 공간 위로 겹겹이 떠 있는 몇 개의 시린 조명탄. 차르륵 차륵… 하얗게 부서지며 끝없이 반복되는 조류의 흐름이 없다면 그들 자매에겐 더욱 쓸쓸했을 밤이다.

아이들 괜찮을까. 아무래도 좀 불안하다. 괜찮아. 지금쯤은 아마 다들 꿈나라를 헤매고 있을 걸. 언니 쪽의 우려에도 그녀는 전혀 개의칠 않는 기색이다. 열대풍의 화려한 무늬 헤어밴드에 어깨가 환히 드러나는 아슬아슬한 끈 티셔츠, 짧은 핫팬츠 차림인 그녀는 삼십대 초반임에도 마치 20대처럼 발랄해 보인다. 휘파람을 불듯 가볍게 콧노래를 부르며 담싹 찬숙의 팔짱을 끼어온다. 북적대는 한낮의 인파는 어디로 다 숨어버렸나. 어두운 해변을 따라 띄엄띄엄 자리잡은 포장마차의 불빛이 겨우 피서지의 정취를 일깨울 뿐 최전방이 멀지 않은 동해의 밤은 적이 삭막한 느낌이다. 그러나 한곳에 옹기종기 모여 있는 어둠침침한 민박촌에서 좀 떨어진 곳, 해변의 한쪽 끄트머리 솔밭 둔덕으로부터 휘황한 빛을 발하며 굽어보는 일급호텔의 자태만은 단연 고압적이다. 그 아래로 다닥다닥 이어진 고만고만한 민박촌의 우중충한 형상이 어둠 속에서도 강렬한 대비를 이루며 보는 이의 눈길을 잡아끈다.

어제 지름길인 수로를 이용, 배를 타고 C항으로부터 이곳에 도착했을 때 8월의 뙤약볕이 내리쬐는 선착장엔 피서객을 상대로 민박을 유치하려는 많은 아낙들로 붐볐었다. 그들 중 그녀의 남편 J는 가장 나이 많고 지쳐 보이는 한 여인의 뒤를 따라가 묵묵히 그 집을 가족의 숙소로 정하였다. 아낙의 집은 민박촌의 여러 집 중에서도 가장 초라하고 누추해 보이는 집이었다. 깔끔 떠는 일에 둘째라면 서러울 그녀의 반응은 말할 것도 없고 그녀의 남동생 K를 비롯, 비교적 성품이 무던한 그녀의 언니까지도 그 집을 숙소로 정함에 못내 난색을 표했으나 그녀의 남편 J는 모른 척 외면하였다.

손바닥만한 마당이나마 최소한 시멘트 포장이라도 되어 있는 아담한 민박들도 많았으나 하필이면 펌프장의 물이 흘러넘쳐 질척해진 흙마당에 허름한 담장 밑으로 아무렇게나 자라난 푸성귀며 호박 등을 너저분하게 심어놓은, 그리고 흥부네처럼 올망졸망 연년생의 아이들이 무려 일곱씩이나 되는 몹시도 신산한 누옥을 휴가철 가족의 숙소로 정한 J의 심사를 그녀는 알 길이 없었다. 기왕에 집을 나와 객지에서 돈을 쓸 양이면 되도록 가장 어려운 집을 도와주어야만 한다는 것이 그의 생각이었다. 그러나 함께 온 가족 중 그의 의견에 동감하는 사람은 아무도 없었다. 더구나 소위 신세대라 할 대학 2년생인 그녀의 남동생 K의 반응은 더욱더 상반되었다. 한차례 태풍이라도 불어올 양이면 마을 전체가 온통 다 날아가버릴 듯 열악한 환경… 그 중에서도 가장 초라한 누옥에서 보내야만 할 3박4일의 피서 일정에 J를 제외한 가족 모두는 적이 낭패스런 기분임을 숨길 수가 없었다. 누나, 우리가 지금 불우이웃돕기 하러 온 거야. 바캉스… 우린 쉬러 온 거야. 휴식을 위해 온 거라구. 바캉스엔 쾌적한 환경이 필수 아냐. 이번 휴간 완전히 종쳤어. 너무도 화가 난 나머지 K는 그렇듯 불만을 터뜨렸고 그런 상황을 지켜봐야만 하는 그녀는 시작부터 벌써 맥이 빠져버렸다.

애초 J가 해외출장 중인 손윗 동서를 대신하여 처형 식구를 비롯, 혼잣몸인 장모, 처남 등 모처럼 처가 식구들과 함께 피서행을 건의해올 때부터 그녀는 내심 한가닥 우려의 마음을 금할 길이 없었다. 처가를 대하는 마음이 편편하고 엽렵하긴 하나, 도시 중산층의 정서를 지닌 친정붙이들과 전형적 시골 태생인 J와는 곧잘 아귀가 잘 맞질 않는 그 무엇이 있음을 그녀는 인정치 않을 수가 없었다.

난 이곳이 맘에 든다. 평생 살 것도 아닌데 왜들 까탈을 부리고 그러니. 길어야 사나흘 있음 떠나잖니. 가족간 논란이 분분한 중에도 결국 세상을 살 만큼 살아온 장모의 후원에 힘입어 J의 의견은 가까스로 통과가 되었고 그로써 숙소 문제는 끝이 났다. 더러워… 세수도 못 하겠어. 마당을 걸어다니기도 싫어.

　도시의 단출한 아파트 생활에만 익숙해온 유치원생인 그녀의 딸 예리, 그리고 초등학교 저학년인 언니의 아이들마저 심히 투정을 하며 숙소에 정을 못 붙여 야단이었으나 어쩔 수가 없는 일이었다.

　쿵 쿵 쿵…….

　짭짜름한 바닷 바람을 타고 어디선가 흥겨운 음악소리가 들려온다. 해변의 한쪽 끝 불이 훤히 밝혀진 대형 텐트로부터 흘러나오는 소리임이 분명하다. 언니, 우리도 저리 가자. 쉘 위 댄스 어때, 신나잖아. 너 왜 이러니… 예리 아빠 알면 큰일날라. 그녀 언니의 낯빛엔 불안한 기운이 가득하다. 걱정마아. 그인 지금 친구랑 한참 술독에 빠져 있을 거야. 민박에 일찍 들어감 뭘해. 좁아터진 방에, 모기향 냄새하며… 아휴, 생각만 해도 숨막혀. 그녀 언니의 염려에도 진저리치듯 말하는 그녀는 그리 쉽게 물러설 기미가 아니다.

　도착 당일인 그제 오후던가. 비누, 모기향 등 몇 가지 생활용품을 사러 마을 슈퍼엘 들른 그녀 내외는 뜻밖에도 그곳에서 가족과 함께 온 J의 대학동창을 만났다. 그녀도 잘 알고 있는 가까운 친구였다. 두 사람은 반색을 하며 서로의 숙소를 알려주었고 조만간 곧 만나 술 한잔 할 것을 약속하였다. 친구의 숙소는 민박과는 꽤 거리가 먼 피서지 유일의 호텔이었다. 그러나 워낙 바닥이 좁아서일까. 다음날 아침 졸라대는 아이들을 이끌고 해변 단 하나의 놀이기구인 회전 그네를 타러간 그녀 가족은 그곳에서 다시 어제 만난 J의 친구와 마주쳤다. 그도 역시 가족과 함께였다. 자연스레 어울린 두 가족이 놀이기구를 타는 동안 으레 그러한 수순이듯 J와 그의 친구는 대작할 것을 약속했고 그 시간이 바로 휴가 3박4일의 마지막 밤인 오늘이었다.

날이 어두워지자 아이들을 밖으로 나가지 못하도록 단단히 단속
해놓은 다음 J는 친구를 만나러 갔다. 그녀에게 대신 아이들 감호의
역할을 당부한 것은 물론이었다. 그러나 밤이 깊어지고 질식할 듯
답답해진 그녀는 저녁잠 많은 노모에게 잠든 아이들을 맡기고는 언
니와 함께 살그머니 밤바다로 빠져나왔다.

쿵쾅 쿵쾅…….

부쩍 커진 음악소리가 찢을 듯 귀청을 때려온다. '서울 디스코
텍'… 어느 시골 장터의 곡마단이 연상되는 울긋불긋한 대형 텐트에
삐뚤삐뚤 장난스레 쓰여진 '서울'이란 글씨가 꽤나 정겹게 느껴진
다. 그토록 끔찍하고 지겹게만 여겨져 도망치듯 피해온 도시가 그새
벌써 그리워지다니… '서울'이란 말에 까닭 모를 향수와 이끌림을
느끼며 그녀는 언니의 손을 잡고 요란한 소음이 진동하는 대형 텐트
속으로 몸을 들인다. 터질 듯 시끄러운 음악… 광란의 몸짓. 바다 내
음 물씬한 모래 바닥에 임시로 가설된 원형의 무대가 있고 현란한
사이키 조명 아래 물결치듯 한 덩어리의 군무가 일렁인다.

와아, 별세계가 따로 없네. 출입구 쪽 좁다란 목로에 자릴 잡으며
환한 얼굴로 그녀가 속삭인다. 아르바이트 학생인 듯싶은 웨이터가
다가와 주문을 기다린다. 맥주 둘. 마른안주… 천연스레 청하는 그
녀의 모습에 그녀의 언니가 놀란 얼굴로 바라본다. 사흘 동안 너무
도 힘들었어. 억압, 억압… 질식할 것만 같았지… 해만 지면 으레
답답한 방에 가둬놓고는 고작 빙고, 빙고 게임이나 카드놀이…돌아
버릴 지경이었어. 첫날 아침 둘이 부두에 갔을 땐 무슨 일이 있었는

지 알기나 해? 질린 듯한 낯빛이 되며 그녀는 얼굴을 찌푸려 보인다. 기실 그녀에겐 참으로 단조롭고도 따분한 사흘이었다. 동해에 가면 일출, 서해에 가면 낙조, 남해에선 해상관광… 하는 식의 J가 고집하는 판에 박힌 피서 일정에서 한치도 어긋남이 없는 시간이었던 것이다.

도착 다음날 아침 그러니까 이곳에서의 첫날 아침이었다. 아니나다를까, 필히 동해의 일출을 봐야만 한다며 꼭두새벽부터 J는 가족의 단잠을 깨우며 해변행을 강행하였다. 연이어 숙소로 돌아와 잠시 눈을 붙인 그녀를 일깨워 그는 아침식사용 찌개거리를 구실로 다시 또 어장행을 재촉했다. 단순히 어장 구경을 한다기보담은 어장 견학, 어장 탐방이라 하는 편이 훨씬 더 적절한 행차였다. 그러나 미상불 잠이 덜 깬 상태에서나마 동이 트는 부두의 새벽 풍경은 진경이었다.

휘부윰한 우윳빛 안개를 가르며 서서히 입항하는 만선의 고깃배… 터질 듯 가득 찬 그물로부터 쏟아지는 넘치는 각종 해물, 어패류… 뱃전으로 뛰어오르며 아우성치는 상인들. 부두를 진동하는 비릿한 생선 내음. 파닥파닥 살아 숨쉬는 모든 것들… 부두의 아침은 도심에 찌든 분진을 일시에 흔들어 깨우는 그 무엇이 있었다. 바라보고 냄새 맡고 음미하는 것. 그것만으로도 심장의 생생한 고동을 충분히 느낄 수 있게 하는 그 무엇. 끝없이 이어진 노점상의, 해수가 콸콸 넘쳐흐르는 해물 가득한 함지박 행렬을 지나 빠른 걸음으로 부두를 향해 다가가며 그녀는 감탄에 감탄을 거듭했다. 그러나 J는 그녀완 딴판이었다. 야외 학습을 나온 모범생처럼 긴긴 함지박 행렬마다에 일일이 시선을 멈추며 들여다보고, 물어보고 다시 또 들여다보곤 하는 밑도 끝도 없는 반복 행위를 계속했다. 한참씩 그렇게 이어지는 간단없는 행위에 조금 속도가 붙으려나 싶은 순간 마악 부두에 와닿는 고깃배로 시선이 가닿은 J의 발길은 다시 또 그곳을 향해 달려갔다.

그곳에서도 그는 예외가 아니었다. 헤아릴 수 없을 만큼 많은 그물코 마다에 닥지닥지 달라붙은 온갖 종류의 해물을 하나라도 놓칠세라 목뼈가 부러져라 끈질기게 관찰하고 또 관찰하는 왕성한 탐구심을 보였다. 부두 한켠에 비켜서서 J의 그런 양을 망연히 지켜보다 말고 자신도 모르게 그녀는 발끝으로 일없이 모래벌을 파내기 시작했다. 조금씩 조금씩… 그러나 파내고 또 파내어도 도무지 그 끝이 보이지 않을 듯한 막막한 모래벌이었다. 저 끔찍한 집요라니… 아득히 밀려오는 공허와 외로움에 그녀는 오르르 몸을 떨었다. 일정 대상과 사물에 대한 그녀의 반응이 대체로 느낌과 탐미 쪽에 가까운 것이라면 J의 성향은 확실히 탐구와 확인, 그쪽이었다. 얼마의 시간이 흐르자 마침내 그녀는 더 이상은 정말 견딜 수 없는 기분이 되고 말았다. 급기야 두 사람 사이에 몇 마디의 언쟁이 오갔다. 이럴 줄 알았음 생물도감을 가져올 걸 그랬군요. 난 이만 갈 거예요. 혼자 실컷 연구해요.

여전한 집착으로 뱃전을 기웃대는 J를 남겨둔 채 그녀는 노점상 함지박으로부터 급히 몇 가지의 해물을 사들고는 민박을 향해 내달았다. 길눈이 어두워 몇 번씩이나 엇비슷한 골목을 헤집고 다닌 끝에야 그녀는 겨우 가족이 있는 숙소로 되돌아올 수가 있었다. 해는 어언 중천에 떴고 땀 흐르는 이마를 내리쬐는 뜨거운 햇살만큼이나 그녀의 마음도 지글지글 끓어올랐다. 어시장을 향할 땐 두 사람이었으나 돌아올 땐 제각각인 우스운 꼴이었다. 아침상을 마련하고 모든 준비를 완료, 오직 찌개거리만을 눈빠지게 기다리고 있는 가족들 보기에 참으로 민망한 아침이었다.

음악이 바뀌었다. 텐트가 날아갈 듯 신명나는, 너무도 귀에 익은 노래가 흘러나온다. 언니, 우리도 나가자. 시종 맥주잔을 만지작거리던 그녀가 어느 한 순간 훌쩍 몸을 일으키며 언니의 손을 잡아 끈다. 아냐, 난 아무래도 이쪽이 편해. 손을 내저으며 그녀의 언니는 동참을 마다한다. 도리없이 그녀는 홀로 자리를 털며 일어나 무대 위로 오른다. 더없이 가벼운 동작으로 곧 군무 속에 휩싸인다. 젊은이들 일색인 무대에서 그녀의 춤은 단연 돋보인다. 정체 모를 단순한 열정이나 격렬함만이 아닌 무언가 편안한 여유와 질서가 느껴지는 완만한 율동이다. 음악과의 혼연일체… 무엇에 비할 바 없이 좋은 기분이다. 따분하고 너절한 일상에서 이만큼이라도 좋은 기분이 달리 있을까. 시간이 흐를수록 그녀의 춤은 점차 무르익는다.

어지럽게 흔들리는 조명 속에서 그녀를 향해 한 젊은이가 다가온다. 환한 미소에 짐짓 윙크까지 해보이는 퍽 과감한 접근이다. 숱 많은 터벅머리에 하얀 얼굴, 커다란 키… 그가 좀더 가까이 다가오며 입을 연다. 이곳에 올 줄 알았지. 내가 누날 모르나… 두 사람은 푸후, 마주보며 웃는다. 스무 살의 나이답게 K의 춤은 매우 현란하고 아름답다. 리듬 하나라도 놓치지 않으려는 듯한 미세한 떨림이 깃든 유려한 동작이다. 상대적으로 자신의 춤이 매우 둔탁함을 깨달으며 그녀는 그만 힘이 빠지고 만다. 숨을 고르며 그녀는 K와 함께 무대를 내려와 그들을 향해 미소짓고 있는 그녀의 언니에게로 돌아온다.

위하여! 세 사람은 유쾌하게 건배를 올린다.

누나 결혼 행복해? 전부터 꼭 묻고 싶던 질문이었어. 요란한 음악 속에서 모처럼의 흔연한 기분에 허를 찌르듯 K가 돌연 질문의 화살을 던져온다. 행복… 행복… 그게 뭐지…….

동생으로부터의 느닷없는 질문에 그녀는 잠시 아연한 기분이 되어 말을 잃는다. 내 결혼은 과연 행복한가… 비로소 그녀는 스스로를 향한 생경한 물음에 잠겨본다. 그러나 아무리 생각해보아도 자신의 결혼이 과히 행복하지는 않다는 결론에 이른다. 그렇다고 또한 자신의 결혼이 딱히 불행하다고도 생각되질 않는 모호한 느낌이다. 때문에 불행한 것 같다고 생각되지는 않는 무감각한 상황이 바로 불행인 듯싶기도 하고, 또한 행복하다 느껴지질 않는 과민한 상황이 곧 행복을 의미하는 것 같기도 하다. 그러고 보면 쉽게 답을 내릴 수가 없는 아이러니 또한 희극이라 해야 할까, 비극이라 해야 할까. 그 역시 명확한 답을 내릴 수가 없다.

그럼… 네가 말하는 행복한 만남이란 뭐니. 우선 네 생각부터 들어보자. 수세에 몰린 그녀를 구원하듯 그녀의 언니가 K를 역공한다. K는 답한다. 이상적인 커플이란 작은 일, 사소한 일에서부터 서로 마음이 맞고 정서가 합일되고 그래야만 한다고… 매우 진지한 얼굴로 K는 그렇게 역설한다. 반면 그녀의 언니는 결혼이 어디 한바탕의 놀이 마당이냐, 평생에 열 손가락으로 꼽을 만큼의 몇몇 좋은 날들을 빼고 나면 말 그대로 땀나게, 그리고 피나게 살아내야만 하는 사각의 링과도 같은 치열한 삶이 결혼의 실체라며 반론을 편다. 그러나 그녀는 그 어느 편에도 쾌히 동감을 표할 기분이 아니다. 스스로가 명쾌한 해답을 내릴 수 없음에 가슴이 답답해진다. 심성 깊은 곳에 단단히 감추어져 좀체 그 실체를 드러내지 않는 소위 그 이드(id)란 것이 K의 사고와도 일치하는 자신의 잠재된 성향이라면, 일상에서 늘 부딪치는 복잡다기한 자신의 평상심은 에고(ego), 또한 언니의 견해와도 일치하는 어쩌다 가끔씩이나 돌출하곤 하는 강한 이성적 사고와 의지는 자신의 초자아, 슈퍼 에고(super ego)이다. 한데 이상하게도 이곳 피서지에 온 이래 그녀는 근원을 알 수 없는 힘에 이끌리듯 자신의 마음을 지배해온 것이 줄곧 이드였음을 깨닫는다. 설명할 수 없는 어떤 힘… 설명할 수 없는…….

모래밭의 텐트를 뒤흔드는 음악 소리 요란하고, 이상적인 커플과 좋은 만남에 관해 열변을 토하던 K도 슬그머니 무대 위로 사라져간다. 그러나 모래 바람에 후끈 날아오는 오존 내음 탓일까. 그녀의 마음엔 까닭 모를 불안이 싹터온다. 황망히 고개를 들어 디스코텍 실내를 휘이, 둘러본다. 얼핏 그녀의 시선이 닿은 곳, 둥그렇게 뚫린 텐트 창을 통해 누군가가 힐끗 들여다보는 기척이 느껴진다. 짙은 어둠을 배경으로 희끄무레 어른대다가는 얼른 숨어버리는 한 남자의 얼굴… 분명히 눈에 익은 모습이다. 극히 짧은 순간의 어른거림이었으나 예사롭잖은 느낌에 그녀는 와락 가슴이 조여온다. 벌써 술자리가 파한 걸까. 하긴 민박에 남겨두고 간 아이들 걱정에 그리 오래 있진 못하리라 예상했었다. 친구와의 술 약속이 없었다면 오늘밤 역시 무덥고 좁은 방에서 빙고, 빙고를 외쳐대며 별 스릴도 없

는 게임이나 보물찾기, 낱말 이어가기 등과 같은 지리멸렬한, 지독
히도 따분하고 하품 나는 시간을 보냈을 것임이 틀림없다.

아빠, 심심해. 우리도 캠프하자. 어둑해질 저녁 무렵 유치원에 다
니는 예리가 J에게 그렇듯 아이다운 천진한 제안을 해보기도 하였
으나 그 의견은 종내 받아들여지지 않았다. 극성스런 바닷모기로부
터의 격리와 보호가 그 이유였다.

가족을 향한 J의 기우는 종종 보호의 차원을 넘어 감호의 단계로
까지 발전함이 상례였다. 아이들과 함께 물놀이를 할 때 역시 예외
는 아니었다. 물 속에 자신의 팔길이 만큼의 반경을 정해놓고는 아
이들로 하여금 그 이상은 절대로 벗어나지 못하게끔 말뚝처럼 버티
고 서 있는 일, 해변의 간식으로 아이들이 그토록 좋아하는 라면류
는 입에도 못 대게 하는 일 등의 통제가 그에 속했다. 오늘밤의 일
만 해도 그러하다. 친구와의 전작에, 음악소리 요란한 디스코텍을
스치다 무언가 이상한 예감이 들어 그녀를 발견한다면 얼큰한 기분
에 호기롭게 문을 열고 들어와 그녀를 깜짝 놀라게 해줄 수도 있으
련만… 그러나 단지 그녀의 존재유무만을 확인한 후 그대로 곧장
가버리는 경직성이라니… 뚫어질 듯 텐트 창을 노려보던 그녀는 훌
쩍 자리를 털고 일어선다. 언니, 아무래도 예감이 이상해. 예리 아
빠가 왔다 간 것 같애…….

잠시 후 자매는 황황히 디스코텍을 빠져나와 민박촌을 향해 걸음
을 옮겨간다. 그러나 다급한 마음과는 달리 발목까지 푹푹 빠지는
모래밭의 는적한 걸음이 여간 성가시질 않다. 다시금 눈앞엔 밤바
다가 아득하다. 해안선을 따라 듬성듬성 이어지는 포장마차의 불빛

이 묘한 정취를 불러일으키며 그녀의 시선을 잡아끈다. 그 중에서도 민박에서 가장 가까운 곳에 위치한 빨간 지붕의 포장마차가 유독 눈에 띈다. 희미한 카바이트 불빛을 등지고 말없이 소주잔을 기울이는 한 남자의 모습이 보인다. 좀더 가까이 다가가니 남자의 곁에는 한 여자가 앉아 있다. 닿을 듯 어깨를 붙이고 나란히 술잔을 기울이는 남과 여. 짧게 깎은 스포츠 형 머리의 남자 모습이 무척이나 낯익다. 첫날 마을 슈퍼에서 만난, 둘째 날 회전그네에서 만난 J의 친구임이 분명하다. 그렇다면 그와 함께 한 J의 술자리도 일찍 파했음이 확실하다. 그러나 점차 거리가 가까워지며 함께 있는 여자가 그의 부인이 아님을 확인하는 그녀의 가슴은 일없이 쿵, 내려앉는다. 짧게 마주치는 남자와 여자, 그 두 사람의 눈길이 밤바다의 조명탄보다 더 부시게 느껴져와 그녀는 우뚝 그 자리에 멈춰선다.

밤바다의 적막 탓일까. 남자의 뒷모습엔 아무래도 쓸쓸한 기운이 남아돈다. 카바이트 불빛에 흔들리는 남자의 눈빛엔 짙은 우울의 그림자가 일렁인다. 가족과 함께 회전그네를 탈 때와는 너무도 다른 모습이다. 무심코 던지는 농담에서조차 나름대로의 독특한 익살이 묻어나 주변을 환히 웃게 만드는, 극히 범상한 일인 듯하나 그리 흔치 않은 강점을 지닌 남자라 느꼈었다. 언행의 조용함으로 주위에 그 존재가 쉽게 부각되질 않는 J와는 매우 판이했다. 꼭 집어 말할 수는 없는 생생한 기(氣) 같은 것이 있어 그것이 함께 있는 사람들에게까지 고루 영향을 미치는 그런 성격이랄까. 우연히 그의 가족을 만나 회전그네를 탈 때도 마찬가지였다.

당신은 그네 안 탈 거야. 어어? 그럼 타는 사람은 뭐야. J! 너도 안 타? 와아, 졸지에 보모 됐네. 까짓것… 한번 타지, 뭐.

우아하고 기운없는 모습을 한 그의 아내가 끝내 그에게만 아이들을 맡기고 그네 타기를 거부하고 늘 점잖은 J 역시 그러하자 조금은 어이가 없다는 듯, 그러나 다시 곧 활기찬 본래의 얼굴로 돌아가며 그는 흔쾌히 아이들을 데리고 멈춰선 그네를 향해 다가갔다. 아이들과 함께 놀이 기구를 타는 일 따위의 유아적인 행동이 J에겐 그리 맘 내키는 일이 아닐 것이다. 결국엔 그녀 또한 하릴없이 그 역할을 맡아야만 했다. 아이들을 빈 그네로 데리고 가 자리에 앉히고 안전벨트를 매어주고… 그리고 그녀는 아이들 옆자리를 찾아 그곳에 올라앉았다.

그가 탄 그네는 우연히도 바로 그녀와 나란한 수평의 위치에 있었다. 부웅… 이윽고 회전 그네가 공중으로 떠올랐다. 점차 더해가는 속도와 함께 허공을 휙휙 나는 듯한 짜릿한 부유감이 그녀의 몸을 감싸왔다. 뜨거운 여름, 핑핑 돌아가는 부신 태양, 푸른 바다, 백사장을 수놓은 오색의 파라솔, 까맣게 띠를 두른 인파, 우와 죽이누나… 그가 거침없는 탄성을 토해냈다. 그녀는 까르륵 웃음을 터뜨렸다. 듣기에 따라선 철없는 아이와도 같은 객쩍음이었으나 그래도 그녀는 웃지 않을 수가 없었다. 점잖음과 과묵, 공리와 절제의 미덕을 중시하여 늘 그런 쪽에 익숙지 못한 그녀로 하여금 소외와 자책, 외로움을 안겨주곤 하는 J에게선 전혀 기대할 수가 없는 면모였다. 성격상 그것이 딱히 좋다거나 나쁘다거나 하는 쟁점을 떠나 그녀는 그가 지닌 그러한 호쾌함, 활력, 밝음 자체가 단지 유쾌하다 느껴질 따름이었다. J와 그의 친구… 그 두 남자에게 주어진 제반 모든 여건과 상황을 감안한다 해도 민박과 호텔로 구분되는, 가족을 위해 그들이 택한 숙소만 해도 그 점에서 결코 예외랄 수는 없었다. 그러나 밤바다를 등지고 낯모를 여인과 술잔을 기울이는 그의 모습이 왠지 처연해 보임은 무슨 까닭일까. 나름대로의 곡절이나 연유야 있으련만 그늘짐, 시름, 침묵 등의 바윗덩이 같은 무거움, 보는 이의 마음을 가만히 한숨짓게 하는 그의 부인에게 드리운 어두움이 바로 그에 대한 해답이랄 수 있을까. 불현듯 그녀는 J의 모습을 떠올려본다. 친구와 헤어진 것이 확실한 터, 지금쯤은 벌써 민박에 도착, 염려에 찬 얼굴로 잠든 아이들 곁을 지키고 있겠지. 그녀는 좀더 걸음의 속도를 빨리한다. 마침내 저만치에 민박집이 보이기 시작한다.

침침한 어둠 속 노모가 민박 앞을 나와 서성이고 있다. 어쩐 일인가. 노모의 얼굴은 백랍처럼 창백하고 굳어보인다. 자매는 구르듯 노모를 향해 달려간다.

느… 느이들, 어딜 갔다 이제 오냐. 크… 큰일났다. 예… 리, 예리가 없어졌어. 자다 깨어보니 흔적도 없이 애가 없어졌지 뭐냐. 그나마 정 서방 일찍 와서 다행이지… 염려 말라 날 안심시키고는 급히 앨 찾으로 나갔다. 늬들도 어서……

혼비백산한 노모는 미처 말을 다 잇지 못한 채 다가오는 자매를 향해 후려칠 듯 훠이훠이 팔을 내젓는다. 잠 자던 아이가 없어지다니. 이 무슨 해괴한 소리인가.

예리… 예리가 없어지다뇨……

다리가 후들거리고 정신이 혼미하여 그녀는 한 발짝도 앞으로 내

딛을 수가 없다. 캄캄한 하늘이 꽈르릉, 일시에 무너져내리는 느낌 외엔 아무것도 생각할 수가 없다.

소피하러 갔나 싶어 아무리 찾아봐도 없어. 지 에미, 아빌 찾아나선 건지, 원 알 수가 있어야지.

무어라 더 이어지는 노모의 장탄식을 뒤로 하고 죽어라 그녀는 밤바다를 향해 뛰어간다. 예⋯예리야⋯⋯.

그러나 밤바다보다 더 까맣게 몰려오는 절망감에 턱까지 숨이 헉헉 차올라 그녀는 그만 모래밭에 털썩 주저앉고 만다. 겹겹이 밀려오는 검은 파도가 종적없이 아이를 꿀꺽 삼켜버리고 만 듯 그녀는 울음을 토한다. 공포와 절망에 곧 숨이 멎을 것만 같다. J는 지금 어디를 헤매고 있나. 황망 중에 얼마나 놀랐을까⋯ 돌연 몸을 일으켜 밤바다를 향해 뛰어들며 그녀는 검은 파도 속으로 첨벙첨벙 몸을 담근다.

예리야⋯⋯.

그러나 그녀의 시야엔 아무것도 없다. 젖은 몸을 휘청이며 그녀는 밤바다를 뒤로 하고 휘청휘청 모래밭을 걸어나온다. 이제 그녀의 귀엔 아무것도 들려오질 않는다. 세상의 모든 소리가 정지된 느낌이다. 조류의 흐름마저 멈춰버렸다. 허물어질 듯 그녀는 머리를 감싸안고 다시 모래밭에 몸을 던진다. 주위는 오직 어둠과 적막뿐이다.

안⋯ 돼⋯ 절대로⋯⋯.

안간힘을 다해 다시 몸을 일으키려는 그녀의 귀에 꿈결인 듯 무언가 윙윙대는 소음 같은 것이 들려온다. 마음을 다해 귀를 기울이니 낡은 스피커에서 울려오는 해변 구조대의 안내 방송이다.

긴급 안내 말씀 올립니다. 지금 이 시각 미아를 보호하고 있습니다. 서울에서 온 정예리라는 6세의 여자 어린이입니다. 숙소에서 잠을 자던 중 밖에 나간 부모를 찾아 나섰다가 길을 잃었다 합니다. 보호자 되시는 분께서는 속히 본 구조본부로 와주시기 바랍니다. 다시 한 번 말씀드립니다. 서울에서 온 정예리라는 여자 어린이를 보호하고 있습…….

예리야… 아아…….

죽은 듯 모래밭에 박혀 있던 몸을 훌쩍 일으켜세우며 그녀는 환호에 몸을 떤다. 훨훨 팔을 내저으며 날아오를 듯 허공을 향해 한바퀴 맴을 돈다. 이어서 튕기듯 그녀는 구조본부 건물을 향해 달려간다. 확신컨대 그곳엔 분명히 J가 먼저 와 있을 것이다. 이곳에 도착한 이래 J는 아이들에게 높다란 망루가 있는 구조본부 위치를 알려주며 만약의 사태에 대비, 길을 잃거나 위험시 신속히 그곳으로 갈 것을 거듭 강조해왔다. 그러한 그의 용의주도함이 예리를 찾을 수 있게 하였음은 사실일 것이다. 그것만은 결코 부인할 수 없는 일.

아이들을 키워온 것은 팔 할이 부성이었다. 늘 아이들 곁에 있으나 그녀의 마음은 잡히지 않는 그 무엇을 찾아 표표히 표표히 나돌았었다. 가슴이 미어져오는 회한에 망루를 향해 달려가는 그녀의 걸음에 점차 힘이 빠진다. 그러나 어느 한순간 태엽이 끊기듯 그녀는 우뚝 그 자리에 멈춰선다. 괜찮아, 이젠… 홀연히 몸을 돌려 그녀는 자신이 향하던 곳과는 정반대의 방향을 향해 걸음을 내딛는다. 비로소 세상의 모든 소리가 다시 들려오기 시작한다. 일제히 정지되어 있다 느껴지던 모든 소리가 다시 생생히 되살아난다. 소리가 들려오는 쪽을 향해 그녀는 천천히 걸음을 옮겨간다. 백사장 끝 저편에서 반짝반짝 오색등을 밝힌 놀이기구의 음악소리가 유난히 귀를 자극해온다. 오색 불빛의 화려한 원무에 이끌리듯 새털같이 가벼운 동작으로 그녀는 그곳을 향해 달려간다. 숨을 죽이며 그녀는 잠시 회전그네의 원무가 끝나기를 기다린다. 그네가 멈춘다. 띄엄띄엄 눈에 띄는 빈 자리를 찾아 나비처럼 사뿐히 빈 자리엘 올라앉는다. 지표를 떠나 서서히 공중으로 오르기 시작한 그네는 점차 회전의 속도를 빨리한다.

빙글 빙글… 핑글 핑글…….

이윽고 휘황한 회전의 시간이 펼쳐진다. 회전을 따라 영롱하게 빛나는 별빛, 현란한 오색등, 광활한 밤바다, 검은 모래밭… 그 모든 것이 하나 되어 돌아간다. 하나 되어… 환상과 희열은 찰나에만 가능한 것. 지금은 바캉스(vacance). 이곳은 피서지. 빈 자리, 비어 있는 곳이다. 단 한순간만이라도 온전히 비어 있고 싶다. 그 모든 것으로부터 온전히. 그네는 계속 빠른 회전의 제 속도를 유지하며 상승한다. 상승, 상승… 오직 상승의 순간일 뿐이다.

-미발표

무명의 어둠 속에서 익은 문학
― 김현숙론

정호웅(문학평론가)

1. 담체(淡體)의 문체

무명의 어둠 속에서 한 작가의 얼굴이 떠올랐다. 김현숙. 1989년 동아일보 신춘문예 당선, 1989년 10월 《현대문학》 신인 추천이란 화려한 출발을 앞세우고 시작되었지만 작품연보는 군데군데 비어 있어 허전하다. 적막감조차 감돈다. 한 해에 한 편 꼴로 이어지던 작품 발표가 멈춘 것은 1996년 9월, 그리고 오랜 침묵, 문단은 그녀의 이름을 거의 잊었다. 그녀가 그 어둠 속에서 외로움과 싸우며 꾹 꾹 눌러쓴 미발표 가작 〈피서지〉를 움켜쥐고, 등단 이후 발표했던 작품 10편과 함께 우리 앞에 돌아왔다.

김현숙의 문체는 읽는 이의 눈길을 잡아채는 화려한 수사, 빠른 속도감, 탄력적인 율격 등과는 무관하다. 너무 평범하여 밋밋하다 느껴질 정도로 개성이 없는 것처럼 보인다. 그러나 자세히 살피면 그렇지 않다. 호흡을 조정하고 천천히 따라 읽으면 그 무채색의 문장 속에 은밀하게 깃들여 있는, 깊은 응시와 섬세한 언어감각이 만들어내는 기(氣)의 약동을 감지할 수 있다.

희연이 경석을 처음 봤을 때 그녀는 왠지 한 그루의 쓸쓸한 미루나무를 생각했었다. (…) 늘 조용하고 어딘가 좀 그늘이 있어 보이는 남자였다. 검고 마르고 단단해 보이는 그의 몸피에서는 뭉클 향토적인 체취가 풍겨나오곤 했다. 그러나 그는 바람이 불어도 좀처럼 그 가지를 흔들 줄 모르는, 속살거리는 미풍에도 전혀 그 잎사귀를 흔들지 않는 참으로 이상스러운 한 그루의 미루나무였다. 희연은 어느 날 소리 없이 그의 나무 밑으로 다가가 살며시 가지 하나를 흔들어보았다. 그림인 듯 정지해 있던 녹색의 이파리들이 어느 한순간 바스스 소리를 내며 흔들리기 시작했다. 아, 분명히 흔들렸어. 소리를 낸 거야. 희연의 가슴엔 싱그러운 파문이 일렁거렸다. 경이, 그리고 기쁨과 함께 그녀의 사랑이 시작된 것이었다.(〈골고다의 길〉, 22쪽)

안으로 꿈틀대는 기를 담아 싣고 잔잔하게 흐르는 이 담체(淡體)의 문체는 이 자극적인 감각의 시대 물결을 거슬러 오연히 스스로를 세우고 있다. 대상의 안팎을 깊이 응시하는 눈과 소리 높여 자신을 주장하고 타자를 내치고자 하는 자기중심주의의 거친 욕망을 통제하는 힘이 뒷받침되지 않으면 나올 수 없는 이 문체야말로 김현숙 문학의 본질을 드러내는 핵심 특성인 것으로 보인다. 김현숙은

그런 응시의 눈으로 대상의 안팎을 깊이 살피는 탐구의 문학, 자기
중심주의의 거친 욕망을 통제하며 타자와 자신을 함께 비판적으로
성찰하는 반성의 문학을 일구어왔다.

2. 자기반성의 정신

김현숙 문학의 이 같은 특성은 등단작인 〈골고다의 길〉에서 이미
뚜렷하다. 전라도 출신 남자와 결혼한 경상도 출신 여성이 겪는 이
런저런 일들을 통해 영호남의 갈등으로 실현되고 있는 지역감정의
문제, 서울로 진출한 동기에 가려 일방적인 피해를 감수해야 하는
다른 형제들의 현실 등을 다루고 있지만 그것들은 한갓 소재에 지
나지 않는다. 핵심은 작품 마지막에 이르러 그 모습을 드러내는데,
타자와 자신을 정시하는 탐구와 반성의 정신이 연 '깨우침'이 그것
이다.

> 그녀를 태운 오토바이는 살같이 빠른 속도로 기차역을 향해 방향
> 을 틀었다. 더없이 든든하고 믿음직한 한석의 등—신행의 그날 밤 힘
> 찬 걸음으로 마중 나와 어두운 길을 밝혀주던 시아제가 아니던가. 헤
> 어질 때면 늘 삼거리에서 만나지던 그의 물기 어린 눈동자와 외로운
> 모습, 그러나 서울만 가면 희연은 그를 잊었다. 안간힘으로 움켜쥐며
> 아성의 높은 벽을 쌓아온 이기의 세월—그것을 감히 부인할 수는 없
> 으리라. 희연의 가슴속 어느 귀퉁이로부터 한 덩어리의 자책감이 거
> 품처럼 부글부글 괴어올랐다.(〈골고다의 길〉, 40쪽)

그 깨우침은 주인공의 말처럼 '서울로 가면 다시 또 금방 잊고 말', 한때의 자기위안을 위한 감상에 그칠 가능성이 높다. 자기위안을 위한 감상에 떨어지지 않으려면, 그 같은 감상에 이끌리는 자신을 끝까지 정시해야만 할 것이다. 작품의 맨 끝머리, 주인공의 가슴을 '미어질 듯' 가득 채우는 '색다른 통증'은 그 정시에서 생겨난 것일 터이다.

주인공은 "이제서야 겨우 자신이 막 골고다의 길 초입에 들어섰음을 깨달았다"고 하여 새로운 싸움의 대상과 맞서게 되었음을 드러내었다. 그 새로운 싸움의 대상은 바로 자신의 내부에 도사린 그 '이기의' 자신이며, 그녀의 지난 '이기의' 세월이며, 눈 돌리고 지나치고 싶은 유혹이다.

이 반성의 정신은 현재뿐만 아니라 과거까지 싸움의 대상으로 인식하는 것이라는 점에서 전면적인 성격의 것이라 할 수 있다. 이처럼 철저하고 전면적인 자기 반성의 정신을 좇아 나아가는 문학을 우리는 한국문학사에서 거의 발견할 수 없는데 이 점에서 김현숙 문학의 출발은 큰 가능성을 안에 품은 의미 있는 것이었다. 그러나 빈약한 작품 생산이 그 가능성의 실현을 가로막았으니 아쉽다. 그러나 새로운 출발선에 섰으니 그 가능성의 실현은 여전히 앞날의 과제로 놓여 있다.

3. 폭력의 비판적 탐구

김현숙 문학을 떠받들고 있는 탐구와 반성의 정신은 우리 사회 곳곳에 도사리고 있는 폭력의 안쪽을 깊이 파헤치는 세계를 열었다. 그 하나는 폭력적인 자기중심주의이다.

고삐를 당길수록 앞발을 치켜들고 허공을 향해 길길이 날뛰는 야생마처럼 찬엽의 방황은 지원으로서는 도무지 속수무책이었다. 쉼없는 노력으로 그의 고삐를 잡아당겨야만 한다는 일은 애초부터 지원에겐 역부족인지도 몰랐다. 그의 몸서리쳐지도록 냉혹한 눈빛과 얼음장 같이 차가운 거부의 몸짓―그것은 바로 야생마의 무자비한 발길질과도 같았다. 그녀의 질기지 못한 감성은 잔인한 야생마의 말발굽 아래에서 나날이 짓이겨져갔다.(〈출모〉, 55~56쪽)

야생마처럼 자기중심적인 폭력성을 지닌 이 남성은 〈괴목을 찾아서〉에서 '매사가 오직 자기 본위, 자기 중심일 뿐 자신 외엔 그 누구에게도 지속적인 애정이나 관심 따윌 쏟는 법이 없는' 사내 역으로 다시 등장한다. 가족 모두를 짓눌러 깊이 상처 입히고 일그러뜨리는 이 폭력적인 남성들의 존재는 우리 사회의 남성중심주의와 물론 무관하지 않다. 하지만 작가의 관심은 우리 사회 남성중심주의에 대한 고발과 비판보다는 '자기중심주의'의 무서운 폭력성에 대한 증언에 놓여 있는 것으로 보인다. 예컨대 〈괴목을 찾아서〉는 한국 사회의 남성중심주의보다 훨씬 더 상위에 속하는, 인간이 갖추어야 할 덕목이란 일반성적인 것을 문제 삼은 작품이다.

상영에게 온달만큼의 정직성과 진정성만 있다면… 그렇다면 그녀는 나머지 그 모든 것은 다 참아낼 수가 있었을지 모른다. 예컨대 상

영에겐 보통 사람이 갖춰야 할 가장 기본적인 덕목이 결여된 것이
다.(…) 혹여라도 아이 아버지가 되고 나면 무언가 좀 변화될까 싶던
상영의 태도는, 그러나 조금도 달라지질 않았다. 상영은 민우에게도
더없이 냉담했다. 매사가 오직 자기 본위, 자기 중심일 뿐 그는 누구
에게도 지속적인 애정이나 관심 따윌 쏟는 법이 없었다. 민우에게 있
어서도 그건 결코 예외가 아니었다. 때로 아이가 까닭없이 칭얼대거
나 투정이라도 할라치면 버럭 소릴 내질러 아이를 쫓아버리거나 뺨을
후려치곤했다. 심지어는 자신에게보다 아이에게 더 정성을 쏟는 그녀
의 태도가 못마땅한 나머지 아이와 그녀에게 광적인 행패를 부리며
가차없이 폭력을 휘두르곤 했다.(〈괴목을 찾아서〉, 290쪽)

자기중심주의는 자신의 언행과 생각을 돌아보지 않는 맹목의 정
신이다. 그것은 주체의 욕망에 의해서만 움직인다. 그 욕망은 관계
의 그물망 속에 존재하는 자신의 관계적 존재성을 인정하지 않는
주체의 고립되고 닫힌 정신과 몸에 의해서만 생산되는 것이기에,
관계의 그물망을 구성하는 타자들을 언제나 억압하고 유린한다. 자
기중심주의에 갇힌 인물이 움직이면 언제나 그 관계의 그물망은 찢
긴다. 그는 언제나 폭력이다.
　자기중심주의는 다른 한편 자신은 언제나 옳다는 믿음에 주체를
가둔다. 자신의 언행과 생각을 돌아보지 않으므로 그 믿음은 변하
지 않는다. 작가가 '이미 스스로가 자신에 대한 통제 기능을 상실한
한 인간'(〈작가의 말〉,《문학사상》, 1989. 4, 234쪽)이라고 설명한 〈코
브라의 춤〉에 나오는 한 여성 인물이 이를 잘 보여준다.

조회대의 단상으로 올라서는 그녀의 뾰족한 구두 굽이 다소의 불안감을 주는 것과는 달리 짜랑짜랑 울리는 그녀의 훈화는 상당히 위압적인 데가 있었다.

"제군들! 나 이 장희석은 비록 여자의 몸이지만 지금까지 살아오는 동안 일단 한번 맘먹은 일은 절대로 포기한 적이 없었다. 인생이란 무릇 성취 욕구가 강한 자에게만 성공이 약속된다. 또한 그런 사람만이 나날이 발전해갈 수가 있는 것이다. 알겠나?"(〈코브라의 춤〉, 121쪽)

고등학교 교감으로서 학생들에게 성취 욕구와 강한 의지를 강조하는 것이야 문제일 수 없다. 문제는 그 속에 숨어 있는 자기중심주의이다. 나는 언제나 옳다는 것, 그러므로 나는 언제나 내 마음대로 말하고 움직인다는 그녀의 생각은 그녀가 권력의 소유자라는 사실과 결합하여 타자들을 상처 입히고 그들과 얽는 관계의 그물을 난폭하게 훼손하는 폭력으로 실현된다. 그녀의 자기중심주의가 특히 무서운 것은 사람들을 그 폭력에 길들이는 힘을 지녔기 때문이다. 그녀가 떠난 뒤, 그녀의 자기중심주의적 권력 아래 시달렸던 사람들이 '해방감'에 앞서 '공허'를 느낀다는 사실이 이를 증거한다.

겨울이 왔다. 방과 후의 텅 빈 교정엔 앙상한 가지를 드러낸 나무들이 삭막한 풍경을 이루고 있었고 교무실엔 굵은 연통이 달린 조개탄 난로가 놓여졌다. 겨우내 비어 있을 장 교감의 자리가 뜻밖에도 우리에게 한 아름의 공허를 안겨줌은 참으로 묘한 기분이었다. 그건 꽉 조이고 있던 제어 기능이 갑자기 풀려버렸을 때 닥쳐오는 그런 기분

인지도 몰랐다.(〈코브라의 춤〉, 138쪽)

　자기중심주의의 폭력성에 대한 비판적 성찰의 옆자리에 부당한 정치권력의 폭력성에 대한 날카로운 성찰이 자리잡고 있다. '80년 여름을 배경으로 한 〈하얀 시계〉가 대표작이다. 쿠데타로 권력을 장악한 군인들이 만든 국가보위비상대책위원회에서 만든 여러 가지 이름의 숙정 프로그램이 온 나라를 얼어붙게 만들었던 시절이다. 학교도 예외가 아니었으니 문제교사의 숙정 인원을 할당하여 보고할 것을 강제하는 공포의 권력이 덮쳐왔다. "정 대책이 없음 제비뽑기라도 해야지 별수 있습니까. 이거야 원, 숨이 막혀서 살 수가 있나," 비명이 터져나오고, "하루 이틀도 아니고 이게 대체 뭡니까. 가공할 노릇입니다, 정말,"(〈하얀 시계〉, 252쪽) 짓눌린 분노의 목소리가 음울하게 울렸지만 절대 권력 앞에서는 무력하기만 할 뿐이다. 이 작품은 그 시절의 학교 현실에 대한 생생한 소설적 보고서로서 우선 의미 있는 것이지만, 이와 함께 그 같은 현실에 굴복하지 않는 강인한 정신을 통해 부당한 권력의 폭력성을 근본 비판하고 있다는 점에서 큰 의미를 지닌다.

　〈하얀 시계〉가 비판하는 그 폭력적인 정치권력은 전체주의적인 속성을 지녔다. 모두가 하나의 깃발, 하나의 목소리를 좇아 달리기를 강요하는 전체주의의 폭력적 속성 또한 작가의 눈을 벗어나지 못했다. 〈가교〉의 배경은 올림픽의 열기로 달아오른 1988년의 서울이다. 돈을 좇아, 세계 속의 한국이란 또는 선진국으로의 도약이란 이데올로기적 구호를 좇아 모두가 열심히 달렸던 그 때, 한국인들을 지배한 강력한 이데올로기의 하나는 올림픽 성공을 위해 '나도 무언가를 해야만 한다'는 것이었다. 어른들이 강요한 인터뷰에 동원되었다가 긴장을 못 견뎌 토하면서도 중학생 어린 소녀 혜수는 '아줌마, 저도 올림픽에 무언가를 한 거죠?'라고 묻는다. 이 물음은 안타까운 자기 확인이기도 할 것인데, 이 한 마디에 당시의 한국 사회를 한 방향으로 휘몰았던 전체주의적 이데올로기의 본질이 고스란히 담겨 있다.

김현숙 문학을 이끌고 있는 부정적 대상에 대한 비판의 정신은 갈수록 심화되는 농촌공동화의 현실을 방치하고 있는 작금의 한국 사회 전체를 문제 삼기도 한다. 〈삼베 팬티〉가 이에 해당하는데, 농촌공동화의 현실을 증언하고 비판하는 방법론은 주인공의 말과 함께 다음 인용이 대표하는 핍진한 묘사이다.

물결치듯 파르르한 떨림을 일으키며 안방 쪽으로부터 마루까지를 자오록이 뒤덮은 새하얀 구더기판. 누군가가 이제 마악 백미 한 가마니를 바닥에 그대로 쏟아부은 것과 흡사한 광경이었다. 바보 풍신! 언제까지 이대로 서 있기만 할 것인가. 어느 순간 마침내 그는 주먹을 불끈 쥔 채 달려들듯 안방을 향해 뛰어들었다. 그러나 튕기듯 곧바로 방을 튀어나온 그는 혼비백산 그만 마룻바닥에 머리를 박으며 꺼억 꺽, 울음을 토해내고 말았다. 텅 빈 집 안을 컹컹 울리는 괴성과도 같은 그의 울음. 그러나 주위는 무서우리만큼 조용하기만 했다.(…) 사방을 둘러보았다. 눈에 띄는 것이란 아무것도 없었다. 그곳엔 다만 제 속은 새끼에게 다 파먹히고 오직 껍질로만 오롯이 남겨진 어미 우렁인 양 허물어질 대로 허물어진 노부부의 시신만이 어깨를 나란히 누워 있을 따름이었다.(〈삼베 팬티〉, 226~227쪽)

'마성적 세계'의 드러냄으로 평가받는 강경애의 〈지하촌〉 한복판에 강렬한 구더기 묘사를 떠올리게 하는 무서운 묘사이다. '물결치듯 파르르한 떨림을 일으키며 안방 쪽으로부터 마루까지를 자오록이 뒤덮은 새하얀 구더기판'과 그 속에 누운, 평생을 농사일로 살아온 노부부의 속을 다 파먹힌 시신은 오랜 깝살림의 과정을 밟아 이제 모태로서의 역할도 그치고 뿌리로서의 의미도 상실한 채 텅 비어 있는 오늘의 농촌 현실을 아프게 증언하는 섬뜩한 상징이다. 그 텅 빈 공간은 생명의 약동을 잃었으니 '무서우리만큼 조용'하다.

4. 상실과 상처, 연민의 마음

김현숙 소설의 주인공들은 대체로 상실의 공동(空洞), 채 아물지 않은 상처를 안고 살아간다. 그런 인물들을 바라보는 작가의 시선은 연민에 가득 차 물결치듯 흔들리는데 그 따뜻한 흔들림이 상실과 상처의 인물들을, 그들과 마찬가지로 저마다의 상실과 상처로 아픈 독자들을 감싸안는다.

　　"이제 아기는 죽었어요……. 민희 씨, 부탁이 있어요. 미역국, 미역국이 먹고 싶어요. 그걸 한 그릇 마시고 나면 거뜬히 일어날 수 있을 것만 같아요. 그리곤 모든 걸 잊겠어요. 그건 어차피 제 몫의 일이 아니었나 봐요."

순간 참고 참았던 슬픔의 덩어리가 내 목줄기를 타고 울컥 치밀어 올랐다. 난 처음으로 그녀에게 그 홀랜드 식의 긴 포옹을 해주었다. 보디 랭귀지—그것은 지구상의 그 어떤 언어보다도 진하고 절실한 것임을 느끼는 순간이었다.(〈빨간 풍차의 이방인〉, 163쪽)

아기를 바라는 간절한 마음과 이제 그것이 '어차피 제 몫의 일이 아니'라는 사실을 인정하는 체념 사이에 '미역국'이 놓여 있다. 이 안타까운 자기위로의 기호 속에 담긴 상실감의 크기란, 그 안쪽으로 예리하게 파고들어 피 흘리는 상처의 깊이란, 화자의 연민하는 마음이 중간에 놓여 있지 않다면 독자는 그것들을 감당해내지 못할 것이다.

따뜻한 연민의 마음 속에 그런 상실과 상처를 초래한 것들에 대한 분노가 숨겨져 있음은 물론이다. 그 분노는 상실과 상처의 현실을 넘어 나아가고자 하는 지향성을 품고 있는 것인데, 그 같은 지향성의 실현은 스스로 자기 삶의 주체로 설 때 비로소 가능하다. 김현숙 소설의 주인공들을 하나로 묶을 수 있는 요점은 자기 삶의 주체로 서고자 하는 강한 의지이다.

"갈 데가 있다고 했잖아요. 죽어도 가야 해요. 비켜요."
전에 없이 완강한 그녀의 태도에 멈칫 숨을 들이켜며 상영이 잠시 주춤한 기색을 보인다. 그 틈을 타 그녀는 재빨리 민우의 손을 잡고 아파트를 빠져나와 뜨겁게 달구어진 자신의 차에 오른다. 차내의 후끈한 열기는 찜통을 방불케 했으나 등골을 타고 흐르는 짜릿한 기운에 그녀는 오싹 한차례 몸을 떤다. 차창을 활짝 열어젖힌다. 싱그러운 여름냄새가 뭉클, 코끝을 간지럽힌다. 딱딱하게 죽어 있는 삶이 아닌, 뜨겁게 가슴이 살아 숨쉬는 그런 삶을 찾아… 하나, 둘, 셋… 크게 심호흡을 하며 유연한 출발을 위해 그녀는 가볍게 가속기의 페달을 밟는다. 핸들을 잡은 그녀의 손에 흥건히 땀이 고인다.(〈괴목을 찾아서〉, 298쪽)

앞으로도 김현숙 소설의 주인공들은 그 같은 의지로써 앞길을 열어 쉬지 않고 나아갈 것이다. 그 나아감의 과정을 그리는 것이 곧 소설이다. 나는 작가가 그녀의 인물들을 아름다운 세계로 날아오르게 하고 싶은 유혹에 이끌려, '나아감의 과정'을 건너뛰지 않게 되기를 바란다. 이 추악한 현실세계를 넘어 이상의 세계를 꿈꾼다는 것은 소중한 것이지만, 그 꿈에 갇힌다면 소설은 곧장 동화로 추락하기 때문이다.